名家经典文库。

胡也频作品精选

胡也频 著

云南出版集团
云南人民出版社

图书在版编目（CIP）数据

胡也频作品精选 / 胡也频著. -- 昆明：云南人民出版社，2019.7
ISBN 978-7-222-18455-8

Ⅰ.①胡… Ⅱ.①胡… Ⅲ.①中国文学—现代文学—作品综合集 Ⅳ.①I216.2

中国版本图书馆CIP数据核字（2019）第136354号

项目策划：杨　森
责任编辑：朱　颖
装帧设计：何洁薇
责任校对：范晓芬
责任印制：李寒东

胡也频作品精选

胡也频　著

出版	云南出版集团　云南人民出版社
发行	云南人民出版社
社址	昆明市环城西路609号
邮编	650034
网址	www.ynpph.con.cn
E-mail	ynrms@sina.com
开本	710mm×1000mm　1/16
印张	16
字数	230千
版次	2019年7月第1版第1次印刷
印刷	华睿林（天津）印刷有限公司
书号	ISBN 978-7-222-18455-8
定价	49.80元

如需购买图书、反馈意见，请与我社联系
总编室：0871-64109126　发行部：0871-64108507　审校部：0871-64164626　印制部：0871-64191534

版权所有　侵权必究　印装差错　负责调换

云南人民出版社微信公众号

前　言

　　20世纪的中国文坛名家辈出，如群星璀璨。他们借着"诗界革命""文学革命"的推动，从"五四新文学革命"前后发轫，以白话文学为主导，以思想启蒙为目标，以现代思想观念为价值核心，奠定了至今一个多世纪的中国文学的主体形态。

　　在那样一个社会剧烈动荡、思想文化如狂飙突进的年代里，众多的文学名家展现出了无与伦比、令人惊叹的才情。说到"才"，主要指他们创作中的才华。中国白话文学创作在发端后的短短几十年时间里，诗歌、小说、散文、杂文、戏剧，几乎在每个文学领域和体裁中均有突破，均有足以传之后世的经典作品出现，而每一个领域又都涌现出了众多的代表性人物。说到"情"，文学前辈们对于国家、民族、民众的挚爱，或对于乡土、亲朋、爱人的眷恋，都通过他们的文字传神地表达出来。"才"和"情"的历史际遇性的统一，是20世纪文学历史上一个突出的特点，也是我们得以继承的宝贵的文学遗产和思想财富。

　　在人数众多的文坛名家群体里，我们首批选取了尤以才情著称的十七位，精选他们的代表性作品编辑了《现代名家经典文库》丛书。这十七位才情名家分别是戴望舒、胡也频、林徽因、刘半农、庐隐、鲁彦、柔石、石评梅、苏曼殊、闻一多、萧红、徐志摩、许地山、郁达夫、郑振铎、朱湘、朱自清。

　　我们选取他们作为这套丛书的"主角"，不仅因为他们的过人才华在文坛上大放异彩，也因为他们每个人的经历和作品中都充满了耐人寻味的"情"的因素，使我们久久品读而不能忘怀。但令人惋惜的是，因为时代的动荡，他们中的大多数人都只留下了短暂的人生印迹，生命之花刚刚绽放便过早地凋零了。石评梅逝世于1928年，时年26岁；胡也频逝世于1931年，时年28岁；柔石逝世于1931年，时年29岁；萧红逝世于1942年，时年31岁；徐志摩逝世于1931年，时年34岁……

在阅读这些作品的时候，我们不禁想到，如果他们的生命不是这样短暂，他们又会有多少经典的作品流传下来，又会给我们增添多少精神上的财富。

这套丛书只能说是20世纪中国文学史的一个小小的侧面和缩影，因为篇幅的限制，所选取的也只能是每位名家的少量代表性作品，不免挂一漏万。同时，在保留原作品风貌的基础上，我们按照通行标准对原作的部分文字和标点符号进行了修订和统一，错漏之处敬请读者指正。

他们的生命虽然短暂，
但他们才华横溢，激情四射，
成为历史夜空中一颗颗璀璨的星辰；
那一个个令人久久不能忘记的名字，
让我们常常追忆那远去的才情年华……

编　者
2019年7月

目 录

胡也频简介 1
他和他的家 1
同 居 11
不能忘的影 18
械 斗 24
牺 牲 32
女 巫 48
中秋节 54
父 亲 62
牧场上 69
酒 癫 80
初恋的自白 90
小人儿 96
毁 灭 109
一群朋友 116
黎 蒂 124
船 上 133
父亲和他的故事 140

子敏先生的功课 ………………………………………… 149

爱的故事 …………………………………………………… 155

到莫斯科去 ………………………………………………… 164

胡也频简介

胡也频（1903~1931），原名胡崇轩，福建福州人。早期的无产阶级革命文学作家，左联五烈士之一，也是龙华二十四烈士之一。

少年时代曾当过学徒，1920年就学于上海浦东中学，后入天津大沽口海军学校。

1924年起开始文学创作。

1928年在上海主编《红与黑》杂志。

1930年在济南省立高中教书。同年因宣传文学革命被迫离校回到上海，先参加中国左翼作家联盟，任执行委员，后加入中国共产党。

1931年2月7日被杀害于上海。

著有短篇小说集《圣徒》《星期四》等，戏剧集《鬼与人》《别人的幸福》，长篇小说《到莫斯科去》《光明在我们面前》。

胡世频在小说、诗歌、戏曲创作上均有建树。他的早期作品反映了旧中国的社会黑暗，农村的愚昧落后，农民的悲惨人生；中期作品描绘知识分子的爱情、苦闷与追求，同时也有带有浓厚乡土气息的文学创作；后期作者转变为坚定的社会主义支持者。

他和他的家

一

在八年前，为了要解除一种谬误的婚姻之故，他的父亲和他，并且牵连到家里人，变成彼此不知消息的关系。但现在，为了要看看他自己曾经生活过十六年的地方，为了这么一个欲望，他又回到他的故乡，他的家里去了。

他回到家里的时候是在一个很黑很黑的夜里。夜的黑，使他几乎认不清他童年所熟悉的街道。到处是静悄悄的，幽然的，流散着狂乱的狗叫的声音。在一座高墙的大屋子之前，他端详着，怀着许多感想的打着门。

替他开门的是陈老大，这个老仆人已经不认得他了，听了他说出他是"阿云"，还惊讶地向他的脸上望了许久，又问道："少爷，真的是你么？"

"没有错，"他哭着说："真的是我啊！"

老仆人欢喜得说不出一句话，只接着他一直往里面走去。在很长的阴冷的市道上，煤油灯的微弱的光在摇晃着，显见这屋子比先前已旧了许多，到处都结着蜘蛛网。

他一面走着一面问："老爷和太太都在么？"

"都在。"陈老大咳嗽着回答："可是都老了。但是你呢，少爷，你这些年都在哪里？你长得真像一个大人物了。只是……唉！谁都挂念着你呢！"

在他的心里，他已经像星光似的闪起了许多往事。尤其是和家里决绝的那悲惨的一幕，更分明地浮上了他的意识。但他不愿在这时又重演那些难堪的记忆，所以他把老仆人的话听了便丢开，只问他一些不关紧要的事体。

陈老大——的回答，到末了又叹息着说：

"自从你走后，少爷，什么都慢慢的变了，变得真凶！且不说老爷的事不顺利，铺子又关了两家。单是你不和家里通信……"

但是他打断陈老大的话，因为他不愿再提起他和家里的决裂，又觉得对于这事情的解释是无须的。他只说："不谈这件事了。陈老大，你今年还康健呢。"

"好说。"陈老大咽下口水。"如果我不是挂牵着你，少爷，我至少还可以多活两年，挂牵真容易使人老呢。"

"谢谢你。"我以为谁都忘记了我了。

"得，少爷，别这么说呢，大家都在思念你……"他轻轻的笑了。

老仆人又接着说："说是的，少爷，我原先就看准你是一个有心的人。你还记得陈老大，我就没看错。只是，唉，不知怎么的，你单单和老爷弄得非常之坏……"

这时已走到两道的尽头。那两旁的房子便一间间的竖在眼前。一道混沌沌的黄色的灯光，从左边正房的窗棂上射出来，他记得那就是他母亲的卧室。

陈老大的话已停止了，只把手上的煤油灯照着他走上石阶。他推开那两扇合着的房门，轻轻的走了进去。母亲已经睡去了，忽然张开眼看见到他，突然从床上跃起来，非常吃惊的向他望着。

在不定的薄弱的灯影中，他一眼便看见他母亲的样子已不像从前，是变得很瘦很老，而且显得很多病的模样。

他叫了她一声,便走近去。

他母亲已认出他来了。她从他的沉郁的脸和稳健的身躯之间,认出他八年前的,天真和有作为的影子。她立刻像发疯似的跳下床来,一下抓着他,却不说一句话,只是眼睛里一层层地泛着水光。

他本能地动着感情说:"妈,我回来了。"

他母亲点着头,一下便落了几滴眼泪。

他接着问:"爸爸呢?"

"下乡去了,"她咽着声音说:"大约明天就要回来的。"于是她把他拉到床上去坐。

他看一下这房里,觉得一切都不同了,没有变样的只是一张床,和一对衣柜,然而也旧了许多。

他母亲便一面揩着眼泪一面问他,问了他出走之后的景况,问了他这些年来的生活,问了他的一番。接着她便告诉他,这几年的家境是一天天的往下落了。她又告诉他,自他走了之后,她自己是怎样的伤心,怎样的想他,而且怎样和他父亲很猛烈的闹了几场,最后她对他说,从前他要解除婚约的那个陈小姐,现在已嫁给一个留美学生,并且在去年生了一个儿子,又白又胖。

"自然,"他平淡的说:"女人的结果都是这样的。"

可是他母亲却问他:

"你呢,你在外面这么久,你有了妻室了么?"

"没有。"他斩截的回答。

他母亲很诧异地望了他一下,似乎要向他说什么的动着嘴唇,却又想起什么似的把话压住了。于是她返身去,把床里的棉被一翻,现出一个十二三岁的小孩子的身体。

她唤他道:"蓉,起来,你哥哥回来了。"

小孩子很迷糊地爬了起来，擦着瞌睡未醒的半开半闭的眼睛，一面向他呆望着。

"叫声哥哥！"他母亲说。

这个长得很匀整的，亭亭地站在他面前的弟弟，如果不是他母亲先说，在一眼之下，他一定认不出来，在他的记忆中，他只保留着八年前的，整天流着口水，刚满三岁，喜欢要他抱的小弟弟的样子。

"还认得我么？"他友爱的问。

弟弟点着头，现着天真的憨笑。

他把弟弟的手握着，拉拢来，亲密地接了一个吻，在他的幻觉中，仿佛他是吻了他自己的童年。

接着他母亲又和他说了许多话。随后，他因了辛苦的旅途的疲劳，便现着十分的倦意，连打了几个呵欠。

他母亲才停住话，要他去休息。

当他走进他从前所住的那间厢房，突然一个恍惚的，他自己的年轻的影子，在他的眼前，闪着而且消失了。

二

第二天下午，在秋天的淡泊的阳光里，他走到幼时的一个游戏的所在——那横躺在屋后的，种满着四季的果树和花卉的花园。在这花园里，几乎一层层的散满着他的童年的欢乐。从前，他曾经有一次，偷偷地爬到桃树上去摘桃子，一直从顶上滚了下来，跌破了头皮，却不知道痛，只把那一点点从头发间滴下来的鲜红的血，承在指头上，去染那未熟的桃子的尖。现在呢，那株桃树，笼罩着一种死气沉沉的灰色了，而且在枝干上，还高高的吊着一只半烂的死猫。而其余的树木，也同样的现着衰老和萧杀的气象。满地上都是枯的，黄的，零乱的落叶，以及丛丛野草。几只乌鸦像凭吊古人似的在假山上踱着。整个的园子等于一种废败的荒凉了。

在充满着硫黄质的潮湿的空气里，他一步一步的走着，发现许多可怕的毛虫和许多壳类以及脊椎类的小小的动物。

"呵，短短的八年啊……"他不自禁地感触的想。

这时他的身后，响起急促的步声，他回头一看，原来是一个仆人。他站着，问：

"你看管这个花园么？"

"不是的。少爷！"仆人走近了回答："我只侍候老爷。"

他一看，的确，这个仆人穿得很干净，不像园丁。

"谁管这个花园呢？"他又问。

"没有人管。"

"为什么呢？"

仆人追忆地转一转眼睛，便指着一只树根说：

"自从，太太房里的春香吊死在那柳树上，这园里出了鬼，老爷就不许人进来。"

他听着，觉得这屋子里一定曾发生过丑恶的故事了，但他不愿意去知道它，只怜悯的又环视一下这园子。

仆人又接着吞吞吐吐的说：

"少爷你不在家，怪不得你不知道家里的事……"

"我也不想知道。"他有点难过的冷淡的说。

仆人便含糊地阿了一声。

他返身往前走去，但仆人却把他叫住了：

"少爷！老爷叫我来请你去……"

他的心便动了一下，跟着这个仆人走出了园子。于是在书房里，他和他父亲相见了。这时的映在他眼前的父亲是变了许多了。在他父亲的脸上，眼睛变得很小，胡子白了好些，两颊凹进去，突出两个高高的有棱角的颧骨。身体也瘦弱了。现着趋向于暮年的一种龙钟的老态。的确，他父亲不像八年前对他的权威和严厉的样子……但他也没有看见他父亲的激动的表情。

他本想叫一声他幼时所叫惯的"爸爸"，但这句话却变得非常的生疏，硬硬的，不容易说出口来。

他父亲用诧异的眼色对他看着，随后便向他点了一下头，要他坐在一张被人磨光的太师椅上。

他微微地望了一下这书房里，觉得所有的陈设都没有变。差不多一切都是照旧的。那一幅篆字的《朱子治家格言》，也仍然挂在墙壁的当中。书案上也仍然排着文房四宝，笔筒上插满着许多年不用的干毛笔……他忽然听见父亲向他说：

"听说你昨天才回来……"

"是的，在昨天夜里。"他回答了，便看见他父亲的眼光重新落到他身上，是一种带着疑虑的精细的眼光，好像要从他的身上得到什么去。

他很知道他父亲这样看他的缘故，但他又把这种不好的猜想丢开了，只默着，等他父亲的问话。

果然，他父亲瞧着他破旧的西装上说：

"你离开家差不多九年了，这么久的时间，你都在哪里呢？"

"到了不少的地方。"他淡淡的回答。

"到了哪几处呢？"

"河南，湖北，湖南，广东，差不多我都走过。"

"到这些地方做什么呢？"

他不愿说出他是努力于他所信仰的，那属于将来世界的伟大事业。他只说：

"不做什么。"

他父亲很奇怪的看了他一眼。又问：

"那末怎样生活呢？"

"你以为人离开家庭就不能生活么？"

"不过，"他父亲执着的说："总不能不做一点事。"眼光又自然地望到他的西装上，而且好久好久都看那一块杯大的补疤。

他的心里便完全明白了。他父亲的盘问和眼光，使他看出了一种很不庄严的思想和一颗很不纯洁的心，很觉得难过。"或者，竟疑心我是做过土匪了！"他不得已的暗暗的想。于是一阵沉默落下来。

但过了一会，他父亲又想起什么似的，突然问：

"你交通大学毕业了么？"

他不禁的望他父亲笑了。他不曾料到他父亲在他身上还没有打破这个梦，想他做铁路上的站长，一直做到交通部长之后，洋钱可以用火车装到家里来。

"完全没有。"他特别爽利的说。

他父亲差不多对他发怔了。接着又诧异的带着不少迷信的说：

"为什么不念到毕业呢？交通大学是很不容易考进去的。进去的全靠势力。可是一毕业就有薪水拿。没有学校能比这个更好的……"

他简直不耐烦听这些话。他以为在他父亲看见他之后，彼此之间应该有一种天然的情感交流，但现在他父亲所说的完全使他失望了。

他无聊地把他自己的手互相握着。

他父亲似乎也在想着什么。

这书房里又沉默着了。

最后,一种很严重的声音响了起来,原来是父亲从沉思里忽然问他:

"你这次回来做什么呢?"

他受吓似的惊诧了,又仿佛受了一个猛烈的打击似的,但他立刻把这种伤心制止着。他只回答:

"不做什么,只想看看我从前生活的地方。"

"父母呢?"他父亲很动气的质问。

"不要说到这方面,那是完全不必说的。"

他望着他父亲的脸上说。

"对了。"他父亲像嘲笑似的说:"我早就猜着你再过十年,也还是从前的样子。"

"不要用再说到从前吧,真的,完全不要说。未必我们现在还有什么可争执的么,并且,从前的事情有什么可纪念呢?"

他父亲恨恨的望了他一下。

他接着平静的说:

"现在,我们谈一些平常的事情不好么?"于是问:"你的麻将还天天打不打呢?这些年你都没到别处去么?"他父亲似乎不愿意的点了一下头,又摇了两下。

"从前你想到西湖去建一座别墅,现在建好了没有呢?"他父亲连摇了两下头,说:

"家运坏了,坏了,什么都谈不上。"

他又接着问了许多。他父亲的气也渐渐的消了。末了,在他走出这个书房,在最后向他父亲的回望之中,他忽然充满着无限感伤的想：

"父亲是老了，变了，一切都不同了，然而他的中了毒的脑筋还是照样的，一丝一毫都没有变"

三

这一夜下起雨了。

而是秋夜的雨，落着，像永远不停止的样子，一阵阵地打在窗外的树叶上，只管滴滴沥沥的响。这雨声，使他好久好久都不能睡着去，而且反张开眼睛，做着许多可气和可伤的梦。并且他想着，他已经在家里住了一个星期了。这一个星期实在是非常长久的七日。因为在七日中所感受的种种，是超过他从前十几年在家里生活的一切。但是，这使他感到了些什么呢？是的，他的母亲是很爱他的，尤其是他的这一次突然回来，更分明地流露着慈母的爱。但是也只限于，日式伦理的母爱而已。实在，他母亲并没有真的了解他。她也没有看到潜伏于他心里的是一缕怎样的情绪，所以他母亲的爱他，只含着很简单的一种情愫，她始终希望他娶亲以及生儿子。

他父亲呢，虽然只在第一次见他的面之时动了气愤，此后，便很和气的看待他，关心他，但也从没有对于他的人格生过敬重。所以为了破旧的西装之故他父亲都在疑心他曾流落了，曾做过一些败坏门庭的事。并且那许多圣贤的书把他父亲弄成了一个铁的顽固的头脑，始终只想用旧礼教的一切方法来炮制他，要他成为交通部长之外，便是一个孝顺的儿子。因此他觉得在他的父母和他之间，是毫无补救的横隔着一道宽的河，而且在河面上永远没有穿通的桥梁。

"有什么办法呢？时代把我分开着……"这时，在雨声中，他又想起这感想了。并且他想到应该成为新时代人物的他的弟弟，却已经不幸地染上了旧家庭的很深的习惯了。于是他想到昨天和他弟弟的谈话的情形。那时，他只想把弟弟从这黑暗中救出来，和他一路走，可是他弟弟却十分信仰的回答他的话：

"我要问爸爸，爸爸说可以，我就和你去。"

他立刻更正和煽动的说：

"不必问爸爸。爸爸管不着你。谁都管不着谁。你只管你自己。你自己喜欢怎样就怎样。"

"那不行，"他弟弟又坚定的回答："那是不孝呢。我要孝顺爸爸，我要问。"

他的心头飞上许多暗淡的影子。当时，看着那绯红的可爱的脸，他觉得这个小孩完了。他对于家里的唯一的希望也灭了。他觉得他已经无须——而且也不能——再住在家里了，因为这家里的一切已经分明地展在他的眼前，像一幅黑暗的天色一样。

因此，这一夜在他的失眠中，听着那不断的秋雨声音，他想着他应该走了。

四

在天空初晓之时，在阴阴的，笼罩着欲雨的空气里，他悄然地站在街心上，怀着完全绝望的暗淡的悲哀，回望了那一座高墙的大屋子。

无数的影子在他的眼前幻灭着。

同 居

我们这里是一个小县城。住在这里的人们除了几个地主是吃肉的,其余的农民都是整月整年的吃咸菜。农民们的生活是又苦又单调,仿佛一匹牛似的老在田里出汗。

然而,现在的情景是大不相同了。从前很愁苦的人们都变成很快乐很活泼的了。妇女们更快乐活泼得厉害。她们从前都没有出息地关在贫苦的家庭里弄饭,洗衣,养小孩,喂猪,像犯人关在监狱里一样,看不见她们自己的光明,现在她们是好像在天上飞的鸟儿了。她们的生活自由了,没有压迫,没有负担。并且也不害怕丈夫了。她们可以随自己的意思和男子们结识。她们还可以自由地和一个"同志"跑到县苏维埃去签字,便合式的同居起来。她们生下来的儿女也有"公家"来保管,不要自己来担心。

这里面有一个女子是王大宝的老婆——现在应该说她独立的姓名了。她叫做吴大姐。她今年二十五岁。在她十四岁的时候就由她父母嫁给王大宝。她身体像男人一样的健壮,肩膀上可以挑一担水。脸儿是被阳光晒黑的,显得又能干又朴质。她的头发上常常插着一枝篾簪子,簪头上穿着一朵红色的喇叭花。从前她亦是被家庭的铁链锁着的。现在她解放了。参加社会的工作了。她是耕具委员会的委员,同时她是列宁高等小学校的一个进步的学生——她能够看报,看布告,看文件和小册子,并且还能够用铅笔画一点红军打仗的漫画。

她的男人也和她一样的进步了。王大宝,他从前什么也不懂。他的知识只是什么时候下种和什么时候割稻。现在他能够解释"帝国主义"是什么,"反动统治"是什么,"革命"是什么。他现在在土地委员会里工作。他工作得非常好,并且在工作中把他自己变成很能干的。他是一个忠厚的人,像我们这里的多数的农民一样,不会弄什么心计,他对待他的老婆很不坏。他的老婆对待他也是很好的。可是他们两个总觉得有点什么弄不好。这个吴大姐常常觉得王大宝有许多地方不合她的意。譬如她喜欢养羊,王大宝偏不喜欢。王大宝喜欢的一群猪仔,可是她不想喂猪。他们常常为这样小事情吵嘴。

现在,虽然王大宝是一切都随她的意,不和她计较喂猪的事,但是她仍然觉得他们两个的趣味终究是不调和的,并且了解到这并不是羊和猪的问题,而是性格的问题。

所以有一天,她从耕具委员会回来的时候,便向着王大宝说:

"我有几句话要告诉你。"

王大宝还以为是耕具委员会的事情,或者是红军打胜仗的消息,便快乐的回答她:

"请说呀。"

"我的话很简单",她开始说,"十年来,你对待我没有什么坏。自然,你也知道,我对待你也不算错。你养活我,我也替你做了许多事情。第一,我替你管家;第二,我替你生了两个儿子。但是,现在,我要离开你了,我预备明天和陈明同志签字。"

王大宝发呆的听着,心里在打鼓。他的脸色很快的变红,变紧张了。困难的吐出局促的声音说:

"你不能这样!"

"为什么不能呢?你以为现在还是地主豪绅的时代么?

你不要忘记现在是苏维埃时代呢。你要好生说话。"

她的话不错,王大宝不能够反驳她。他迟疑了一会才想起:"你为什么要和我分离呢?"

"没有什么多的理由。"她回答,变成红色的吴大姐了。"只是,我觉得我和陈明同居比和你好些。这是苏维埃许可的。你不要麻烦什么。如果你舍不得我呢,我们在工作上还可常常见面的。我们的王同志。"她快乐的走开了。

随后她忙着整拾她自己的东西。

王大宝发呆地坐在那里,感想着什么。常常,他把眼睛偷看她的背影,想着她就要离开他了,便觉得很难过。他觉得他自己立刻要变成单身汉了。并且,他想着讨一个老婆,要花许多钱,这在他并不是容易的事,所以他长久落在这一个思想里:"要成一个光扁担了!"

这一夜他没有睡着,虽然那女人还睡在他身旁,并且常常对他说:

"睡吧,天一亮,就要起来工作的。"

他总是睡不着。

第二天,他做完了一部分工作后,便请了二点钟的假。他把这个问题带到人民委员会去。

戴着鸭舌帽的委员长,正坐在办公室里写着什么。

他亲热地走过去——

"郑同志!"他向委员长说,"我今天特意来请教你。"便伸出手去。

委员长是个二十四五岁的青年。他从前是个武汉的一个染坊的学徒。在一九二五—二七的大革命里,他做纠察队。他曾经武装地和反动军阀冲突过。后来,他在青年团里工作。这一次,他被大家选举做这一个苏维埃的人民委员会的委员长。

"欢迎！"他站起来了。"我们谈一谈，好极了。"一面说，一面和他握手，面上带点很有趣味的微笑，嘴角微微的动着，仿佛什么人吸着香烟样子。

"我有一点事。"王大宝接着说，"郑同志。你现在有空没有？你大约认识我吧。我是在土地委员会里工作的，我的名字是王大宝，我以前曾和你谈过二次，都是关于我的工作上的。"

委员长又重新用力的和他握一下手。亲热地向他微笑着，仿佛他们是亲兄弟似的。

"是的，王同志，我们是见过了。你现在有什么事？"

"有一点，只是我自己的事。不过是和人民委员会有关系的。我想是有关系的。就是简单一句话，我的老婆要离开我了。"

"啊！近来像这样的事情多极了。"委员长笑着说，"这是很好的现象。"

"不错，这现象是很好的，不过我很为难。"

"为什么呢？"

"我和我的老婆，结婚十年了，生了两个儿子——大的八岁，小的四岁。我们俩都是很不错的。缺点的，是我有点小脾气。可不是我们这里的男人多半都有这个缺点？她大约就是这一点和我合不来，要和我分离了。"

委员长微笑地听着。"当然，"王大宝继续着说，"在革命的立场上，我是赞成这样的。但是，在我自己的立场上，我不愿意。"

"应该为革命的立场才是。"委员长笑着说。

"这是不错的。不过，我对你说，讨一个老婆是不容易的。当初，我讨这个老婆虽花去了一百多块钱，差不多把什么都弄光了。我们这里讨老婆，常常都是倾家荡产的。现在呢，我没有这么多的钱。并且光身汉子也是不好的。什么男子都是这样……"

"那么你底具体意见是怎样呢？"委员长笑着问。"

我提出二个条件，第一，最好她不要离开我，因为我对待她并不坏。第二，如果她一定要离开我，她就将赔偿我讨她时的费用。"

委员长笑了。站起来，用一只手放在他的肩上，亲切地说："王同志，我可以给你这样的答复，你说的两种办法，我们的苏维埃是没有这种条例的。"

王大宝想着："我们这里的妇女，是真正的解放了。"

委员长接着说，"签字是她们的自由。她们更不负什么经济上的赔偿。我想你已经知道这些吧。这都是反动统治里面所没有的。——是好的。"

"我知道，"王大宝失望的说。"照你的说法，我就不必来请教你了。我要你给一个好的办法呀。"

委员长仍然很诚意，而且仍然微笑着，兄弟似的拍了一下他的肩膀！"好的。"他说，"你不要着急。我现在给你一个办法吧。我用人民委员长的名义来担保，至多一个月，你一定会得到一个爱人的——"

说到"爱人"，两个人都笑了。

委员长又继续着："绝掉一个老婆，而得到一个爱人，像这样的事情，在我们苏维埃里已经是很多很多了。我可以在一星期内举出一百来件的例子。我想你一定也曾看见过。至少你是听见过的。我们这里，不是常有这样的事情吗？"

王大宝听着，点着头。

"好，关于你的，我想这样的解决：你的老婆要离开你，这是不成问题的，因为在革命苏维埃，什么人不能去阻止她，不过我可以向你说，如果她不愿意回来，并且如果你在一个月内还得不到爱人，或者你还须要用钱去讨老婆的话，我就用人民委员长的名义来赔偿你从前的损失。王同志，你还有什么不同的意见吗？"

"没有什么不同的意见。"王大宝心悦诚服的回答。

"郑同志，你说的话都是很不错的。我们这里的婚姻制度是革命的了，并且新的方法是非常之好。不过，我对你说，我的样子不大好看，我的脸上有几颗麻子，恐怕我是不容易使她们欢喜的。"

"这没有关系。"委员长很正确的回答他。"欢喜脸孔漂亮，这观念很旧了。苏维埃人民不应该有这种观念的。这观念是资产阶级豪绅地主的观念。苏维埃人民必须用革命的力量来消灭它，其他在我们这里，我相信这种观念已经打破了。现在的问题只在这里：王同志，你在土地委员会里的工作做得怎么样。"

"是不是问我的工作做得好不好？"

"对了。这是很重要的。"

"郑同志，我不客气的说，革命要王大宝的命都可以的。我虽然没有什么学问，可是派给我的工作，我都做得很好的。我另外还学着打靶子，准备参加红军去进攻。"

委员长满意地微笑起来。他说：

"王同志，这样就够了。我敢担保不到一个月，一定有很好的女同志爱上你。"

王大宝忽然的微笑起来。

"还有什么意见吗？"委员长又拍着他肩膀说。

"没有，就这样吧。"

· 16 ·

"好的，王同志，你等着，看看我到底要不要赔偿你。"

两个人就快乐的握着手。委员长把鸭舌帽脱下来，像兄弟似的给他一个革命的敬礼。王大宝便满意地从人民委员会里走出来。他心里很快活的想着，"婚姻制度是革命了。"过了三星期，他就给那委员长寄去一封短信。

委员长同志！

第一告诉你，你不用赔偿我了。第二告诉你，你说的话一句也不错。

第三告诉你，我现在是刚刚和一个女同志去签字回来的。

我觉得这个比那个好——当然，爱人比老婆。我们要重新的开始一个幸福的生活了。再说一句，感激你，并且你不用赔偿我了。此致革命的敬礼！

王大宝，八月十日

不能忘的影

感着失恋的悲哀,在铺着晨露的野草之气里,林子平迷惘地走下石阶,仿佛这一层层往下趋的阶级,有意地想做他幸福的低落地。在两星期以前,还是很欢乐地站在恋爱生活之顶上的,而现在,陡的一跌,便到了无可再升的平地,这就是他今天不得不走下这些石阶,和这个山坡分别的缘故。

他的脚步是无力的,滞重的,一面下着石阶一面想:

"恋爱么,是的,人生最好不要恋爱……"

他是下了决心了。

但是坚决地一步步走到石阶的中段,他的只愿望得到轻松和平静的那心境,却变得越加沉重,炎炽,好像一块烧红的铁压在心尖上,使他带着不少的波动的情感,本能地,回头望着山坡上,望着那一间小小的洋房子。

三春的早上的阳光,迷醉地罩住浅色的树叶,从阴影中透出许多美丽的闪烁,射在那粉刷着蓝色的走廊上。在那里,显然,一个柔软的,被绸衣裹着的身体,浮着美的姿态地靠在一张藤椅上,一条男人的手臂绕着她的肩膀……不消说,她的身旁是坐着那个男人,那个把他的幸福破坏了的。

这情景,便深深地刺了他一下,如同火辣辣的枪弹通了他的心,把心分裂成细末。一阵辛酸的情感波动了,眼泪水汹涌着。雾似的蒙住眼睛的视线。

他的嫉妒的火又燃烧起来;他又制住了。他消沉地叹了一口气,并且懊悔他自己不应该如此不能忘情的多余的一望,便动步又走下石阶去。

在心里,他只想一切都忘记了吧。

然而那丰润的肩膀,那围绕在这肩膀上的手臂,却又蝴蝶的翅膀似的,在他不平静的脑子里蹁跹……这最末的一个刺激,很使他苦恼和伤心,至于使他想起昨夜里的那一场悲痛的人生的剧。那时候,他自己所扮演的是一个多么可怜的角色呵!他是抱着颤栗的心情走向他所爱的人儿的面前的。他的声音几乎变嘶了,每一个音波都代表他心灵上的苦痛的符号,他抓着她的手说:

"告诉我,那一切都不是事实,都是幻觉,你这样的告诉我吧,梅!"

他所爱的人儿却摇着头。

"是真的么?"他将要发疯的带着哭声说:"是真的么,你一定这样表示是真的么?"

"我不能再骗你,"她慢慢的回答,"假使再——不,事情总得有个结局。"

他痴痴地听着,听到最后的一句,忽然激动起来,眼泪簌簌的落下了。却把她的手抓得更紧的说:

"但是,"声音很颤抖的,"我还爱着你呵!"

"我知道。"她平静的回答,"但是我能够怎样呢?人的历史是天天不同的。人类的事情是变幻不测的。爱情也——"

他很伤心的打断她的话:

"不要这样说!不要这样说!"接着便自语似的叹了气,"唉,为什么我也变成不幸了呢?"

他的叹气引动了她的同情,把另一只手放在他的肩膀上说:

"不可以成一个好朋友么?"

"不。我不要好朋友！那于我没有用。我现在需要的只是爱情。只是我们共同的理想。只是我们的恋爱的生活。唉，未必我们就这样的结局了么？"他越说越被纷乱的情绪束缚着。显得可怜而且激动。

她只用平淡的声音说：

"自然，这于你是很难堪很苦痛的，但这有什么法子呢？比喻说：从前我爱你，也不是由于我自己——"

他把她的这一句话听错了，便立刻惊诧地仰着脸看她，说："怎么，你把从前的都否认了么？"

"不，不是这个意思。"她赶忙地解释说："我不会否认从前的。我只是比喻我现在爱他，仿佛不是我的意志，如同从前我爱你，其中也有一种东西在捉弄着。"

他低下头了，却呜咽似的响起哭声来，停了半晌又叹息的自语说：

"唉，我真不幸呵！"

"不幸太伤心吧！"几乎一声声的说，"我们过去的生活都是很欢乐的。"

"不过现在是太不幸了！"他截然说。

"是的，"她回答说："你现在是伤心极了。不过这世界上还有着无数的人连一点欢乐的生活都没有享受过的……"

"因此我就应该不幸么？"他愤然问。

她觉得他的神经有点错乱了，便温和的向他说：

"相信我，我是只想你快活的。虽然我们现在分离了，但是我们的过去曾留着不少幸福的影子，我们都把那些美的印象保留着吧。人生的意义就是这一点点！至于我现在为什么要和你分离，我想，这是无须乎解释的，正像我和你同居也没有什么理由一样。并且也说不定你就会遇上很爱你的女人……"

"不，我不想恋爱了。"他觉得他的心是非常之伤。可是她却说：

"不要这样想。其实，你自己也知道，有一个女人爱上你，不是完全不可能的事。"

"你以为我又会和谁恋爱么？"他反驳的，又带着悲痛的声音说："你以为我还会受第二次的刑罚么？不会的！你已经把我的梦想打破了，我从此恨死恋爱……"

"好，"她顺着他的意思说，"这样顶好。本来恋爱是使人痛苦的东西。可以说，世界上没有完全幸福的人……"

"但是我们从前的生活是完全幸福的。"他忽然恋念于过去的说。

"这就难得。"她差不多望他微笑了。

"那末你为什么又把这幸福毁坏了呢？"

她望他怔了一下，觉得悲痛的情绪把他弄糊涂了。她只说：

"我们不说这些吧，那是没有用的。我们做一个好朋友吧！将来我们还可以常常见面。"

他突的又要发疯似的激动了，并且怀着许多愤恨的意思向她怒视着，把她的放在他肩上的手很用力的丢下去。接着他自己便低着脸，苦痛地抓着头发，大声地呜咽起来。

他常常从他的最伤心的呜咽中吐出音波来，叫着：

"不幸呵！唉，我一个人的不幸呵！"

他并且拒绝她的完全用友谊的安慰。

末了，他猛然跳起来，一下抱着她，可怜地恳求说：

"梅，我要你爱我，有你我才能够生活……唉，我不能让你离开我！我是这样弱呵……"

但是她只让他抱，不作声。

他继续的一声声说："梅，你说，你爱我！"他的眼睛直瞧着她的脸，他的心紧张着，好像他所等待的是一个临死的犯人等待着赦免的命令，他显得十分昏乱的可怜的样子，许多眼泪都聚在眼睛上，发着湿的盈盈的光。

随后他落着一颗颗的泪，一连追问着她。

她只说："安静一点，子平，你太兴奋了。"

"你说，"最后他非常严重的望着她，战栗着声音说："你爱我，最后的一句，说吧！"

她摇了一下头。

他发疯问："真的？"

她不说话。

他的手便软软地从她的腰间上垂下了，如同被枪弹打中要害的人，突的叫了一声，倒下去，便一点声息也没有，过了十五分钟之后，他才变成疯人似的狂乱了，凶暴地跳起来，但是他没有看见到她，只看见他的四周是笼罩着一重重可怕的黑暗，和黑暗中一个极可怜极憔悴的他自己的影子。他无力的又倒了下去，一种强烈的悲痛使他又流着眼泪，使他觉得一个美丽的灵魂从这哭泣中慢慢的消沉去，而且像整个的地球似的在他的眼前分裂了。

到了他明白他所处的境地是应该他自己来同情的时候，他觉得那过去的一切已经完了，他没有再住在这山坡上的需要了，他便立意使他自己离开。

这时他孤独地走下这昔日曾映着双影的石阶，从不可挽回的一望之中，竟使他想起可怕的那令人战栗的人生的一幕。他想了之后又深的懊悔了；本来，他只顾望所有的幸福和不幸都一齐忘掉的。

"既然——"所以他又很可怜地自勉的想:"我也应该的好好的生活呀……是的,到上海去好好的生活去吧!"想着便不自觉的已走到石阶最末的一级。

接着他便说:

"人生是一个完全的病者呵,它终只喝着人间的苦味的药,恋爱就是使他吃药的微菌!好,我现在把恋爱埋葬了吧!"

然而当他开了大门的铁闩,跨出门槛之时,那许许多多的欢乐和悲痛的意识,又好像触了电流似的暴动起来。他又觉得,从此,他和这个山坡永别了。

于是在他的脑里,在他的心上,又像鸽子似的翼似的,飞到那个肩膀,那条手臂。

械　斗

跳井！

这两个字便带来了无限的悲愤，激烈，和恐怖散漫到浏村所有的人们的心里；时候虽然是初秋，炎威的暑气还未尽灭，但空间却流荡着一种静默的可骇的颤栗，似乎过往的白云，乌鸦，墙头的狗尾草，树叶，和田里的稻，菜，甘蔗，蒿爪，以及各样不动的东西，如竹粑，水车，锄，勾子，钓竿，石头，也都现着义愤，暴怒，黯惨和悲凉的气象了。那血气正刚的青年人，像疯一般的无目的的来往跑着，喊着，眼睛闪着火样的光焰，常常束紧他们的腰带，雄壮的膊膀在空间轮回地练习着固有的劲力，并摩擦和整理着他们预备厮杀的种种家伙。稍微年老的，虽然比较稳重些，认为不必咱们做祸首，可是在悲悯的脸上也显然露着勇敢刚毅，而且暗中盘算着交绥和防御的种种胜利的策略。女人呢，的确有一部分因为担忧着自己的丈夫，儿子，或兄弟的危险而祷祝由凶化吉，但一想到这跳井的不幸如果是发生在自己身上，便也很感动的叹息着，流出同情的眼泪了。小孩子们看着大人们都匆匆忙忙地，现着异样的脸色和说着异样的话，便呆了，而且他们的父母谆嘱他们千万不要到濮村去玩，而其实已是连自家的大门都不准他们出去了，遂也抱着莫名其妙的窘促的惊疑和骇怕。

这时候，一切的工作都停止了。

在田坝上牧场上街道上纷乱地满着人头，脚步，和弥漫着沉痛的激昂的悲壮的叫喊，全村的空气在颤栗里紧张着，所有的人都像醉汉那样的疯狂了。羊儿惊慌地在菜园里跑着；牛儿在棚里拼命的抵角；狗儿惨厉的猙猙地长吠……鼓声也撼动山岳一般的响起来。

关于这鼓声，在浏村不变的遗传的习惯，每年只是当春秋两大祭时才能听到，声音却是沉抑而凄哀，像把人引到那寂寂惨惨的境域中去似的；此外，倘有例外的响起来，那不是因为土匪结队来打劫，便是和某村有了不可解的不幸的事件发生了。

在十年间，这鼓声是安安静静地在一年里响了两次。可是这一天却不幸地例外的响起来了。

这样的鼓声第二通响过后，在陈氏宗祠前的白杨树间，数也数不清的站满了人，而且还慢慢地增多，至于堆着堆着，那最后面的人，从祠堂的大门口看去，只有八九岁小孩子那样高了。

不久，第三通的鼓声更有力的响起来，于是像火山崩裂一般的声音便震彻在空间。这样的直到村长走上戏台，经过了几番的劝告，大家才稍稍安静下去。

村长已是做过六十大寿的人了，须发都半白，但精神却非常兴旺，眼光炯炯地，声音洪亮而坚实的向大家说道：

"咱们唯一的是不能忍辱！"

"谁忍辱谁是狗养的！"大家中有很多这样叫着。于是村长又接着说：

"濮村如果不交出王崇贵来抵偿咱们仲奇媳妇的命，咱们势不能不复仇，咱是不能受这样欺侮的！不过咱们现在且不要忙，等他答复咱们的通书，看是如何，咱们再决定；可是咱们的复仇却不可不先预备……"

"家伙都预备好了！大家又嚷着。"

"好！"村长用鼓励的刚毅的声音说。于是他便宣告散

会，请大家明天再来听消息。

村长退去后，大家便一群一群的结着队，彼此说着义愤激昂的话，神经都兴奋极了；其中最惹人注意的，便是在平常对于工作极勤劳对于村人极有礼的茂叔的儿子邦平了。因为他不但像其他的人那样的束紧腰带，练习筋骨，并且在沉痛的叫喊中还落着眼泪，宣誓非踏平濮村人的宗祠和祖坟，便不要活了。和邦平同样被村人注意的，却也有不少的汉子，但要是那样毫无忌惮的说着愤慨的丑话，小工阿二算是最出众了。

他紧紧地握着铁尺，一面跑着一面亢声地喊：

"将濮村女人的乳子来喂狗！……濮村女人，哼！……"他这样的说着，心里满着复了仇的得意和骄傲；因为有一次他暗暗地瞟一下濮村的一个女人，却被知觉了，那女人便沉下脸来，诅道："狗娘养的！看什么？眼睛长癞疮！半路死……"阿二认为终身的大耻和倒运的。因为这样，在这次不幸的事件发生后的空气里，阿二的主张是激烈的，举动是疯狂的，言论更是超然出色的了。他自得这不幸的消息，便又欢喜又愤怒的跑到仲奇家里去，可是在半路上他转到三盛酒店里，一口气喝完了六两高粱，向在座的人亢声地说：

"你们还喝什么酒！咱们浏村简直是人家的了！咱们能做人家的奴隶么！像这样的欺侮！没有人道，鬼干的！……"他不清白的滔滔地嚷。

"你醉了吧？"一个酒客问。

"说些什么！"又一个。

"狗才是醉！"阿二愤怒地说："你们还做梦呢！那仲奇的媳妇，孀居的贤德的妇人，她侍奉她的婆婆——那位只能吃饭的老婆子——多孝顺，可是现在死了，死了，跳井！"

"什么？这是真的么！"十余个的酒客这才同样惊疑着。

"谁说不是真的！唉，跳井，跳井，一死两条命，遗腹的！两条命！……这样的仲奇就要绝嗣了！两条命！"

"为什么跳井死呢？"

"为什么？哼！哼！……濮村的王崇贵，就是这鬼小子，千刀万斩的，他遇见仲奇的媳妇，在他们村里的旱沟，先是用软，后来用强了，就在那沟边干那无天理的禽兽的事。哼！那小子！……于是仲奇的媳妇回来哭了两昼夜，婆婆劝她也不听，今天早上就跳井死了。唉，两条命！

"两条命！"

阿二嚷着走开去；于是酒店里的人，都愤慨着，各自匆匆忙忙地走了。

恶劣的空气由是散漫了全村。

这一夜，在濮村交界的那土堡上，三十个人一起的，轮流地守卫着木棚；并且号筒时时吹着，另一组二十个人在村里巡逻。这样，那各种从前未有的刀枪和呼哨的声音，又森严又惨厉又悲壮的声音，不绝地在寂寥的夜色里流荡，影响到宿鸟的凄鸣，小孩子的啼声，树叶沙沙瑟瑟地低咽，以及鸡鸭在坰里挣扎，牛羊在棚里冲突，狗儿在田野狂叫……一切平常的安静，有序，都破裂了，空间是弥漫着深不可测的颤栗的恐怖。

每当濮村的声息响到这边来，大家便极有力的叫喊一声，像示威似的。并且，大家都希望濮村来一个奸细，捉住了，砍下头来高高地悬在竹竿尖上；这是再高兴不过的事了。所以，在大家守卫和巡逻中，时时便互相问道：

"有吧？"带着希望的声音。

"没有！"

于是大家又失望地静默了片刻。

"真没有——那是濮村人的懦弱，怕死，癞狗似的！"

也不知是谁在暗处这样高声的解释说，大家便又得到胜利似的高兴地呼啸，将种种的家伙响动着了。

"真是癞狗似的！"大家终于这样决定的说，因为天色已朦朦地发亮了。

到太阳的光辉照到田野的时候，鼓声又激厉的响起来。于是像潮水一般的人群，连连绵绵，纷乱地向祠堂奔去。这时候，被村人最注意的小工阿二，他似乎曾喝了酒，脸上涨满着血色，眼睛呆呆的望着，疯疯癫癫的大声地喊：

"杀过去！一个不准留！剩一个不算咱浏村的好汉！呵，杀……杀尽那狗男子，一个不准留！"……赤露着的膊膀，青筋条条暴现着，和那四尺多长的勾镰刀不住地在阳光里旋舞。

"阿二真是一个侠肠的汉子！"如果在无意中忽然听到这赞扬的话，那他的勾镰刀便有力的飞闪得更快了。

今天的人数，比昨天确更增多了；人气也更见激烈，刚毅，勇敢，大有非把濮村的所有都踏成平地不可的气魄。因为这样，人声便犹如捣碎天地那般的悲壮的鼎沸着，白杨树上的鸟儿都咻咻地飞到远处去，第二通的鼓声也只能深沉地在紧张的气里幽幽地响着了。

在村长还不曾登台，有许多激昂的分子，便自由的跑上去，嚷着使人感动的叫喊……同时，便有许多妇人们，静静地站在祠堂里面的侧厅里，有的叹息，有的流泪，围绕着跳井死的仲奇媳妇的尸首：她的身体比平常大了一倍，头发散着而且被污泥浆硬了，脸上模糊地满着伤痕，眼睛却一只半开着……尤其可怕的是她涨得异样大的肚子，和露着白牙齿的嘴巴。

"真可怜！"这种声音是任何时候都容易听到的。

大家愤愤地闹了不久，第三通的鼓声响了，于是村长和村甲及财主士绅们走上戏台去；跟在村长背后的，大家都认得是祠堂管事韩伯，他脸色极愤怒，又极惨厉，手上不住的流着血。

经了人声突然更凶猛的鼎沸一下，村长才大声的说，声音又沉痛又激昂，脸色从稳重变到紧张，是完全被热血燃烧着了。

"咱们现在不能不决斗了！你们瞧吧——真是没有这种道理！——韩伯送通书去，濮村人不但不认错，反将通书撕了，口出不逊的话，说是咱们村里的女人只配当娼，来一下有什么要紧？韩伯当时气愤极了，和他们辩论，于是他们将韩伯的五个指头砍掉了！……"

"杀过去！"小工阿二打断村长的话，嚷着。

"杀过去，杀他娘的一个干净！杀！"大家便附和着叫喊。稍稍安静的空气便又骤变了。

这时候，须发半白的村长，看去全不像是一个老年人；他屹立着雄壮而威武，眼睛满着火光炯炯地闪动，两只手叉在腰间，像要将他的豪厉森严的气魄压死什么伟大的东西似的。他静默了少顷，便钟声一般又深沉又洪亮的说：

"咱们现在是不能不拼一个死活了！那末，咱们明早便和他们决斗！你们今晚守栅和巡逻要加倍小心，等天明时，都到这里来，我自有计划，调遣你们！你们的家伙都预备好了么？"

"早好了！"大家回答。

"那末你们且回去；我还有别的事要设法的！"

村长和村甲等退下戏台去，于是大家又潮水一般的纷乱着，叫喊着了。

第二天，疏星的微芒还不曾尽灭，这个祠堂前便已刀枪森列，人声嚷嚷了。不久，村长又出现在戏台上，拿着一面三角形白布红边的小旗子，慢慢地摇动，嘴里不绝地喊，天，地，玄，黄……各种关于队伍组织的表号。这样，那雄赳赳，气昂昂的村人，便三十个人三十个人的走开了：一面吹着号筒，一面自己呐喊……浩浩荡荡地杀进濮村去了。

这一天恰是一个惨淡的天气，阴阴欲雨。

因为没有阳光，又没有钟表，所以不知道确实是经过了多少时间，但似乎并不怎样久，因为村长预备着胜利凯旋的酒放在桌上还不曾全冷，便有两个村人抬着小工阿二进来了。他是第一队的先锋，临走时异常的激昂奋勇，脸上满布着不杀仇人誓不归的气概，握着那柄勾镰刀是极其锋利的；但现在却闭着眼睛，困难的低低地呼吸，黄牙齿一大半露在惨白的嘴唇外面，腿是直着，勾镰刀已不在手中了，一双胳膊很无力的放在身旁，胁下不住地流着鲜红的血。

"怎样？"村长有点惊慌了。"咱们的形势不好么？"

"好得很！好得很！"两个村人同声回答。

于是，一个医生忙地走过来，用他长着有一寸长指甲的手，摸一摸阿二的鼻端和胸前，迟疑了一下，便拿来一束干干的药草，往伤处塞进去。医生的手还不曾拿开，阿二在沉寂的僵卧里，便突然震动一下，旋又极困难的低低地呼吸去了。

村长蹙着眉心，在阿二身旁，不住地来回的走。

"不至于吧……"他不安的自语着。

不久，茂叔的儿子邦平也流着血被抬进来了：他是和阿二一样的奋勇而现在也一样的只能极困难的低低地呼吸了。接着又抬进了几个人。

"咱们的形势不好么？"村长每一次看见抬进人来，便这样问。

"好得很！好得很！"

然而村长却总是不安着。

　　空间除了喊杀和铁器互击的声音，似乎其他一切的东西都寂然了，天气是惨惨的阴阴欲雨。

　　这种的混乱，不停止的纠缠着，经过了很长的夜，直到第二天傍晚，这才稍稍的平静去。当阳光挂在树杪，许多的鸟儿都想归巢的时候，浏村人才零零落落地，却也有三百多人，大家在疲倦中兴奋地打着锣，叫喊着：——

　　"踏平了！踏平了！"

　　接着，便来了流畅的欢声和沉痛的哭声。及到天色渐渐地黑了，祠堂的横台上燃着无数的火把，蜡烛，和木香；在横台两旁，排列着仲奇媳妇，小工阿二，邦平，和其他的尸首约有二三十具。

　　"怎么还没有来？"村长在得意中，焦急的问。

　　"呵！来了，来了！"大家喊着。

　　这时，一个有力的强壮的村人，挑进了两个竹筐子，他走到横台下，便倒出来了十几个头发散乱，血肉模糊的男女脑袋……于是从村长以下，都肃诚的静默着，祭奠那僵卧着的为义牺牲的死者。

　　鼓声便幽沉而凄哀地谐和着死者的亲人的哭泣。

牺 牲

　　夜里敲过了十二点钟，林亦修又从家里跑出来了，一直向萨坡赛路的那头，尽力的往前走，显着歇斯蒂里的神气。这条马路是已经冷静了，空阔地，没有行人和车子，只高高地吊着寂寞的街灯，到处堆满着黑暗和许多神秘的影子。很远，却可以从他的脚下，听见那单调而急促的皮鞋的响声，以及他的瘦长和孤零的影子，忽前忽后地跟着他，映射在灰色的水门河上。他走到嵩山路去，去找那个医生。

　　他的头垂得很低，差不多那帽子的边把他的脸完全遮住了。他常常举起焦灼的眼睛，望着马路的前面，希望立刻就看见那写着"王医生"的白色圆形的电灯。那"××医院"的招牌，成为他急切要求的目标。可是这一条马路是怎样的长呢。这条马路，变成熟睡的河流似的，平静的躺着，一直在前面而显得没有尽头的样子，不但没有行人，一辆黄包车没有了。仿佛这热闹的上海市，单单把这一条马路放在寂寞里，使黑夜在这里散布它的恐怖。

　　"唉……"

　　他走着，不自觉的叹息了一声，悒郁地嘘了两口气，他的脸是沉默的，完全被忧愁笼罩了。他的心头不断的起伏着各种感情的波浪，差不多每一个起伏都使他感受到一种新的难堪的痛苦。

　　"假使……"他痛苦的想，"这是多么可怕呵！"接着便想起许多女人都死在可怜的生产里，和许多女人都为了打胎而送了性命，以及他的一个女朋友就为了打胎……许多恐怖的事实和想象堆满了他的脑子。

"不，决不会的！"

他一面克服的安慰着。可是那已经安慰的事实，却明显得像一片玻璃，透亮地横在他的眼里。他时时刻刻都在看见，迦璨是痛苦的躺在床上呻吟，挣扎，而是毫无把握地挣扎在死的边界上，任凭那命运的支配。

"可怜的迦！"这声音，不断地从他的心里叫出来。同时在这个声音里，他看见他们过去的美满生活，然而这生活一想起来，就变成恐怖了。一切事情跑到他的头脑里，都变成残忍和可怕。仿佛这世界的一切，都联合地对于他怀着一种敌意……

最后他走到霞飞路了，他看见了那一块招牌，便飞一般地跑了过去。

医院里没有灯光他不管，只沉重的按了长久的电铃，一个佣人跑出来了，他说：

"王医生呢？他在家里不？"

"睡了。你看病吗？"

他等不了和佣人说话，便走了进去，站在待诊室的门口，向楼上喊着：

"王医生！王医生！"

那个圆脸的医生带着瞌睡走下楼来了。走到他面前装聋一样的问：

"怎么样？还没有下来么？"

"没有！"他沉重的声音说："现在已经超过预定的时间，差不多八个钟头了，怎么样呢？"

医生皱起眉头了。过了一会说：

"不要紧的。一定会下来的。"

他立刻不信任的回答：

"你不是说二十四个钟头一定会下来么？现在已经三十二个钟头了。妊妇痛得要命。我看很危险。你应该想法！"

但是医生并没有法子想，只机械的说：

"不要怕！不要怕！"

这时从楼上走下了两个女人，差不多都是三十多岁的样子。一个长长的脸，是医生的太太，她走近来说：

"不要紧的，没有危险。这个方法是最好的。我自己是试验过两次的，每次都是六个月，都打了下来。"

医生被他太太的话长了许多勇气，便接着说：

"这方法是秘传的。许多许多人都是用这个方法，并且从没有危险过。我的太太是亲身试过的。那位张太太也打过一次，也是平安的打下来了。"

那位张太太也厚着脸皮说：

"我打的时候，已经八个多月了，可是像没有事似的。"

但是他坚决的问：

"你到底有把握没有？王医生！这不是闹着玩的。"医生哑然地望着他的太太。那女人，显得比男人能干，毫不踌躇的说：

"当然有把握。上海的女人打胎统统用这个方法的。"

"不过这不是科学的方法，"他质问的说，"能不能靠得住呢？王医生说是不怎么痛，可是痛得要命；王医生说一个小时准下来。可是现在已经三十二个钟头了。"

"痛也有的，迟几个钟头下来也有的。"那女人光利的说："这不要紧。说不定这时候已经下来了。"

他知道这谈话是没有什么结果的。当然，好的结果，更没有。因为他已经看透了这个医生只是一个饭桶。除了骗去三十二块钱以外，是什么方法也没有的。他觉得他不要再站在这里了。他应该赶快的回去，把病人送到别的医院里去。

于是他没有工夫和王医生计较，便走了出来，急急的走回家里去。

在路上，各种可怖的思想又把他抓住了。他重新看见迦璨躺在床上反反复复的呻吟和挣扎，重新看见她的脸色的痛苦和苍白。并且他又惊疑地想到那可怕的，那不幸的降临……

"唉，不要这样想！也许，她真的下来了。"

他用力的保守着这一个平安的想象，便觉得有点希望的光芒在他的眼前闪动着。

可是走到他的家里，还刚刚走到房门边的楼梯上，他就听见迦璨的悲惨的呻吟。这使他立刻飞起了两种感觉：他知道她的危险还没有过去，同时又知道她还生存着。

他轻轻的把房门推开了。第一眼，他看见迦璨仍然躺在床上，脸上被暗淡的痛苦蒙蔽着，眼睛闪着失神的光而含着泪水，两只手紧紧的压在肚子上。

"迦！"他喊着，一面跳过去，俯在她身上，用发颤的嘴唇吻了她的脸，她的脸发着烧——一种超过四十度的病人的烧，几乎烧灼了他的嘴唇。

她微微的张开眼睛，无力的对他望着，慢慢的又闭住了。

"迦！怎么呢？你？还痛么？"他问。

她好像嘘气一样的吐出声音：

"一样。"

"到医院去吧。人要紧。我想送你到福民医院去。"

她又张开眼睛了。摇着头说：

"不。福民太贵，我们住不起。等一等吧，也许有下来

的希望。修！你不要急。"

"还是到福民去，因为福民的医生好，可以得到安全。钱呢，我再想法去。你的人要紧呀。假使原先就到福民去，免得你这样受苦。现在到福民去好么？"

"不。"她虚弱的说，一面乏力的举起手臂，抱着他的颈项。"修！爱的，现在不要去。要去到天明再去吧。说不定到天明以前就会下来的。到福民要用一百多块钱。我就是为了钱才吃这个苦头的。唉，我们到哪里去找这么多的钱？"

他沉思的深默着。他的心里像经过一番针刺似的难过。因为他不能不承认她的说的话：他们是太穷了。这几个月以来，在"经济的封锁"中，他们的生活都降低到最低度，而且还是很困难的过着。以前，他的稿子，可以到处去卖钱，但现在人家不敢收，他自己不愿意卖给那些书店。并且那些和他在一个立场上的工作的朋友们，也都变成穷光棍了。那么，到哪里找一百多块钱呢。如果很容易的找到这样一笔款子，她不就早到福民医院去了么？正因为找来找去只找到三十块，她才到那样靠不住的小医院里，受着非科学的打胎的方法，把性命完全交给毫无知识的一个三姑六婆模样的老妇人的手里，做一种危险的尝试，所以他不作声了许久，才慢慢的开口说：

"迦，你真作孽呢。"

他摇着头，一面从痛苦的脸上浮起微笑。

"不要难过。"她握着他的手说，"我们是相爱的。这不能怪你。你已经很压制了。这一次受妊，我自己是应该负责的。当然，如果我们的环境不是现在的这样，我们是应该把小孩子生下来的。但是现在，我们纵然养得活，我们也不能生，因为有了小孩子，就要妨害到工作，我们是不能够有一个小孩子的。"她停了一会，又鼓动她的声音说："你放心

· 36 ·

吧。爱的！我想是不会有危险的。"

"可是你发烧得厉害呢。"他直率的说。说了便觉得不应该把这句话告诉她，立刻改口了："我们是有一个很大的前途的，我们应该再做许多工作，我们现在都还年轻，不是么？"

她微笑着点头。可是她终于忍不住，又痛苦的呻吟起来了。他倒了一杯开水来。把杯子放在她的嘴唇边。

"喝一点水吧。"他机械地痛心的说。

她用力的昂起头，他把她扶着。

"痛得厉害。"她喝着水，一面说。

他轻轻的叹了一口气。

"这一点，"他望着她的脸上说，"男人太享福了。自然的残酷，单单使女人来经受。当然，打胎是反乎自然的事情，但是正式的生产呢，不是也必须经过很大的痛苦么？这事情太残酷了！太残酷了！"他一连的说，又心痛的吻着她，一面把她的脸慢慢的送到枕头上。

她感激的望了他一眼。接着她又呻吟了。在她的呻吟里，响着忍耐不住的悲惨的声音，同时这声音像一条条尖刺似的，从他的心脏上穿过去了。他无可奈何的看守着她，看着的她的脸上飞着一阵又一阵的痛苦的痉挛，而且慢慢的变成苍白。

"怎么样？怎么样？"他完全落在失了主意的恐怖里，不断的轻声问。

她间或答应他一句"放心"，有时便向他摇了一下头，表示她要他不要焦急。

他不断的叹气。常常把手指深入到头发中间，用力的援着，仿佛他要从她的脑袋里抓出一种方法——使她平安的把胎儿落下来。

可是时间是过去又过去了。她的呻吟仍然继续着，而且更显得乏力和悲惨。她的两只手差不多拼了全生命的力似的压在肚子上。

"你替我摸——用力的"。她勉强地向他说。

他就痴痴的坐下来。他照着她的意思，完全不知道有益或有害，只像木偶似的把一只手用力的从她的胸部上一直摸到小肚子那里去。他机械地做这样的工作，同时，有一种恐怖在扰乱他，使他颤栗的想着，也许她的性命就在他的手下送掉了。但是他刚刚胆怯的轻松了，她又向他说：

"用力点。"

他只好又用力的按摩。随后他的确把全身的力气都用尽了，他不得不停止着，一面关心的问：

"这样摸，有什么影响呢？"

她没有答应他的话，只把她自己的手去继续她自己的工作。他完全变成蠢人似的看着她。她的脸色越发苍白了。

"迦！"他望着，含着眼泪的叫着她，又吻着她的脸。

"痛得厉害！"她低声的说。

"怎么办呢？"他自语一般的回答。

"不要紧。修！爱的。你歇歇吧。你就在脚头躺一躺。唉，明天是星期三，你又有三个会议！"

"不躺。我没有瞌睡。"

她张开眼睛望着他，说：

"你的眼睛都红了。你的睡眠是很要紧的。唉，你近来瘦了许多。你太忙。许多重要的工作都负在你身上，你必须有精神，更不能病。你还是躺一躺吧。"接着她又呻吟了。

可是他没有躺下去，却走窗子前去。他看见那一张写字桌上，放着许多药棉和药布，一罐益母膏，一包红糖，一个火酒炉子，一瓶火酒，一盒洋火……这些东西都是为她预备的。

"唉,益母膏,"他望着那古板的黑色的瓦罐子,感伤的想着:"她能够吃益母膏就好了。"于是站在窗户边。

窗户外面的天色是深黑的。一团无边际的黑暗把一切都笼罩着。许多漂亮的洋房子都深埋在黑暗里,而变成沉默的黑的堆栈。只在很远的云角里才露着一颗星儿,闪着可怜的黯淡的光。空气是凄惨而沉重,使人感到可怕和失望的感觉……

他轻轻的嘘了一口气,痴望着这黑夜。许多幻影从他的眼前浮起来了。他又重新看见那××医院,那专门做打胎生意的老妇人,那手术室,那走进手术室里去的一对可怜的人儿——他自己和他的迦璨,以及他失了意志似的让迦璨躺到那可施行手术的椅子上,让那个老妇人把一种不使人看见的药品放到她的身体的内部,放到子宫里去,完全是巫婆似的一种神秘的方法呀。并且迦璨是怎样苦痛地闭着眼睛……这影子使他发颤的吐出了一声叹息。

他回头望一望床上,不自觉的喊了一声:"迦!"

迦璨的呻吟已经停止了,可是她的眼睛是紧紧的闭着,忍耐着十分痛苦的样子。

"你怎样?"他颤着声音问。

她并不张开眼来看他,只举起手向他摇了两下。他又痴痴的站着。他的眼睛又望着黑夜。但是他什么都没有看见,甚至于那颗唯一的星光也不见了。他机械地把手放到玻璃上,心里热腾腾地燃烧着纷乱的情绪,他不知道他应该怎样处置这个可怕的事变,而且能够平平安安的处置下去。

"她已经落在很危险很危险的境地里了!"他怔怔的想。但是怎样把她从这个危险里救出来呢?他没有法。他想着,同时他又糊涂了。他只是扰乱地懊悔他自己不应该赞成她打胎,以及他粗暴的发燥的在心里骂着:

"该死的医生！该死的老妇人！该死的中国社会制度！"这样骂着，他觉得如果自己是学医的，那就好了。

"既然有这样多的人不能不打胎，"他接着愤怒的想，"为什么不好好公开的研究打胎的方法呢？医生的天职是什么，不是解除人们生理上痛苦么？不能够生产的人为什么非要人们生产不可呢？那些医学士医博士懂了什么？戴着宗法社会的虚伪的面具！假人道主义者！一群猪！"他一连痛快的骂，可是这愤怒更使他扰乱起来了。他想起许多认识的和不认识的人，都活生生的死在这些医生的手里，尤其是在三个月以前，他的一个朋友的爱人才被牺牲。

"唉，医学界的革命也要我们来负担的！"那时他的朋友向他说。现在这句话又浮到他的心上了。同时他伴着他的朋友去送葬的情形，又浮到他的眼前来。

"不。迦璨不会的。"他立刻安慰的想，"迦璨的身体很强！"想着便怯怯的向床上望了一眼。

迦璨张开眼睛，慢慢的向他招手。

"修！你来！"她乏力的说。

他呆呆的走过去。

"怎么样？"他担心的问。

"不要紧的。"她安慰他的心说，"你拿点药棉来！底下，流出了许多脏东西……"

"是下来的样子么？"他心急的问，在心里有点欣然。

"不知道。也许是的吧。"她浮出微笑来说。

他拿来了许多药棉。

"怎么样呢？"他问。

"把脏的换掉。铺在底下。"她教着他。

他小心的把棉被翻开了。一股热腾腾的热气直冲到他的脸上来。他轻轻的把她的身体向旁边移着,他看见一团黄色的脏水污了被单。他把迦的棉花拿下来,把新的干净的铺上去。当他触着她的身体的时候,他的手好像放在装满开水的玻璃杯上面,热得发烫。

"唉,你烧得厉害呢。"他一面盖着棉被一面说。他又把他自己的手给她枕着,另一只手放在她的脸颊上。

她疲倦的张开眼睛,含笑的凝视着他,说:

"放心。急也没有用的。"

"唉……"他长长的叹了一口气。

"不要焦急。你躺一躺吧。现在几点钟了?"她举起手,把手心放在他的手背上。

"三点钟过五分了。"他惘惘的回答。"唉,不早呢,你差不多到一个对时了。医生真靠不住。他妈的!医生——骗子!"

她安慰的向他微笑。

"中国哪有好医生。"她解释的说:"学士博士都是骗吃饭的。这只怪我们整个的社会制度不好。否则,这些医生怎么能够骗人呢。修,你放心。刚才又流下许多水,大约有下来的希望。你躺一躺吧。"

"不躺。"他坚决的回答:"你不要管我。你现在怎样呢?痛么?"

她点着头。

他看着她的脸,颜色越变苍白了。在她的眉头上,痛苦更深的锁着。显然,她已经瘦弱了许多。有一层阴影笼罩在她的瞳子里,使她的眼睛失去平常的光彩。那大颗的汗点不断的从她的额头上泌出来。

他看着,沉默下去了。在心里起伏着不平的波浪。他强烈的同情她。因为她的打胎并不是由于她的本意。她是喜欢小

孩子的。年青的母爱正在她的心里生长着。打胎，只是为了工作的缘故。同时在他们的生活上，也不允许增加一个小孩子的负担。他们曾经商议了好几次才决定打胎的。但是他没有想到打胎是这样的使她吃苦，使她陷在这样危险的境地里……这时他突然向她说：

"迦！我想起，该不打胎的。"

她微笑地摇了头，说：

"还是打了好。我们不是已经商议过好几次么？不打以后我们怎么办呢？我并不懊悔。"

"你太苦了！"他叹息的说。

"不要紧。"她又微笑起来。"我们的牺牲是有代价的。没有小孩子，我们可以做出更多更好的工作。并且我们都还年轻，等'我们'成功之后，再生一个孩子也不迟……"她的微笑使她的话变成温柔而且可爱。

他同情的吻着她的脸。他也浮现出微笑了。他差不多带着感激的意思说：

"迦，你真好！究竟你和一般小资产阶级的女人不同的。你很能够克服小资产阶级的意识。不是么？我们好几年以来，都常常说着我们的小孩子，现在有了，又把他打下去，这的确不是一件容易的事情。你说呢？"

她笑着点着头。

"是的。我们完成一件工作比生下一个小孩子还重要。我们现在要紧的是工作。小孩子不算什么……"

他也笑着望着她，安静地听她的话。可是她还要说下去，忽然把眉头突的皱起来了，同时把眼睛闭着，忍耐着强烈的痛苦……

他吃惊的问：

"痛么？怎样呢？痛么？"

她惨然向他点一下头，便重新开始呻吟了。

"痛得很。"她虚弱的说，把手用力的压在肚子上。

他又悯然的望着她。刚才的一点和平又消灭了。那焦急的，苦恼的情绪又开始在他的心里扰乱着。他一面同情的吻着她，一面暴躁起来。

"混蛋！"他骂着医生。

"替我摸……"她说。

他答应了，可是那一种恐怖又使他怀疑着——这样是不是会送掉她的性命呢？因此他时时都停止他的工作，一面痛苦的想着这可怕的事变，一面问：

"怎么样？唉！"

"好点。"她回答，有时只点一点头，眼睛也没有张开。随后她的呻吟越变厉害了，变成凄惨的声音挣扎的哼着，显然是和死做着激烈的奋斗。

他完全陷在苦恼里，焦急里，失望里。

"假使……这是很可能的……"他不堪设想的想着。

楼下的自鸣钟响到楼上来，清亮的响了四下。他听着，用心的听。这时，他只希望天明，似乎天明将给了他什么援助。可是他望一望窗外，仍然是充满着黑暗，沉沉的，不会有天明的默着。仿佛有许多魔鬼之类的恐怖，潜伏在黑暗里，而且向房子窥探着，要跑了进来。一切东西在他的眼前都变成可怕的样子……他的神经被刺激得有点错乱了。

时间是悄悄的继续的向前走，整个的夜不使人得到一点感觉地随着时间而消失。曙光从黑暗里钻上来。沉寂动摇了。晨曦之前的声音慢慢的响起来。窗外的黑暗在变动着。

迦璨的声音继续到这时候：五点钟了。她才突然的撕裂

的哼了几声。于是昏迷，同时她的胎儿落下来了。

"修！"一分钟之后，她恢复了知觉说。

他立刻跑过去，吃惊的望着她异样苍白的脸，发呆的问她：

"怎么的，你？"

"下……下来……了。"她勉强吐出声音来。

一瞬间，旋转的宇宙在他的眼前安定了。一块石头从他的心头落下来。他简直被欢喜弄成糊涂了。他惊讶的浮出一重欣然的苦笑。

"真的么？"他脱口的说。

"赶快，"她的声音低微地——"把药棉拿来……"同时从她的惨白的脸上现着痛苦过后的疲倦，微微的把眼睛张起来，安慰地向他睨了一下。

他长长的嘘了一口气，仿佛从他的心里吹出了一个窒塞的东西，觉得他在一瞬之间轻松了许多重负。他立刻把一捆棉花和药布拿过来。

"我动不得……"她低声的告诉他。

"让我来。"他感着意外的欣幸似的回答她，一面把棉被翻开，把她身体移向旁边去。一团鲜红的血映到他的眼睛里……他的心跳着。好奇的看。他一面把脏棉花拿开了，又把新的棉花铺上去。在另外一块雪白的棉花上，他放着那个三个月的胎儿。

"给我看一看。"她张着眼睛说。

黄色的灯光照着这一个未成熟的身体……

"像一条鱼，"她审视着说，接着叹了一口气。"唉，是一个女的。"

她的心情又变化了。惘惘的，没有出声，望着她的打下的小女孩。

"好不好把她保存起来?"她说。说了又改口了:"唉,留她做什么!"

他默着,感想着,有一种说不出的难过的心情在心头流荡着。他想起许多神话里的爱的故事,许多小说中的小孩子,以及法国公园的草地上的可爱的小洋囡囡……

"你怎么不说话?"她望着他。

他勉强的笑了。说:

"想着你平安了!"于是俯身吻着她的脸。

"你难过么?"她低低的问:"我怕着……"

他点着头。接着问:"你呢?"

她浮着微笑。

"有点。但是这不算什么。"她回答。

"好……"他说,"你吃点益母膏吧。"说了便跑到桌子边,把火酒炉子点着,把热水壶的开水倒在一只小锅里,又把黑的益母膏倒在碗里,把红糖的纸包打开。

"以后我们不要再打胎了。"他又跑过来向她说,"我呢,我愿意忍耐一点,不要再使你吃苦了。这一次,我们简直是死了一次呢?唉!"一面紧紧的握着她的手。

"那么你不是太苦了么?"她微笑的说。

"不,这一点苦是应该吃的。"

水开了。他跑过去,冲了益母膏,倒了红糖。

"吃一点。"他一面把她慢慢的扶起来。

可是她喝了两口,便完全吐出来了。

"喝不下去。"她皱着眉头说,同时她的肚子又开始痛起来。

"医生不是说,胎儿落下来就要吃么?"他怀疑的问。

她无力的躺下去了。那已经平静的呻吟又开始响起来。

身体上的热度又增加着。她又用力的压着肚子上，苦痛的闭着眼睛。

"怎么又痛起来？"他惶惑的自语一般的问。

她摇着头。"不要紧的。"她说，呻吟的声音越扩大了。

"为什么胎儿落下来之后还要痛呢？"他重新陷在没有把握的疑虑里，想着，焦燥着。

五分钟之后，她又突然喊了一声，接着便虚弱地晕了过去。那苍白，异样可怕地重新笼罩着她的脸。

"又下来……"半晌她带喘的说。

他惊疑的看着她，又开始他的新奇的，可怕的，不能不做的工作了。

"哦，"他忽然明白过来，有点好笑的叫了："是胎盘！是胎盘！"

她慢慢的张开眼睛。听着也笑了。抚摩一般的睨了他一眼。

"唉，"她说，"我们连胎盘也不知道呢。"便笑着望他。他松了一口气。

"我们都没有经验。唉……现在好了。你可以喝益母膏了。"

她喝着。她的热度已经低下去。她平安了。她十分乏力地，疲倦地躺着，常常张开眼睛来望着他。

他坐在床沿上。他的恐怖消散了。焦急，暴躁之火也熄灭了。只留着痛的痕迹，深深的印在他的心上，眉头上。

"这只能够一次。"他过了许久说。"这一次已经把我老十年了。"

她握着他的手，微笑的望着他。

"一次……"她说。

"你也瘦了许多。好像害了一场大病一样。"他爱怜地说，给了她长久的同情的接吻。

天色已经黎明了。市声隐隐的热闹起来。弄堂里响着刷马桶的沙沙的声音。黑暗，完全破裂而且消灭了。晨曦的影扩大到房子里面来。现出了物体的轮廓，和一些脏的药棉和药布丢在地上……各种东西都现着经过了暴动的凌乱的样子。

"现在一切都好了。"他望着她，欣然的安慰的想着。

"睡一睡吧。"她倦声的向他说。

"不睡。你睡吧。好好的休息着。不要管我。"他一连的说，轻轻的拍着她。他看着她疲倦的苍白的脸，慢慢的沉到睡眠里去。他自己轻轻的嘘了好几次的叹气，一面在疲倦里兴奋着，沉思着，常常爱怜的给了她一个吻。

他一直守着她到了七点钟。他才站起来。写了一张条子：

"迦！你平安的多睡一会吧。我现在到×××去。今天是主席团和各部长会议，我必须出席。也许在十二点以前，我就回来了。我希望我回来的时候，你才睡醒，并且你可以吃一点稀饭。"

他把这条子放在她的枕头旁边。轻轻的吻了她一下，重新把棉被替她盖好。小心的走出去，把房门轻轻的关上了。

于是，他一步步的下着楼梯，一面挂念着她，一面摸着他的西装口袋里的文件。

女 巫

　　天峨山上的岩室里有一个女巫。

　　这女巫是什么时候来到这山上呢，据说，像神话似的，自有了这个山的那时她就来到了，并且她那时是十七岁而现在还是十七岁那般的青年，丰润，艳冶，因为她曾经服过长生不死之丹，而这丹是从天宫里盗来的，所以，一直往将来，她都要像一个未出阁的少女，羞涩，浅笑，和温柔。

　　虽说如此，然而一般人都没有真实的见过她的面貌，身材，和发着桃花光泽的皮肤的颜色，大家只是为了彼此的附会，在无形中，就都确凿的坚信了她的美丽。

　　"……十七八岁的姑娘似的！"

　　对于这女巫，一般人的心中都深刻着这信念。

　　她所住的这个山是没有山脉的，也并不高，差不多是大土坡模样的一个小小的孤山，没有绝峰，只略略有些起伏，其范围总不过三四里远近吧。像这山，本来是遍种着荔枝，龙眼，橄榄和橘树之类的果木的；是许多贫苦的农人视为分外生财的场所，也间或有更贫苦的如乞丐那些人，悄悄的偷一些果实去换几个铜子……然而自然发现了这女巫之后，并且适逢其时的发作了一个大风暴，雷火把山上的橄榄树烧焦了两株，荔枝和龙眼的粗干也被风打断了，这女巫便乘机地说出许多怪诞的，属于鬼神之类的耸人听闻的话，因此一般沉溺于迷信的乡民，便惊愕而且必然的生了敬畏之心。自愿的把山上那果木的权利放弃了，还在那烧焦的橄榄树旁边，盖了一间像神龛一般的小小的山神庙；他们轻易都不敢到山上去，而且，赶羊去吃草的牧羊童也绝迹了。

于是这广大的茂盛的山林便整个的属于女巫了：她由是更造作了许多见神见鬼的事实，去惊动乡民，使他们害怕，叹服，用坦白和虔诚的心向她礼拜，向她求助，向她贡献出许多银钱。

在那岩室的门上，这门是两片青的岩石，天然的，但似乎没有户，是永日永夜的敞开着，有许多的像炮石一般的小小的窟窿，为了壮色她的威严，这女巫便在那小孔上，满满的钉着大大小小的山狗，狐狸，野兔，这之类的脱了皮肉的骷髅，或者只一个脑壳。

在门口的一块青石上面，便写着红朱砂的三个大字——"孤独洞"。

从洞口一直的往里看去，是隐隐地发着亮光，这是那岩室里面的蜡烛之火焰所照耀的。

对着这火焰，由一幅很厚的黄色的布幕隔断着，不露形影地坐着的，就是那个女巫。

女巫一到天亮便爬起床来，坐到这幕后，等待着络绎不断地前来卜卦，求医，决疑，问命，和还愿等等的信男信女；他们和她们到这里来，除了香烛纸箔之外，是每一个人都要拿出二百钱，放到一双黄木的箱子里，这钱就名为"买命钱"。

倘若没有买命钱的人，纵用力的磕到多少的响头，许下多少的心愿，那女巫也终于在幕后尖声的斥责，甚至于带点诅咒的声音说：

"菩萨生气了，她不愿救活那爱钱犹命的人！"

所谓菩萨，便是这女巫所说的并且借口号召的"孤独仙姑"；她说，这孤独仙姑是她的母亲，但有时她又说她自

己，可是那虔诚的乡民全信她。

在表面上，她有两个徒弟，在勤勤地学她的道术，是近于六十岁光景的一对老婆子，尼姑装束，却留着小小的髻，贴在那光滑的头脑后面——看去像一只死了的什么爬虫一般。

其实，这一对老婆子也就是她的同伴，为她广传谣言，使一般人更信服她，另一面又注意着每一个来礼拜的信男或信女，是不是曾足数的付过了二百买命钱。

当着信男和信女来礼拜的时候，这两个老婆子便站在黄幕前，暗递消息，并且防范着意外的事，恐怕有什么人会无知的想钻进幕里去。

幕的前面是一张颇大的横案，案上排满着铁的花瓶，铁的烛斗，以及竹签筒和木封壳等件；幕顶有一个横额，已被香烛之烟熏得黝黑了，写着"有求必应"四字，两旁便垂着同样颜色的两条对联，写着"善知过去未来"和"默审千秋万古"；在这岩室的四周，便杂乱的贴着许多"如愿而偿"之类的匾额，这自然是那些信男信女的庆祝或感戴的纪念品了。

总之，这个女巫是从早到晚地躲在黄色的幕后，不断的享受那用力磕下去的许多响头，和每个人固定的二百钱。那岩室里便不断的被香的烟和蜡烛的火焰所充满着。这女巫便这样平安而且快乐地过了许多时。

一晚间，是潇潇的秋雨之夜，在女巫正睡得入梦时候，忽然有一只粗的手抓到她臂膀，并且很快的，一种沉重的微温的东西便接着压在她身上。

她猛然惊醒。

在这夜色的黑暗中，她忽然觉得，那压在她身上的是一个强大的人的身体。

她害怕，就用全力去挣扎，那身上的压力也就更大了。

于是想叫喊，然而一把雪亮的刀就问到她脸前，并且一个粗的声音低低的说，"不要动，一作声，你就没有命了！"从刀光的闪中，她隐隐地见到，那向她威胁的人是一个近于黑色的丑陋的脸……她颤栗了。

那人就低声的问：

"你是谁？"

她迟疑的想了一会，好像那突然失去的智慧又归依她，给她一个主意，她的心便略略安定下来，坦然地失声回答：

"问我？谁不知道！孤独仙姑是我的母亲……我就是……"

那人仿佛在笑着。

"我曾经服过长生不老之丹，"她接着说，"我能知过去未来，并且——我早就算定今夜有贼……"

"什么！"

"你不是来偷东西么？请别想！菩萨会惩罚你，死后必到地狱去，去捞火锅……"

那人分明的笑了。

"快走吧，慢一些菩萨就要惩你了！"

"谁管这个！"那人说，一面就动手去掀开她的棉被。

这意外的举动使她惊愕着了，她又用全力去抵抗；她的心又恢复到颤栗。

"你敢？"那雪亮的刀又在她的脸前晃了一下，她害怕，然而还抓住棉被。

"快放开！"那人用恶的声音警告。

她更颤抖了，就用哀的声音说：

"银钱全不在我身边，全在那边的箱子里，你拿去好了，何苦伤人呢！"

那人却发出吃吃的笑,用力的把棉被掀开了。

"你不信么?"她近于哭声了。"我自己拿去,你跟着我,不成么?"

那人好像没有听到她的话,却用力的去扯开她的衣服。

"不在这里……"

"我是不要银钱的!"那人忽说,笑意似乎更浓了。

"不要银钱?"她心想,并且她觉得这是更大的祸事了,又用全力抵抗。

"你敢?"刀光又一晃。

她畏缩住了,失色,彷徨,用求怜的凄惨的声音说:

"你要干什么?我……我是一个寡妇,并且是六十二岁的老婆子了呀!"

那人不理她。

"可怜我!银钱统统给你不成么?有二百两这还不成么?"

"告诉你,我来此不是为银钱的。"

"不过,"她几乎颤栗得不能成声了。"我是已经,已经六十二岁了呀!"

"不要撒谎吧!"那人狞笑着说,"全乡里的人,谁不知道你是十七八岁的姑娘似的?"

"那是我撒谎,相信我,那是我撒谎呀!"

然而那人是更凶的去继续那举动。

于是她失了知觉,她的身体像一粒沙一般的飞散了。

许多去卜卦,求医,问命,合婚,以及还愿等等的信男信女都受了吓,惊诧地,从那天蛾山的岩室里奔走回来,差不多是喘着气和别人说她或他的新的奇怪的发现。

一个两个的把这消息传开去,一瞬间,这全乡的人都知道了——

"孤独仙姑的女儿和她的那两个徒弟都不见了!"

在这些乡人的心中,便充满了这新闻的奇异,惊惶,甚至于疑虑到有什么不幸的祸事将降临了。

于是这全乡就像是出了一件重大的事,大家很感着不安,恍若和某乡将要开始械斗的情景,每个人的脸上都现出愁苦的惶惶的颜色;并且大家聚拢着,彼此把呆脸相向,似乎要想从其中得到一个解答,这乡里几乎是完全成为混乱了。

然而,终于由几个信男引导,乡长带领着许多人,到天峨山的岩室中去证明一下这异常的事的究竟。

大家的脚步是迟缓着,从那为难的,惊疑的神色里可见到每个人都带着恐惧的心,向那不可测的女巫的住所进行去。

当许多人下一个死的决心走进那个洞,于是,在黄幕之后,右边的一间小房子里,有几种被吓得几乎是狂号的声音叫出了:大家都预备逃遁的惊慌起来。

幸而这许多人在同时是跑不出这个洞,所以就失色的抖索地站着,挨做一团,无力抵抗的等待着什么魔鬼的出现似的。

然而事情却出乎意外的平安了,这因为——在大家不敢而又悄悄地把眼光怯怯的看到那叫喊的几个人时候,差不多每一个的眼光都发现了奇怪的,又类乎可怜的使人动心的一个尸体,僵硬的横躺在床上,是大家不认识的一个老婆子,衣服被扯碎的凌乱着,从小腿一直赤光到腰间,并且那底下摊着一堆发紫的血……

"这就是那个女巫么?"

在大家已安定的心中,又添上这疑问了。

中秋节

离开我的故乡，到现在，已是足足的七个年头了。在我十四岁至十八岁这四年里面，是安安静静地过着平稳的学校生活，故每年一放暑假，便由天津而上海，而马江，回到家里去了。及到最近的这三年，时间是系在我的脚跟，飘泊去，又飘泊来，总是在渺茫的生活里寻觅着理想，不但没有重览故乡的景物，便是弟妹们昔日的形容，在记忆里也不甚清白了；像那不可再得的童时的情趣，更消失尽了！然而既往的梦却终难磨灭，故有时在孤寂的凄清的夜里，受了某种景物的暗示，曾常常想到故乡，及故乡的一切。

因为印象的关系，当我想起故乡的时候，最使我觉得快乐而惆怅的便是中秋节了。

在闽侯县的风俗，像这个中秋节，算是小孩子们一年最快乐里的日子。差不多较不贫穷的家里，一到了八月初九，至迟也不过初十这一天，在大堂或客厅里，便用了桌子或木板搭成梯子似的那阶级，一层一层的铺着极美观的毯子，上面排满着磁的，瓦的，泥的许多许多关于中国历史上和传说里面的人物，以及细巧精致的古董，玩具——这种的名称就叫做排塔。

说到塔，我又记起十年前的事了：那一年，在许多表姊妹表兄弟的家里，都没有我的那个塔高，大，和美了。这个塔，是我的外祖母买给我们的，她是订做下来，所以别人临时都买不到；因此，这一个的中秋节，许多表姊妹兄弟都到我家里来，其中尤其是蒂表妹喜欢得厉害,她老是用她那一双圆圆清澈的眼睛,瞧着塔上那个红葫芦,现着不尽羡慕和爱惜的意思。

"老看干么?只是一个葫芦!"我的蓉弟是被大人们认为十五分淘气的,他看见蒂表妹那样呆呆地瞧着,便这样说。

"我家里也有呢!"她做出不屑的神气。

"你家里的没有这个大,高,美!"

"还我栗子!都不同你好了!"蒂表妹觉得自己的塔确是没有这个好,便由羞成怒了。

"在肚子里,你能拿去么?"蓉弟歪着头噘嘴说,"不同我好?你也还我'搬不倒'!"

于是这两个人便拌起嘴来了。

母亲因为表姊妹表兄弟聚在一起,年龄又都是在十岁左右,恐怕他们闹事,故常常关心着。这时,她听见蓉弟和蒂表妹争执,便自己跑出来,解分了,但蒂表妹却依在母亲身旁,默默地哭着。

"舅妈明年也照样买一个给你。"母亲安慰她。

"还要大!"蒂表妹打断母亲的话,说着,便眼泪盈盈地笑了。

我因为一心只想到北后街黄伯伯家里去看鳌山,对于这个家里的塔很是淡漠,所以说:

"你如喜欢你就拿去好了,蒂妹!"

她惊喜地望我笑着。

"是你一个人的么!"然而蓉弟又不平了,"是大家的,想一个做人情,行么?吓!"

"行!"我用哥哥的口气想压住他。

"不行!"他反抗着。

母亲又为难了,她说:

"得啦！过节拌嘴要不得。我们赶快预备看鳌山去吧。"

"看鳌山？"蓉弟似乎很喜欢，把拌嘴的事情都忘却了。"大家都去么？"他接着问。

"拌嘴的不准去。"

"我只是逗你玩的，谁和谁拌嘴？"蓉弟赶紧去拉蒂表妹的手。

"不同你好！"她还生气着。

"同我好么？"我问。

她没有答应，便走过来，于是我们牵着手，到我的小书房里面去了。

在表姊妹中，我曾用我的眼光去细细地评判，得到以下的结论：

黎表姊太老实，古板，没有趣味；

芝表姊太滑头，喜欢愚弄人，不真挚；

梅表妹什么都好了，可惜头上长满癞疮；

辉表妹真活泼，娇憨，美丽，但年纪大小，合不来！

只有蒂表妹我没有什么可说了。

这时候我和她牵着手到书房里，而且又在母亲和蓉弟面前得她默默地承认同我好，心里更充满着荣幸的愉快了。我拿出许多私有的食品给她，要她吃，并送她几张关于耶稣的画片。末了还应许她到西湖去，住在她家里。她说：

"你同我好是真的么？萱哥！"

"骗你就是癞狗！"

"怕舅舅和舅妈不准你去我家里吧？"

"那不要紧！你说是姑妈要，还怕什么？"

"那末你读书呢？"

"念书?"这可使我踌躇了。因为那个举人先生,讨厌极了,一天到晚都不准我离开桌子,限定背三本《幼学琼林》《唐诗》《左传句解》,和念一本《告子》注,以及做一篇一百字的文章,默写一篇四百字的小楷,模澂一张四方格的大字,真使我连吃饭和上厕的时候都诅他;然而他依样康健,依样用两寸多长的指甲抓他的脚,头,耳朵,和哭丧着脸哑哑地哼着:"落霞与孤鹜齐飞,秋水共长天一色!"……有时瞌睡来了,便因了一根纸捻放到鼻孔里旋转着,打着"汽,汽"的喷嚏,将鼻涕溅散到桌子上,又拍一下板子说:

"念呀……"

他的脸……

"你怎么不说话呢?"蒂表妹突然推一下我的手腕,说。

"念书可就不好办了!"我皱着眉头。

"不管他——鬼先生——不成么?"

"不成。"

我们于是都沉默着。

经过了半点多钟,表姊妹表兄弟们便跑进来了,嘻嘻哈哈地,现着极快乐的样子。

"我们马上就看鳌山去了!"宾表哥说。

"你不去么?蒂妹!"黎表姊接着问。

"我不想去了。"蒂表妹没有说什么,我便答道:"你们去好了。"

"又不是问你!"蓉弟带着不平讽刺的意思。

"不准你说话!"我真有点生气了。

幸得母亲这时候走进来,她似乎还不曾听见我和蓉弟的争执,只问我:

"萱儿！你在这里做什么？"

我摇一下头，表示没有做什么事。

母亲便接着说：

"看鳌山去吧。"

"我不去。"

"为什么呢？"

"不为什么。"

"那么，"母亲向着蒂表妹说，"你去吧。"

"我也不去。"蒂表妹回答。

"也好。你们好好地玩，不要拌嘴。"

于是母亲领着表姊妹表兄弟们走了。

看鳌山，这是我在许多日以前便深深地记在心上的事，但现在既到了可看的时候，又不想去，自然是因为蒂表妹的缘故了。

"你真的不想去看鳌山么？"母亲们都走去很久了，她又问。

"同你好，还看鳌山好么？"

她笑了。

天色虽是到了薄暮时候，乌鸦和燕子一群群地旋飞着，阳光无力的照在树杪，房子里面很暗淡了，但我隔着书桌看着她的笑脸，却是非常的明媚，艳冶，海棠似的。

"只是蒂表妹……我没有什么可说了。"我又默默地想着在表姊妹们里所得的结论。我便走近她身边去，将我的手给她。

"做什么呢？"她看见我的手伸过去，便说。

"给你。"

"给我做什么呢？"她又问。

"给你就是了。"我的手便放在她的手上。

"你真的同我好呀！"她低声地说。

"谁说不是？"

"也学舅舅同舅妈那样的好么？"

"是吧？"我有点犹豫着。

"舅舅同舅妈全不拌嘴，这是妈告诉我的。"

"我们也全不拌嘴。"我接着说。

"这样就是舅舅同舅妈那样的好了。"

"那你还得给我亲嘴。"

"亲嘴做什么呢？"

"你不是说我们像舅舅同舅妈那样的好么？舅妈常常给舅舅亲嘴的，我在白天和夜里都瞧见。"

"是真的么？"

"骗你就算是癞狗！"

"那……那你就……"

她斜过脸来，嘴唇便轻轻地吻上了。

明透了的月亮，照在庭院里，将花架旁边的竹林，疏疏稀稀地映到玻璃窗上，有时因微风流荡过去，竹影还摇动着。我和蒂表妹默默地挨着，低声低声地说着端午节的龙舟，西湖的彩船，和重九登高放纸鸢，以及赌纸虾蟆，踢毽子……说到高兴了，便都愿意的，又轻轻地亲一下嘴。

"你看！那是两个还是一个？"当我们的脸儿偎着，她指那窗上的影儿，说。

"两个。"我仰起头去，回答她。

"是一个。"她又把我的脸儿偎近去。

"真是一个！"这时我的头不仰起去了。

"好玩！"她快乐极了，将我的脸儿偎得紧紧地，眼睛斜睇着窗上。

我们这样有意思的玩着，大约只有一点多钟，母亲和表姊妹表兄弟们都回来了。蓉弟便自夸奖地在我和蒂表妹面前说：

"鳌山真好，好极了！龙吐水，还有……还有……吓！龙吐水！"

黎表姊也快乐地说：

"种田的，挖菜的，踏水车的，全是活动的，真好看！"

"你喜欢看鳌山么？"我偷偷地问蒂表妹。

她摇一下头，又撅一下嘴；便也低声地问我："你呢？"

"我也不。"

不久，我们都到大天井里，吃水果，月饼，喝葡萄酒，并赏月去了。

母亲伴着我们这一群小孩子玩着，猜谜的猜谜，唱歌的唱歌；其中只有蓉弟最贪吃，而且喝了三四杯酒，脸儿通红了，眼睛呆呆地看人，一忽儿他便醉了，哭着。

"醉得好！"我和蒂表妹同样的快乐着。

这样的到露水很浓重的时候，母亲才打发我们睡去。因为，我的身体虚弱，虽是年纪已到十岁了，却还常常尿床，所以我的乳妈（其实早就没有吃她的乳了）固执的不要我和蒂表妹在客厅里睡，把我拖到她的房子里去了。

"老狗子！"我恨恨地骂我的乳妈。

"好好地睡吧。不久天就会亮了，再玩去。"

"可恶的老狗子！"我想着，便朦胧了。

第二天我醒来后，跑至客厅里一看，蒂表妹和其他的表姊妹表兄弟们通通回家去了。

真的，自那一年到现在，转瞬般已是十年的时间了，我从没有再过个像那样的中秋节，并且最近这三个中秋节还是在我不知月日的生活里悄悄地度过去。表兄弟们呢，早就为了人类间的壁垒，隔绝着；表姊中有的已做过母亲了，但表妹们总该有女孩子的吧。唯愿她们不像我这样的已走到秋天的路上！至于那个塔，是否还安放在楼上的木箱里，每年在八月初旬由小弟妹们拿出排在大堂上最高的层级上，也不可知了。送这个塔给我们的外祖母还康健着么？故乡的一切却真是值得眷念的事！

父 亲

　　这已是十年前的事了。那时候我才做过七周的生日。我非常地可怜我的父亲。

　　他整日的低低地叹息,皱着眉头,一个人悄悄地在房子里背着手儿走来走去;看他的样子,是稀奇极了,我暗暗地怀疑和不安着。因了胆小的缘故,又不敢去问;只就我的揣测,我断定他这种变态是自那一个夜深时起的,那夜的情形是这样:当我张开了朦胧的睡眼,我便听到从堂屋的正房里送来又坚实又洪亮的响动,和玻璃或磁器打碎的声音,其间还错杂着父亲的叹息和婶婶——我的后母——的带着吵骂的哭泣。这时,我很害怕,紧紧地拉住乳妈的手腕,低声地问道:

　　"他们做什么呀?"

　　"没有事。"她回答,"你乖乖地睡吧!"便轻轻地拍几下我的肩背。

　　唏哩哗啦的声音又响起来了。

　　"你听!"于是我又挨近她,说:"大约是那个花瓶摔破了吧?"

　　"别多话!"她又拍着我。"还不好生的睡去么?明天还得上学哩。"于是她自己便装做睡样,故意的大声地打起呼吸。

　　"爸爸又生气了!这都是婶婶的不是:她坏透了,我不喜欢她!"这样想着,不久,我也睡着了。

　　第二天,从学校里回来,我见到父亲,他的脸色便很晦涩,勉强的向我笑着,也是苦恼的样子了。从此后,父亲便没有快乐过,他是衙门也不到了,公文也不批阅了,宾客也不接见了,整日夜只是吸烟,叹息,和悄悄地在书房里背着手儿走来走去。并且,他看见我走到他怀里去,情形也异样了:平常他是很温柔地抚摩我,很慈蔼地和我闲谈;现在只是用力的把我抱了一下,吻了一口,便很凄凉很伤心地说:"到乳妈那里去吧,爸爸要做事哩。"他的脸色显现着惨淡,眼里也闪起泪光了。

父亲这样突然的变态,虽然他自己不愿告诉人,也不喜欢人去问他的究竟,可是许多人都知道了,并且替他不安,忧虑,至于大家私下议论着,想着种种补救的方法。

叔祖母说:"撵掉她,这样的败坏门风……"

"三弟并不会这个样,"大伯父接上说:"只要她肯改过,就算完事了。"

"老三真不幸,"二姑妈也叹息着。"美康的娘多贤德,偏偏又短寿了!"

诸如此类的论调,太多了,但每个人都认为他自己所说的话是对的,是补救我父亲变态的唯一妙法,因此,经了好多次的讨论,其结果,依样是大家带着不经意的愤怒,讥诮,谩骂,叹息,和充满着感慨地各走各的路,散开了。

其实,真切的为我的父亲抱着不安和忧虑的,却是默默无言的我的乳妈。她一见到我放下书本,丢下皮球,和不玩各种玩具的时候,便诚恳地对我说:

"美康!你去看一看爸爸罗。"

到我从父亲的书房回来,她迎着我,开头便问:

"美康!爸爸在做什么哩!"带着欢欣的希望的意思。

"在吸烟。"我回答。

"还有什么?"她又问。

我想了一想，说："他亲我一下嘴。"

于是她静默了，在沉思里叹息道：

"要是太太在世，就不会这个样了！"

乳妈虽说是非常的忧虑，牵挂，觉得我父亲所处的境遇太不幸；然而她从不曾直接地去劝解过，慰问过，只是在有时为我的事情去请示，才乘了这一个说话的机会，隐隐约约地说："老爷该保重些，少爷现在还小哩！"听了这一句话，我父亲确乎感动极了；虽然他还保持他的安静和尊严，在惨然的形色里用平常的声口说：

"你好生地照顾少爷去吧。"

像这样抑制着痛苦的消极着，父亲的脸容便慢慢地益见憔悴了。

自从这个事情发生，大约只过了五天吧，这一个晚上，在堂屋里的保险灯还不曾燃着时候，我的婶婶便从正房里出来，打扮得标标致致地，拿了一个提箱，一面大声地喊道：

"春菊！你打发张来贵叫轿子去！"

父亲听见了，便从书房里走出来。

"春菊！"婶婶还自喊着。

"你要轿子到哪里去呢？"父亲问。

"你管我！？"婶婶的脸上满着怒气。

"像这样真不成体统！"

"糟踏人，这是成体统的人做的事么？"婶婶用尖利的声音反问。

"你给哪个糟踏呢？"

"守活寡，算不得给你糟踏么？"

"哪个叫你——"

"哪个叫我偷人么？"婶婶打断父亲的话，凶凶地接着说:"哼!偷人!你拿到证据么?捉奸在床上,你是这样么?"

"够了够了!"父亲低下头去,现出无限的感触和羞惭。

然而婶婶却嘤嘤地哭了起来,耸着肩膀,大踏步地走进正房了。接着,玻璃和磁器的打碎声音,便啼哩哗啦地响了起来。

"……"唉父亲低低地叹息着,垂着头,无力地走回书房去。

这时候,叔祖母,大伯父和大伯娘,以及常住在我家里的二姑妈,因为五姑妈生了一个小表弟,都到李家贺喜去了。所剩的,只有几个当差,丫头和老妈子,以及我和我的乳妈。他们和她们都为了一种身份的悬殊,自认做卑贱和无用吧,都一个一个的躲避去了。我的乳妈,她却极端的愤怒着,看她的牙齿上下的磨擦,可知道她正在要抢白或痛打我的婶婶一番,那样替我的父亲抱着不平了;但她终究是个仆人,并且还充分的带着这仆人阶级的观念,依样胆小,懦怯,不敢坦然实行,只是悄悄地站在西厢房门后,张大着眼睛,远远的切恨罢了。至于我,虽然也曾觉得婶婶的无耻,悍泼,坏得像吃过我的蟋蟀的那只黑鼠一样,和同时觉得父亲的可怜,却也因为了年纪小,没有力量,并且也不知怎样的动作和表现的缘故,只是惊骇地紧紧的挨着乳妈,低低声地问:

"爸爸怎么咧?"

"婶婶坏透了!"以及这样说。

可是乳妈不回答,她老是痴呆呆地望着外面,一直到父亲走回书房去,才转过脸来,视一下我,又温柔又诚恳地说:

"去看爸爸去!爸爸要是在叹气,你就唱歌给他听。记得么?你就唱歌给他听。月亮姊姊!"

我也念着父亲,一听了乳妈这样说,便很快地跑去了。

"爸爸!"到了书房门口,我喊。

父亲似乎不曾听见,他还在一声一声的叹着气。

"爸爸!爸爸!"于是我又连着喊,并且大声了。

"你来做什么呢?"父亲一面开起门,一面问,"你今天是算学课么?"他的叹气已停止了。

"是的,爸爸!"我回答,便走了进去。

父亲转过身,坐在书橱旁边的躺椅上,将我抱在他的怀里。他轻轻地抚摩我的头发,摸我的脸,还用他的嘴唇来亲我的嘴。

"痒咧。"我忽然说,因为他的胡须又长长了。

"真的,"他赶紧接上说。"爸爸好几天忘了刮胡子了。"于是,他便将脸颊挨着我,安静而且慈蔼地挨着我。这样的经过了很长久的时候了,他才偏开脸去,微笑地说:

"这不痒么?"

"不痒。"

他微笑了。

但不久,似乎快乐的笑意刚刚到了唇旁,父亲又忽然很愁苦的沉默了。他的疲倦的眼睛呆望着挂在壁上的一张年青女人的相片。从他的脸上,我看出父亲又沉思在既往的恩爱里,想念着无可再得的一种家庭幸福了。

"爸爸!"我害怕父亲这样的沉默,便叫他。

但他的眼睛还盯着壁上。

"爸爸,他又想到妈妈了!"于是我悄悄地想着。

这样,仿佛有很久了,父亲才恍然转过脸来,问我:

"美康!你认得那相片么?"似乎他已忘却常常告诉我的话了。

"是妈妈!"我回答。"妈妈,她前几天还来到我床上哩!"我想起做过的那个梦子。

"妈妈好么？"

"好！"

"你喜欢妈妈不是？"

"喜欢。"我看一下他的脸，接下说："爸爸，你也喜欢。"因为我忽然想到父亲的苦恼，以下的话便咽住了。但父亲已低了头，摇起腿儿，很伤心地沉默了。他的眼里便慢慢地闪起了泪光。

"你到乳妈那里去吧，爸爸现在要做事哩。"他终于托故的说。

于是从他的怀里，把我抱下去，同时他自己也站了起来，又开始那种无聊赖的背着手儿走来走去了。

"爸爸又快活了！"我想，却还站在门边，望着他。

"你去吧，"他又要我走。"到乳妈那里去，念一点书……爸爸现在也要睡去了。"

这一夜，也和平常一样，做过了我所习惯的固定的事情，乳妈便把我躺到床上，拍着我，不久我便睡着了。在睡里，我迷糊地看见许许多多像霞彩那样的幻影，以及年青的母亲的微笑，和长满着胡须的父亲的苦恼，叹息……

"妈妈要来抱我哩！"在梦里我见到母亲向我走来，张开着双臂，我这样暗暗地说。

然而正在欢乐的迷离的时候，忽然奔来了一种异样的纷乱和叫喊，像市场里屠宰牲口似的，于是我惊醒了。

"乳妈！乳妈！"我恍惚的彷徨地喊。

"乳妈在这里！"她赶紧安慰我，轻轻地拍着我的背上。"你乖乖地睡吧，乖乖地睡吧！"

于是我又睡着了。

第二天，我醒起来，乳妈便非常忧戚的向我说：

"美康！今天不要上学校去了；现在和我看爸爸去吧！"她的声音凄切极了。

到我们走进父亲书房，那里面已纷纷乱乱地塞满着人了。这时候，父亲是直挺挺地躺在木榻上，闭着眼睛，胸部不住地起伏着，嘴旁流着涎沫，脸色又憔悴又惨白，在他的身体的周围流荡着一种熏臭的酒的气味。那张挂在壁上的我母亲的相片，已紧紧地被他的手重重的压在胸前，有些损坏了。

"你丢下我！你怎样的忍心！你丢……"

在许多人忙乱的里面，我常常听见父亲在沉醉中这样又悲伤又凄惨地一声声的喊着。

牧场上

"贼！"

这声音带点喘息，但在寂寥的深夜里，却也够尖厉的了，仿佛从那东边的田埧上，直送到我们的天井……来同时还错杂着纷乱的脚步，竹尖刀敲打稻草，和别种家伙示威的响声；跟着，那机灵的不安分的狗儿，便发疯一般的接连着狂吠了。

本来，像这种的骚乱，在人口不过二千的濮村，是非常罕见的。据说，自洪秀全造反以来，大家照旧的因循着原有的习惯，无论是乡绅，财主，商人或农人，以及总而言之，大大小小的男男女女，吃过了晚饭，在夜色完全占领了空间的时候，便安安静静休息去了。纵使，偶尔有神经兴奋，或不曾结束日间的事，和别的种种，因而不能睡眠的人，那也只得躺在床上，拖长着声音，甚至于隔着板壁或窗子，你一声他一句的交谈着，始终守着他们"夜早眠"的习惯。他们是这样平安和有规则的过着每一夜的。然而，在这时，因为风闻革命党已在武汉起义，黄花岗的七十二烈士便是天上的七十二星宿，并且势如破竹的攻破了南京，江西，以及浙江也危险了，所以处在福建省城附近的濮村，人心也就随着惶恐起来。为了要保守这全村的安宁，便在四周的边界上，土堡上，隘口上，造了几道木栅，匆匆忙忙训练村勇，大家轮流去防守和巡逻。于是，那生满了锈转成黑色的马鞭刀，铁尺，三尖叉……又从床底，门边或灶下取了出来，用鲨鱼皮擦光，向刀石磨利……赫然把和和平平的濮村，变成了有声有色，宛如严阵备战的一个刀枪森列的兵营了。

其实，全村所宝贵，而且倚恃为护身符的，却是用二百光大洋从东洋人那里买来的三柄火枪！

虽说，那火枪是高高地放在祠堂里神橱上面，似乎安慰自家说，"不要害怕，我们有这个——"可是人心还是惶惶地，而且一天比一天厉害。

因此，"贼！"像这样含有恐怖意义的字，在恶消息频频传来的环境里，尤其是在寂寥的深夜，突然喧嚷起来，是格外使人心悸而感到凛凛的。

"贼！"半醒里听了这声音，我便用力抓母亲的手腕，并且叫道：

"妈！我害怕！"那时候我刚满七岁，小孩子多半是听到贼而胆怯的。

"不要怕！"母亲早醒了，她低声安慰我。"不要怕……"

然而——"贼！"这种带喘又尖厉的声音，却从田垠上逼近来，渐渐地和狗叫有同样的力量。

"妈！我害怕……贼！"

母亲没有答应我。她坐起来，把我抱到怀里去，顺手就披上她那件藏青色细呢夹衣。看她样子，似乎是要起身的，但没有动步。那窗子外面突然亮煌煌起来：在那里，我看见住在我家里的陈表伯，他是学过少林拳的，会金狮法，单鹤独立法……因此他是我们这个村里的练长，这时他正从西院走出来，拿着一双两尺多长像竹竿的铁锏，另一只手提着"五贤堂胡"字样朱红油纸灯笼……在他的左右前后，簇拥着长工们，约有十多个，他们的手里都拿着凶器，燃着火把，大家雄赳赳的挺着胸脯，硬着腰，同样兴高采烈走向大门去。

火把的火焰集聚到窗下的时候，陈表伯便向里面询问：

"大嫂，"他叫道，"你醒着么！"声音虽说粗鲁得好像狼嗥，但比起平素的腔调即算很谦恭有礼的。

"早醒了。"母亲回答。"外面出了什么事呀？"

"不要紧的！只是闹贼……"他接上说："我带他们去看看，留贵礼弟兄在家里看大门……没有什么事，不要紧的。"

"不要惊了小菌。"他补说一句。

于是他提高灯笼，这算是一种号令，大家便会意动步了；可是他自己又喃喃地，其实是骄傲地自语道："贼，好家伙！跑上老虎窝里来！哼……好家伙"

除了陈表伯穿草鞋，别人都是光着脚，但走在石板上面，却同样发出有力的沉重的声音来。

"不要害怕，菌儿。"接着，母亲便安慰我。

但这种罕见的情形，在我怯弱的小心里更增加了许多疑虑。我静静地伏着。我倾听那挡门的石狮子移动的声音，门杠下去的声音，大门拉开的声音……这些，都是使我觉得不安宁的。

"什么样子的贼？怎么捉法？他们是捉贼去么？贼是一个还是一伙？……"

我想，但始终是没有头绪的推测着。在贵礼弟兄俩刚刚把大门关上的时候，门外便冲天一般的骚乱起来了：各种的凶器作示威的响动，脚步特别的用力，并且狂跑着，每个人提起喉咙来叫喊，好像是一群狼追逐着一般野兽；其中，最使人听着而感战栗的，要算是陈表伯那种天赋的暴厉的声音了。他不绝的这样叫喊：

"好家伙！跑上老虎窝里来！贼……好家伙！"

为了这种骚乱，或者特别是火把的光焰的缘故，把树上巢里的鸟儿都惊醒了，满天空纷乱的飞着，凄惨的长鸣……狗儿更狂吠得厉害……

原光在东边田埂上那一群发动者，这时不复向我们的门前奔来，他们在道人塘附近便拐弯了，仿佛是向那西边的状元墓走去：他们依旧是呐喊着，用竹尖刀去敲打稻草，并作使人推想不到的种种响动。

土堡上，昌叔——我想一定是他——拼命一般的吹起那号筒，声音比任何东西的啼哭都要凄凉，惨厉，这是扩张恐怖的唯一顶大的力量。

"妈妈，我……我怕！"我凛凛的说。

母亲没有脱去夹衣，便躺下去，把棉被盖过我额上，并且紧紧抱着我，一面低声唱着普通的小孩子压惊的歌儿。这样，那外面扰乱的各种声音虽隔远了，但我的不安的心儿，还是仿佛在恐怖里。

"什么样子的贼？……一个还是一伙？"我不住的想；但不久，我渐渐地便睡着了。

到醒来，阳光已照在枣树上，各种的鸟儿照常歌唱着；金色毛羽的鸡公，以及灰白色的鸭子，都安闲平静地在活动，这显然是一个晴朗和平的早晨。于是我疑惑了："怎么一回事呀？"那夜里恐怖的情形，还清清楚楚印在我的脑里。我又揉揩一下眼睛，重新向周围看望。

母亲知道我睡醒，便走进来，我顺着问道：

"妈，夜里——有贼——是不是？"

"是的。"她回答，一面就替我穿衣服。

我走出房门，一眼就看见陈表伯蹲在天井里石磨子上面，拿着旱烟管，还和着许多人，他独自洋洋得意地述说捉贼的事，大家却沉着脸，安静的听着。好像谁都不知道我在走去；直到我走近陈表伯身边，打一下他那旱烟管时，他转过脸来，大家才注意到我。

"是你，小菡，你才起来么？"他问，声音随他怎样想温和，却总是那样的又粗又硬。

"是才起来的，表伯。"我回答，并且问道："你昨夜捉贼去，对不对？"

"你也知道？"

"我看你们出去的。"

"对了。"

"捉到没有？"

"凭你表伯这只手……"他得意的说，同时把手伸直去，一条条的青筋特别有力的在皮肉里暴露出来，像蚯蚓似的。

我懂得他的意思了，便说：

"那么，你讲给我听。"

"快讲完了……"

"不行，你得从头再讲。"

在小孩之中间，陈表伯是特别喜欢我的；他常常在生人面前夸奖我，说我会念诗，会作对，会写一笔好大字……为了这缘故吧，他便应诺我的要求。

我快乐了，坐到和他对面不远的石档上，同时在天井里的许多人现出微笑，这自然因为贼的故事纵使重复的讲也是动人的，在其间，尤其是三婶娘用感激的睛光看我两下，因为她和我一样，也是不曾听过这故事的。

陈表伯吐了一口沫，照他的习惯，这自然是讲话的预备了，大家便又沉着脸，诚心诚意的安静着。许多一样神色的眼光聚到他身上。

又作了一个招呼同伙或说是一种指挥的手势，这个贼的故事便重新从头开始了。

陈表伯孜孜地述说，大家都毫无声息的静听。每次，当讲到紧要的时候，他就越显得兴奋，常常地把他的旱烟管当武器向空间舞动，并且用他暴露的青筋去证明他的气力，看去活像走江湖卖膏药的人夸张自己的武艺似的。听众呢，每一个人脸上的表情，几乎同样的随着陈表伯的态度而改变，有时欢乐，有时苦闷，归纳的说，是很滑稽很可笑的。

"以后呢？"故事讲到末了，我又追究。

"以后？"陈表伯余兴尤浓的回答："以后关在祠堂里。现在，大约快要审判了。"他又接连地吐了两口沫。

"那，"我说，"我也同你去，表伯！"

看他有允许的意思，我就赶紧接上说：

"你还得背我去。"

"好吧，"他果然答应了。"你吃过粥没有？"

"吃过。"

其实我撒谎，我是刚睡醒起来不久的；可是他相信我。于是我就站到碾子上，手搭住他颈项，他背上了，我们——实在只是他——大踏步的走向祠堂去。

在路上，情形确是和平常不同了；因为从道人塘到祠堂这一条路，除了赶羊到牧场去的，普通人都不常来往。现在，却大大小小的男男女女，三个四个一群，谈笑着，络绎不绝的向前走，并且像看社戏去那样的争先恐后。

进了祠堂门，那一对我顶不喜欢的东西——那高高端坐着的金的塑像，即是大家公认的祖宗，首先闯入我眼睛来；在它们俩的脚前，神案上头，燃烧着龙头红蜡烛，点着贡香，也像是祭祀似的，但没有剥光白肥的猪，羊，以及别种礼物；在神案左边，却添了一张横桌，上面有竹签筒，木压尺，红朱笔，等类，我们的三公公和六公公齐肩的坐在桌后，身边围着许多人。那里的空气是非常严重的。

"快点呀！"看那情形，我知道所谓审判是开始了，便催促陈表伯，"你看……"又摇动他的头。

"还没有……"他虽说，脚步却也加快了。

大家看见他来了，人圈子便稍稍波动一下，大声的欢呼：

"练长！练长！"

陈表伯含笑了。

因为他是这事件中一个主要的人，有许多要紧的事等着他，进了大堂，他不背我了，把我交给王贵礼，他自己便走到横桌边，和六公公说了一些话。

王贵礼，他虽然比陈表伯要矮小些，可是我骑在他肩上，两只脚从他颈项边垂到他胸前，这样的在人群中，也就很够自由的去观望一切了。

三公公用压尺向桌头打了一下，这是一种记号吧，于是许多人都从唧哝的私语里面，像浪涌一般，哄然的大声喊叫：

"拿来！拿来！"

陈表伯呢，他这时端端正正的坐在横桌旁边，三公公的左侧；旱烟管握在他手中。

大家也好像等待着什么，安静的，眼光全聚集到神座那后面去溜望。

不久，看守祠堂的两个练子，就连推带拉的用粗的臂膀，挟上来一个人。

"贼！"大家又喊叫。

所谓"贼"，这人是很瘦，黄脸，穿着又脏又破烂的蓝布长衫，白袜子满染着污泥，鞋只剩一只……他用愁苦的眼光看着周围，现出弱者在绝望中的一种可怜模样。

"跪下！"两个练子把他摔在横桌前，并且哼喝。

他跪下了，低着头。

"你，是哪里人？胆敢半夜里跑到这村子来，做奸细，还是别种勾当？你说！"三公公捋摩着颔巴上的花白胡须，看神气，好像他在竭力模做那传奇中某元帅审问敌人的风度。

"说！"站在横桌边的人便助威。

"不是……"完全颤抖的声音。"我是旗人，逃难的……还望老爷们救命！"

"看样子，旗人，是无疑的。"三公公便微微地摇摆着头，捋胡须，作欲信还疑的态度。他最后看一下六公公和陈表伯。这三人，在同样郑重的请教和考虑中，结果是相信，都现出赦放这可怜人的意思。

然而在周围，从密密杂杂的人群中，忽然发生了一种有力的反动。

"旗人，正是咱们的仇人呀！"

"对呀！"也不知是哪个在响应。"我的手指头就是给这王八砍掉的！"

"他们把我们汉人看作牛马还不如……"又一个在附和。

最后，我们的副练长，他气汹汹的，像是发了狂，从人堆中跑出来，大声的叫：

"不要放走呀！"

大家都静听他的下文。

他愤恨的说："去年这时候，我到城里卖豆芽菜，走到澳桥下，他们——这伙借势欺人的鬼，忽然集拢来，要把我殴着玩，倘不是我会两手脚，这条命就算白送了……"

同情这一段故事的，有不少的人吧，然而数不清，只觉种种的声音和动作，那样的纷乱简直使人头昏。在这群众的愤恨，激昂，好事，以及含有快乐性的中间，连连续续的，也认不清是哪个，大声大声的嚷着各人的主张——砍头，挖眼睛，半天吊，以及破肚子，干晒……凡是关于惨酷的刑罚，差不多都经过一番或几番的提议，要使用在这个旗人的身上。

其实，在大清的国旗还不曾动摇时候，那般旗人确是过分的作威作福，野蛮得毫无人道；几乎从满族居住的边界上经过——尤其是东门外必须到城里去卖菜和挑粪的乡下人，一遇见，能够幸免于旗人的任意殴打的，怕十个中只有个把吧。中间，那大耳环三条管的平脚女人，不消说，所受的侮辱更大。因此，一般人对于满族，虽慑于威权，却存了极深的仇恨了。这时，报复的机会到了，我们全村的人都要把长久的忍辱，尽量的从这个旗人身上洗雪。

他不住的低声叫屈："……我是好人……"

也许，这旗人，是他们恶兽样的满族中一个异类吧，然而没有人会原谅到这点，而去饶恕他。

"好吧，"因难违众愤，三公公终于这样判决："给他一些苦吃，使他知道从前给我们所吃的苦……"

大家现出满足的欢容。

三公公又转过脸向副练长说："你发落他去吧，但不要致命！"

"吊到牧场去，好么？"副练长请示。

"只不要致命！"

于是，这个大规模的，可是又纷乱，又近于滑稽的法庭，便撤销了。那密密杂杂看热闹的人，就又像散戏时的情景，尤其是女人们，你一句她一句的博笑，小语，以及无可形容的各种像是浪又类乎羞的状态，三个五个一群，大家挨挨擦擦的络绎的走了——但都不回家，他们拐过祠堂的后墙，顺着

道人塘左边的小路，到牧场去。

我呢，也依样是"代骑马"——骑在王贵礼的颈项上，斜斜歪歪的，混杂在许多男男女女中间。

在路上，俨然是战胜的凯旋了，不断的听得复仇的快乐及骄傲的欢笑声音。

从祠堂到牧场，只两里远，群众不久便都走到了。那牧场上的羊群，忽然发现这非常的人众，惊慌了，吸得颠起小腿，向前面的小土坡上乱跑去；两个看羊的小孩子，就拼命的跟着羊群追逐，一面叫口号，一面发气的咒骂。于是，这错错落落的男男女女，又照样，密密杂杂的把牧场围满了。

在群众快活的嗷嘈声中，这旗人，一条粗麻绳就捆上他腰间，空空的，吊在一株老柳树上面，横着，脸朝地，看去像一只虾蟆。在他底下周围的人，对于他，等于在看把戏，那样不住的嘻嘻哈哈打起笑声。每次，当他的腰间一缩，全个的身体便活动了，在空间摇摆起来，有时还旋转着——于是一般观众分外快活，圈子便波动一下，笑嚷的声音几乎把别样各种的响动都淹没了。但另外还有不少的人，在热闹中，拣了瓦片或石块，向空间那虾蟆掷过去，有的便折下树枝，狠力的去抽他几下……这是有意或无意的，复仇或只是玩玩的一种游戏呀！

这旗人熬煎在各种酷刑中，虽曾喊，但声音渐渐低弱了；头，手和腿，在忍耐的挣扎之后，也就软了，身体卷了拢来，更像一只虾蟆。

然而许多人都大叫：

"装死！装死！"

在这时，我们的副练长走到柳树下，在树干上把麻绳的结解开，这虾蟆就从绿色的柳条中吊了下来……这一场游戏总该终止了，然而不！在虾蟆地还有三尺多高，副练长的臂膀忽楞起青筋，他用力把麻绳又结在树干上了。自然，看情景，这游戏就又生了新花样。

那个——就是被旗人砍断一个手指头的所谓"十不全"，他也是一个练子，凡当这种职务的总比较有点气力，他这时挤出人堆，拿着一枝竹管和一个瓦坛子。

群众的眼光便集聚到他身上。

他把那虾蟆转个身，这是脸朝天了，他将竹管塞进他嘴里，瓦坛子里面的东西便挨着竹管口往下倒……于是虾蟆在困顿中又开始挣扎了，凄惨的叫了两声，便又寂然，同时空间就漫散着臭得难堪的气味。

观众全急急的掩起鼻子，却又快活的大叫：

"灌粪呀！灌粪呀！……"

各样分别不清的欢笑声音，就连续不断的从每人的鼻孔里哼了出来。

于是……不久，那最末的一线阳光也没去了！暮色从四周围拢来，天渐渐的黑了，这牧场上的男男女女，才心满意足，挨挨擦擦的三个五个一群，又络绎不绝的发现在原来的路上，回家了。

第二天，吃过午饭，我悄悄的跑到半月湖捉蜻蜓去，经过这牧场时，那种的印象使我对于那老柳树生了注意。然而那个虾蟆模样的旗人已不见了，只剩他的一只青布鞋，粗麻绳也还挂在柳枝上，随风飘动，地上有残留的臭粪，无数绿身的红头蝇嗡嗡的集聚着吮喂。

后来哩，风传这牧场上出了旗人的鬼了，凡知道这故事的看羊小孩子，都彼此相戒，不敢把羊群放到那里去。

现在，这牧场上的草儿又该齐人肩了吧。

酒　癫

伯伯又发酒癫了。

其实，酒，他并不喝得多。

酒，这东西，于他也不是成为嗜好，或是有了什么癖。喝酒，那只是偶尔的一件事。但他却不喜欢喝黄酒，玫瑰，或花雕，他只喜欢喝高粱。倘问他为什么定要喝高粱，答是没理由，只觉得高粱才有酒味道。到他忽然想起喝酒的时候，这多半在将吃饭和吃过饭之后，其动机是很难明的，但也不外乎想喝，然而一喝，仅三杯，像那样小小的三杯酒还不及六两吧，却醉了，由醉便渐渐地发起癫来：这成为全家的祸事。

据普通，凡是喝醉酒的人大约是这样的三种状态：静睡，哭泣，和叫骂。伯伯的酒醉便是最后的那种，还加厉。因为从经验，全家人——头发有些变了白的伯母至于初念《三字经》的小弟弟，谁都知道，伯伯一喝酒就会醉，发酒癫，弄得全家不安宁，每人要遭殃，要受一种无辜的冤枉的苦刑。所以，当伯伯想喝酒要陈妈烫酒会和拿酒杯来，大家的心便悬着，担忧这眼前就要开始不幸的事。在这时，第一，伯母惊惶了，她的眼光充满着畏祸，求怜，及痛苦，也像一个临险的圣徒恳神护佑的望伯伯，要他莫喝酒。

"不要紧的。"伯伯照例是这样答。

"你一喝，"伯母终用低声说。"这是一定的，总会醉，发起癫了，你想想……"

"这一次决不会的。"伯伯依样装痴。

"你每一次都是这样说，可是你全醉了！"

"不要紧的。"他说，就催陈妈快点把酒和温杯等样拿来。

伯母知道伯伯的坏脾气，看样子，要使他不喝酒是不可能的。那末，祸事就在眼前了，她的脸色变得苍白，越显出她贫血的老态。大家都随她沉默着。

陈妈捧着桶盘走来，慢慢地把盘里的东西放到桌上。

看到酒，伯伯却笑了，现出格外亲热，和气，用慈爱的声音说：

"来，坐下吧，今天的炒肉却炒得不错，青菜也新鲜……怎么？那不要紧的，我只当做玩，喝一杯，这样小得可怜的一杯。"

他是含笑，一面就倒了酒，把酒杯送到唇旁去。

大家坐下了。在平常，吃饭，这样全家人相聚着闲谈的一个机会，无论是谈些什么，总是有笑的，充满着快活的空气。但这时，景象不同了，就是有名的被大人们公认为抢菜大王的我和蓉弟两人，也无心想到香喷喷的炒肉，只静默的端坐着，把嘴唇放到碗边，筷子无力的几粒几粒地扒饭，有时眼睛悄悄地看一看含笑喝酒的伯伯及因他喝酒而忧愁的坐在这周围的人。

起初，在刚刚喝酒的那时，伯伯显然有点局促，不好意思，他常常摆起笑脸，向这个那个的去说白，想逗大家欢喜，甚至于把红烧鲫鱼，炒肉，鸡蛋等等，一筷子一筷子的夹到我们小孩子面前，并且连连地说："吃，放量吃，明天就长高了。"看他这个样，却是分明知道喝酒的错处，极力去卖好，很作孽似的，颇有点令人生怜。然而慢慢地，喝完了多杯酒之后就变样了：笑容最先敛灭去，眼色渐红，脸也像一个古旧的教堂，那样的又沉重又严肃。到酒喝了三杯，无系统并且含糊不清的话就开始了,其中杂乱着追悔,懊恼,失意,怨恨,以及类乎感伤和咒诅。接着的,那便是全家人所最苦痛最难堪的一种不可躲避的命令!

酒癫发作了。

到这时,纵不曾吃饱饭,谁的筷子都停着,愿意逃遁去,免掉这个醉鬼的酒癫的凌辱。

伯母的眼光先示意到我们小孩子。

我就暗暗扯一下坐在我身旁的蓉弟,他真聪明,看形势,却不等到扯,早就开始缩下桌子去,望着房门想溜开。随着,鉴哥和斌姊,也同我忐忑地跑开了。

然而正要跨出门外去,在脑后,去响了如同狼嗥的一种哼尸。

是伯伯在酒癫中发我们的怒。

他严暴的叫:"站住!"

我们的脚步收转来,便站着,小小的心儿忽然猛跳。同时,几个人的眼光都怯怯地斜望到伯伯。他显然是非常的可怕!

"你这几个狗崽,"他叫骂,"不把你们打死,现在认不得老子,明儿会反大!"眉毛簇成一朵,眼眶变了斜角,黑而且短的胡须在嘴上竖动。

我们因害怕,全呆了。

伯母于是勉强的为我们解围。

她温和的,几乎低声下气得像一个奴隶,向伯伯说:"得啦!为小孩子家生气,不值价,倒损害到自己的身体,让他们走开就是了。"

我们想动步,那使人凛怖的喊声却来了。

"站住!"是更凶的。

"胡说!"他接上向伯母,"这简直不成话!母亲叫儿女跑开父亲,伯母叫侄儿跑开伯伯,有这样道理么!哼,牛放屁!简直不成话!然而不成话的话你居然讲,是过错,该罚!好,就这样吧,给我跪到祖宗面前去!对了,这是顶对的,给我跪到祖宗面前去!跪,不准动!慢慢地忏悔你的过错!哼,你这个不足为母范的女人!跪,就这样吧。"他喃喃的发怒,威严的,俨然像一个牧师教训他的门徒。

伯母忍耐着,她低声说出许多恭维,尊敬,和自卑的话,在其中,她隐隐地认了错,希望饶恕。最后,她的眼睛又充满了恳切惶恐的光望着伯伯:这自然是补她的言语所不足,想伯伯能够原谅她,把这种也像是天降的风波平静了。

伯伯却依样是固执着,用强暴的音声去表示他独断的权力。

"除了跪,别的话全不要讲,纵讲来,那也只增加你的过错!"

听他说,伯母就特别用力的瞪他,这似乎是在想:"又是这一套!说你不喝酒偏要喝!喝醉了,癫起来,像个鬼魔,凶狠残暴,作种种不是人干的事!说什么跪,这真是酒癫癫掉了心,无人道的,你酒癫了!"然而这些话,她又忍耐着,原因是恐怕倘若说出来,那酒癫子,是不为驯服的,结果只把这个家庭的纷乱更扩大起来,大家更痛苦。因此,为全家的安宁,她把眼泪噙着,默默地走到堂屋左侧,在一个小房子般的祖宗神龛前,跪下了。

"腿伸开!腰间直着!还有那颈项!"伯伯一声声的叫。

她一切都照办了。

"治国有律,治家有法……"像诵经般,伯伯摆着头,喃喃地自语。

这时,除了伯母在跪,我们小孩子呆呆站在门边,在桌旁,还有姨太,清嫂,淑姊,和淑姊夫,他们这几个人都骇的呆了，毫无声响的端坐着，彼此用愁苦的眼光去传递，似要从其中得到解救，和计议一种脱身的方法，但始终每个人都守着沉寂，谁也不敢先动步，或是做出什么脱身的样子。

照我们澧县的礼节，凡是长辈做了什么过错，那都是小一辈的人去承受，抵挡，或求宽免，那末对于这个伯母的跪，照常例，毫无疑义的，自姨太以及我们小孩子，无论如何是不应安然在旁观。然而在这时，在这种异常的状况底下，却不同了，我们都知道眼前所做的事，也终于不敢去做。倘是不，在这个酒癫子没有命令或允许之前，要自由，那是不行的，万一姑且尝试的自由去行动一下，给他瞧见，那就等于一种祸事了。大家都明白这缘故。

这屋里，于是除却酒癫子在喃喃，便是一片无限大的严肃和静寂。

在大家如同木偶的静默里面，跪在祖宗神龛前的伯母忽然开口了。

"够了吧！"她的声音带点哭样。

"什么，这样快，那不行的！"

"我实在受不起了！"

"那不行的！"

没有法，伯母只得继续的再跪下去。

看情形，太不像样子，淑姊就冒险的向伯伯求宽免。其实，她也知道，在这个酒癫子正发着酒癫的时候，要和平，一切只有服从，只有像棉絮一般柔软，让他变态的意志去畅所欲为，去支配；如不然，那就更糟了；因为在这时，关于解释和求恳的语言，只是他的仇敌，必定的，会把他的酒癫弄得更凶，更暴，更炎炽了。所以，像大家所忧虑的，当伯伯听见了淑姊替伯母求宽免的言词，就大叫：

"你们是一伙，都该打死的！"

可怕的眼光盯着我们，他又宣示那种不容人抵抗，躲避，或求赦的命令了。

"都给我跪下！"

这真是一种极酷刻的苦刑！跪，这行为，在敬神，祭祖，和拜寿的时候，已经是充满着很可笑的奴隶的意味，倘若其动机，是由于严威的命令去促成，这简直是一种异常可耻的侮辱！幸而好，在那时，我的年纪尚小，不很明了跪的意义，所以为避免更可怕的压迫，但也多半是胆怯的缘故，便不自主的把小腿弯下了。于是我们几个小孩子就肩挨肩，有的脸对脸的跪在房门边。

伯伯从太师椅上站起，把银铸的小酒壶打到桌下，桃源石的小酒杯也从手中掷出，摔成粉碎；这自然是另一种示威，显示给还不曾跪下的姨太，清嫂，淑姊，和淑姊夫。

听到酒杯破碎的响声，我不禁地心儿一跳，诧异的，因为在平常，看伯伯瘦弱的带着病态的样子，却没有料到他竟有这种大的力量，会把坚实的酒杯子摔得这样粉碎，又这样响。清嫂于是跪下了，从我们这面看去，她只剩一个脸儿露在桌边上。淑姊也照样。姨太呢，她看着伯伯，好像要凭那原有的温爱，去求得对于这苦刑的宽宥，但伯伯拒绝她了，也许还没有懂到她这层深含的意思。

"跪下！"也是很凶暴的声音。

因为淑姊夫非常为难的在踌躇，伯伯那可怕的眼光就转向到他。

"你，单是你，不听我的话吗？"

"当然听。"

"自古云，女婿即半子，知道么？"

"知道，"淑姊夫尽含笑。

"那末，我说跪，你为何还站着？"

"我在想选一个地方。"

"岂有此理……"

伯伯忽然闭起眼睛，沉思着，像有远虑的样子。因此，淑姊夫得了空闲，他默默地看望到在跪的众人，大家全现着愁苦。

"不要你跪，"伯伯张开眼，怒视着淑姊夫。"给我滚开吧！"像这话，满着恶意的，发自酒癫子口中，真是一种意外的侥幸，也等于仅有的一个奇迹。但淑姊夫却分外踌躇起来了，这自然是因为眼看着许多人都在跪，都在酒癫子的权威底下受苦刑，而自己却单独的逍遥于祸外，照人情，是有点不好意思吧。可是，酒癫子在癫时所说的话，如同圣旨，不容人违悖的，他虽欲留恋这禁地，也只得走开了。他脚步迟延地走到房门边，便低声向我们说：

"不要怕，酒癫待一忽就会好的。"

对于淑姊夫，像这样的与众特异，单是我，就够生了许多羡慕。我静心的期待着和他同等的待遇，所谓"滚"，然而这奇迹已不可再见了，只听伯伯在咕噜中，忽又粗声的叫：

"这样子跪不行！这样子跪不行！"

各人的眼光就怯怯的望到他脸上。

"你（对伯母）这样跪不错！"他用手横来横去的指挥。"你（对姨太）这样跪不对！因为你是小婆子，外来人，应该朝着大门外，跪在天井里。去，跪去！……你两人（对清嫂和淑姊）随妈妈跪去，向祖宗，记着，向祖宗！"这样逐一支配，到最后，自然是轮到我们了。

"你这伙狗崽！"他开口先骂，"跪在门边干什么？起去，随着淑姊跪去，向祖宗，记着，向祖宗！"

在凶暴声中，毫无抵抗的，大家都照办了。伯母在前头，脸朝祖宗，顺辈风，最末的，是蓉弟跪在我脚后。其间，姨太分外的现出难堪，这不消说是单单给她特种的羞辱，把她孤怜怜的，一个人对着大门外跪到天井里。然而她也得和众人一样的在忍耐。

伯伯的眼睛向我们逡巡之后，似觉得一切都妥帖如意了吧，他就舒舒服服地靠在椅背上，自言自语的，也像诵经般，开始叙述他在考举人时候，在科场里，被同族的一个堂兄因嫉妒而谋害，使人暗暗地把巴豆放到食物里，以致才入第二场就肚痛，屙稀，终因此落第了。他并且说要是不那末，到现在，纵不说就怎样显贵，但像四五品官，如知府之类，总该跑不掉的。其次，他感慨到许多同窗，同寅，以及学友，有的已经做到三品京官了，至于外放，如道台等等，那可真多……

"野村尽成荫，巍松独枯萎！"在自语中，他常常无限伤感的又吟上这两句。

他重复的述说那功名失意的事。我们这一班人就默默地尽跪着。到后来，那大颗大颗的汗珠，纵在深秋，是穿着夹衣时候，也不住的从我的额上流下，并且全身起了痉挛，尤其是脚儿麻木了，膝髁骨发酸，使得心儿焦躁。

我大胆地爬了起来。这本想悄悄地躲避开，但不幸，给伯伯一眼就瞧见了。

"干什么？"声音还是很凶的。

"屙尿。"我撒谎。

"不准！"

"那——会屙满裤子的。"

他望我。

"滚出去！"这声音虽是更可怕，但是滚，却也够我的

· 87 ·

欢喜了。

我就慢慢地溜开。到门外，转入清嫂房中，便用手摩挲着腿儿，一面从窗子间，隐隐地看见大家还在跪，伯伯还在自语。鉴哥也忽然爬起来，学我撒谎，但是失败了，伯伯又使他跪了。

呵，这样生动但又无声如木的人体模型，跪着的，或说是极滑稽又极不合理的哑剧，就一直延长到伯伯的自语声音含糊了，在暴虐之后的疲倦中，眼朦胧的，无力地伏到桌上打起鼾时候。这一班人，才得了自然的饶赦，各自极困难的爬起来，用力摩挲着自己的腿，脚，以及腰间。但大家的脸，还是在愁苦，懊恼和愤恨。

在这时，这个酒癫子，睡着的，大家又知道，是变成了另外一个人了：醉时是专制的暴君；眼前是恢复了原状，是负有全家生活责任的很可怜的家长，并且还是这样年老和瘦弱的。大家便又想到他平日的慈爱。

伯母就把毛毡子盖到伯伯身上，同着清嫂几个人，小心的慢慢地把他扶到房里去。于是，大家又相聚着，但每人的眼光却不敢和别的交触，怕其中有什么不好的显示，像梦一般的，默默无语，随时响了低低无力的叹息。

这屋子里就变为又空漠又静寂，是和严肃时同样可怕的。

伯伯的睡，到灯光亮了，还没醒。

第二天，一清早起来，我正要上学去的时候，伯伯却咳嗽着走来，满脸含笑，他确然又非常的慈爱了。

相见时，他虽还含笑，但我已经很容易的看出他心中的不安，属于惭愧的。他把一百钱给我，另一百钱给蓉弟。

"这给你，"他说，"是过午用的，随你喜欢吃饺儿面，或是吃绿豆糕。"声音是极其诚恳。

|胡也频作品精选|

这钱,得来是意外的,却只限于伯伯发酒癫之后,在我也可说是那种跪的报酬了。

初恋的自白

下面所说的，是一个春青已经萎谢，而还是独身着的或人的故事：

大约是十二岁，父亲就送我到相隔两千余里之远的外省去读书，离开家乡，不觉间已是足足的三年零四个月了。就在这一年的端午节后三日得了我母亲的信，她要我回家，于是我就非常不能耐的等着时光的过去，盼望暑假到来；并且又像得了属于苦工的赦免一般，考完试验，及到了讲演堂前面那赭色古旧的墙上，由一个正害着眼病的校役，斜斜地贴出那实授海军少将的校长的放学牌示之时，我全个的胸膛里都充满着欢喜了，差不多快乐得脸上不断地浮现着微笑。

从这个学校回到我的家，是经过两个大海，但是许多人都羡慕的这一次的海上风光，却被我忽略去了，因为我正在热心的思想着家乡情景。

一切事物在眷恋中，不必是美丽的，也都成为可爱了——尤其是对于曾偷吃过我的珍珠鸟的那只黑猫，我也宽恕它既往的过失，而生起亲切的怀念。

到了家，虽说很多的事实和所想象的相差，但那欢喜却比意料的更大了。

母亲为庆贺这家庭中新的幸福，发出了许多请帖，预备三桌酒席说是替我接风。

第二天便来了大人和小孩的男男女女的客。

在这些相熟和只能仿佛地觉得还认识的客中，我特别注意到那几个年约十二三岁的女孩子。她们在看我的眼中,虽说模样各异,却全是可爱,但是在这可爱中而觉得出众的美丽的——是我不知道叫她做什么名字的那个。

因为想起她是和我的表姨妈同来,两人相像,我就料定她也是我的表妹妹;她只有我的肩头高。

"表妹!"一直到傍晚时分,我才向她说,这时她正和一个高低相等的女孩子,躲在西边的厢房里面,折叠着纸塔玩。听我在叫她,她侧过脸来,现出一点害羞,但随着在娇媚的脸儿上便浮起微笑。

"是不是叫你做表妹?"我顺手拿起另一张纸,也学她折叠纸塔。

她不语。

那个女孩子也不知怎的,悄悄地走开了,于是这个宽大的厢房里面只剩下两个人,我和她。

她很自然,依样低头的,用她那娇小的手指,继续着折叠那纸塔。我便跑开去,拿来我所心爱的英文练习本,把其中的漂亮的洋纸扯开,送给她,并且我自己还折了火轮船,屋子,虾蟆,和鸟儿之类的东西,也都送给她。她受了我的这些礼物,却不说出一句话来,只用她的眼光和微笑,向我致谢。

我忽然觉到,我的心原先是空的,这时才因她的眼光和微笑而充满了异样的喜悦。

她的塔折叠好了,约有一尺多高,就放在其余的纸物件中间,眼睛柔媚的斜着去看,这不禁使我小小的心儿跳动了。

"这好看,"我说。"把它送给我,行不行?"

她不说话,只用手把那个塔拿起来,放到我面前,又微笑,眼光充满着明媚。

我正想叫她一声"观音菩萨",作为感谢,一个仆妇却跑来,并且慌慌张张的,把她拉走了,她不及拿去我送给她的那些东西。看她临走时,很不愿意离开的回望我的眼波,我惘然了,若有所失的对那些纸物件痴望。

因久等仍不见她来,我很心焦的跑到外面去找,但是在全屋子里面,差不多每一个空隙都瞧过了,终不见她的半点影子。于是,在我的母亲和女客们的谈话中间,关于她,我听到不幸的消息,那是她的父亲病在海外,家里突接到这样的信,她和她的母亲全回家去了。我心想,她今夜无论如何,是不会再到这里来上酒席了。我就懊悔到尽痴望纸塔,而不曾随她出去,在她身边,和她说我心里的话,要她莫忘记我;并且,那些纸折的东西也是应该给她的。我觉得我全然做错了。

我一个人闷闷的,又来到西厢房,看见那些小玩艺儿,心更惘然了;我把它们收起,尤其是那个塔,珍重地放到小小的皮箱里去。

这一夜为我而设的酒席上面,因想念她,纵有许多男男女女的客都向我说笑,我也始终没有感到欢乐,只觉得很无聊似的;我的心情是完全被怅惘所包围着。

由是,一天天的,我的心只希望着她能够再来,看一次她的影子也好;但是这希望,无论我是如何的诚恳,如何的急切,全等于梦,渺茫的,而且不可摸捉,使得我仿佛曾受了什么很大的损失。我每日怅怅的,母亲以为我有了不适,然而我能够向她说出些什么话呢?我年纪还小,旧礼教的权威又压迫着我的全心灵,我终于撒谎了,说是因为我的肚子受了寒气。

我不能对于那失望,用一种明了的解释,我只模模糊糊地觉得,没有看见她,我是很苦恼的。

大约是第四天,或是第五天吧,那个仆妇单独地来到,说是老爷的病症更加重,太太和小姐都坐海船走了。——

呵！这些话在我的耳里便变成了巨雷！我知道，我想再见到她，是不可能的事了。我永远记着这个该诅咒的日子。

始终没有和她作第二次的见面，那学校的开学日期却近了，于是我又离开家；这一次的离家依样带着留恋，但在我大部分的心中，是充满着恼恨。

在校中，每次写信给双亲的时候，我曾想——其实是因想到她，才想起给家里写信，但结果都被胆怯所制，不敢探问到她，即有时已写就了几句，也终于涂抹了，或者又连信扯碎。

第二年的夏天，我毕业了，本想借这机会回家去，好生的看望她，向她说出我许久想念她的心事；但当时却突然由校长的命令（为的我是高才生），不容人拒绝和婉却的，把我送到战舰上去实事练习了。于是，另一种新的生活，我就开始了，并且脚踪更无定，差不多整年的浮在海面，飘泊去，又飘泊来，离家也就更远了。因此，我也就更深的想念着她。

时光——这东西像无稽的梦幻，模糊的，在人的不知觉间，消去了，我就这样忽忽的，并且没有间断地在狂涛怒浪之中，足足的度过六年，我以为也像是一个星期似的。

其实，这六年，想起来是何等可怕的长久呵。在其间，尤其是在最后的那两年，因了我年纪的增长，我已明了所谓男女之间的关系了，但因这，对于我从幼小时所深印的她的影子，也随着更活泼，更鲜明，并且更觉得美丽和可爱了，我一想到她应该有所谓及笄年纪的时候，我的心就越跳跃，我愿向她这样说：我是死了，我的心烂了，我的一切都完了，我没有梦的背景和生活的希望了，倘若我不能得到你的爱！——并且我还要继续说——倘若你爱我，我的心将充满欢乐，我不死了，我富有一切，我有了美丽的梦和生活的意义，我将成为宇宙的幸福王子。……想着时，我便重新展览了用全力去珍重保存的那些纸折的物件,我简直要发狂了,我毫无顾忌地吻她的那个纸塔——我的心就重新挟击着两件东西:幸福和苦恼。

我应该补说一句:在这六年中,我的家境全变了,父亲死去,唯一的弟弟也病成瘫子,母亲因此哭瞎了眼睛,那末,关于我所想念的她,我能用什么方法去知道呢?能在我瞎子的母亲面前,不说家境所遭遇的不幸,而恳恳的只关心于我所爱恋的她么?我只能常常向无涯的天海,默祷神护祐,愿她平安,快乐和美丽!

倘若我无因的想起她也许嫁人,在这时,我应该怎样说?我的神!我是一个壮者,我不畏狂涛,不畏飓风,然而我哭了,我仿佛就觉得死是美丽,唯有死才是我最适合的归宿,我是失去我的生活的一切能力了。

不过,想到她还是待人的处女的时候,我又恢复了所有生活的兴趣,我有驱逐一切魔幻的勇气,我是全然醒觉了,存在了。

总而言之,假使生命须一个主宰,那末她就是主宰我生命的神!

我的生活是建设在她上面。

然而,除了她的眼光和微笑,我能够多得一些什么?这一直到六年之最末的那天,我离开那只战舰,回到家里的时候……

能够用什么话去形容我的心情?

我看见到她(这是在表姨妈家里),她是已出嫁两年了,拖着毛氄氄黄头发不满周岁的婴儿,还像当年模样,我惊诧了,我欲狂奔去,但是我突然被了一种感觉,我又安静着;呵,只有神知道,我的心是如何的受着无形的利刃的宰割!

为了不可攻的人类的虚伪,我忘却了自己,好像的忘却了一般，我安静而且有礼的问她好，抚摩她的小孩，她也殷勤地关心我海上的生活情况并且叹息我家境的变迁，彼此都坦然的，孜孜地说着许许多多零碎的话，差不多所想到的事件都说出了。真的，我们的话语是像江水一般不绝地流去，但是我始终没有向她说：

"表妹，你还记得么，七年前你折叠的那个纸塔，还在我箱子里呢！"

小人儿

一

她赶着羊群到牧场去。羊儿在田坝上走着,原是挨挨挤挤,非常懒惰的,然而远远地望见了牧场,这小小的畜牲就有精神了,兴奋的往前跑;她跟在羊后面,快步的追逐——赶羊的柳枝条拖到地上去。牧场上长满着碧油油的草,羊儿见了,快乐而且天真的,大家散开,跳着,癫着,跑着。

羊在吃草,她坐到草地上,折了许多狗尾巴,慢慢地编她的花篮子。

太阳躲在后山上,从疏疏的树林间照到牧场,照到羊儿,也照到她和她的将成的花篮子。

花篮子已编成模样,然而她又把它拆开,她嫌它编歪了;她又开始编。

"编什么呢?"她想。

"编一个猪栏吧。"

于是她又重新折了许多狗尾巴。

她非常静心的,想方法把这猪栏变成一间很好的小房子,她拿着狗尾巴踌躇着。

"小人儿!"

她忽然听到有人在喊她。

她抬起头去,牧场是广阔的,她只看见碧油油的草和雪花一般白的羊儿。

"小人儿！"可是这声音又响，是从远远的。

她注意到山上。

"小人儿！"声音渐近了，也渐渐地清白。

她已知道，在喊她的是土地，是住在她隔壁的那个恶婆娘的儿。然而土地却比他的妈可爱。他的妈，一个三条簪大耳环的平脚女人，在每夜晚当她的丈夫回来时，为了她丈夫又输了钱，便吵嘴，闹的许多的邻人都睡不安的。小人儿第一是不喜欢她，原因却是当她见到小人儿，不管人家生气和不愿，拦着路头，硬问：

"你今年几岁？"

"八岁。"小人儿不得已的回答。

"猴子似的，五岁也不像。"

每次都是这样的嘲笑完了，才放手。

"鬼妇人！"小人儿于是恨她。

然而，她的儿，这个土地，和他的妈正相反。他看见她就现出格外的和气，活泼和快乐的。

"小人儿！"他常常含笑的喊她，要她和他玩。小人儿是固定的每天两次赶羊群到牧场去吃草，在天亮后和黄昏之前，这是她最快乐最自由的时光。并且在这个机会中，土地便离开他的妈，跑来和她玩。他常常的送给她桑葚，枣子，白梨，或甘蔗，有时还捉一两只蚱蜢给她。小人儿对于这些东西都不很喜欢，她顶喜欢的是蜻蜓，其次是蟋蟀。为了她的趣味，有一次土地曾捕得一只蜻蜓，可是刚刚送到她面前，在快乐中，不经意的又被这小东西飞掉了；她还发气。倘若她用竹尖子或狗尾巴编好了玩意儿，看是很好的，她就送给他。他们俩也间或玩着打饼的游戏，和爬到树上去，两人摘果子吃：枇杷，荔枝，橄榄。

有一天玩过了捉迷藏，坐在草地上，小人儿忽然想起一件事。

"你的名字怎么叫做着土地呢？"她问。

"不晓得。"

"道人塘那边不是有一个土地庙么？"

"有的。"

"那个土地公真难看，我怕它。"

"我也怕。"

"那末，你为什么又叫做土地呢？"

"妈说，我是土地公诞日那天生下的，我爸爸就把土地做了我的名字。"

"改一个吧。"

"我也叫做小人儿不成么？"

"你比我大，你就叫做大人儿吧。"

他快乐了。

因此，她再见到土地，就改口叫他大人儿。

这时候大人儿从后山的斜坡上，连跳带跑的走下来，笑嘻嘻的，手里拿着一节甘蔗；他就用这甘蔗向她招呼，一面喊。小人儿看见了，就站起来，忙忙的把狗尾巴编成的小房子给他。

"这给你！"她说。

"这给你！"他也递过甘蔗。

"这个好么？"她望着小房子。

"好的！"他答。"你吃，这节甘蔗像糖……"他在笑。

两个人就排排地坐在草地上，吃着甘蔗和玩着小房子。她开始向大人儿说她昨夜所做的梦，那个梦是可怕的，因为有两个黑的人，非常之高，非常之大，头戴白色长帽子，衣服很漂亮，却是赤着脚儿，脚趾像毛笔管——

"我怕哩。"大人儿呆呆的看她。

"好，不讲了不讲了，"她又咬一口甘蔗。

"昨夜也做一个梦，"他接着说："这个梦我很喜欢。"

"是什么呢？"

"我梦见我妈她不打我了，她很好，还给我许多糖宝塔，并且许多铜子……"

小人儿吃吃地笑了。

"她给你没有么？"

"我今天起来，把这梦告诉她，问她要，她只给我五个小铜钱……"

"糖呢？"

"没有给。"

于是小人儿又告诉他，家里那只黄灰色的老母鸡又生了一个蛋，特别大的，但是她妈捡去了，不准吃，要留到将来孵成小鸡。她并且告诉他，她希望小鸡赶快生出来，长大了，又生蛋，蛋子孵成鸡……她要把这些鸡拿去换一个羊；羊这东西使她喜欢极了。

"这么多还不够么？"他指着那些安安静静地吃草的羊。

"这不是我的，"她说："是王家的，我每月只赚他们一吊钱。"

"钱呢？"

"我妈拿去了，她两天给我一个铜子……"

接着，大人儿又告诉她，说他的爸爸昨夜里回来，妈妈又和他吵嘴，爸爸怒了就打她两个大耳光……然而这故事还不曾讲完，太阳已落到山后去，淡淡的暮色从田野上升，向黄昏的天空集拢。羊儿也吃饱了草，躺着，跳着，玩着，有的很

亲爱的挨着，用长的瘦瘦的脸颊去互相偎贴，互相向身上抚摩。她知道，这已经是赶着羊群回家的时候了。于是她又舞动柳枝条，赶着吃饱了而显得更其懒惰的羊儿；她一面转过头去向大人儿说：

"记住，不要把小房子弄坏呀。"

"是的……"他又向斜斜反反的山坡走去。

在原来的田坝上，纵是不住的打着柳枝条，羊儿也依样不在意的，彼此挨挨挤挤，小小的腿儿欲进思退的迟慢的走着。

"去！去！"小人儿就一声一声的在后面赶。

二

小人儿把羊群赶回王家，羊看见了栏，就高高兴兴的，争先恐后的挨挨挤挤地进去了。

"一，二，三……"王家的总管站在羊栏默默地念着羊进去的数目。

"不错。"最后，他向小人儿说。

小人儿非常厌烦他，因为，这个总管，虽说人老了，髭须和头发一样白，却很痞，常常——其实是每次当她赶羊回来，"不错，"他说了，于是，走近去，用他粗的像松树皮的手，摸她的脸儿，并且问：

"小人儿，你什么时候嫁人呢？"他嘻笑。

"不要你管！"小人儿就在他粗的臂膀中挣扎。

"你妈夜里和谁睡觉呢？"

"和我——不要你管！"

"嫁给耙猪屎的，喜欢么？"

说了，他就用满着髭须的阔嘴吻她，吻的又鲁莽，又沉重，并且把口沫和旱烟气味，留许多在她小小的仄仄的脸颊上。每次经过了这种把戏，这个总管，才似乎心满意足，嘻笑着，放松手，让她跑开。

"老蠢牛！"小人儿跑远了，这才骂。

在路上，她的心中还是愤的，厌恶和怒恨。

到了家里，她看见她的妈又在发气。她的妈一个整整守了八年寡的年近三十八岁的妇人，也不知怎的，性情却一天一天的暴躁了，几乎整天里全在懊恼，追悔，愁苦，忿恨，完全的浸溺于怨天尤人的贫穷的生活中，时时叹气，哭泣。在她诅咒着命运时候，第一，她想起丈夫，因为她丈夫的死只留下许多使她无力应付的赌债和酒账。其次她就恨到这个女儿，因为她是遗腹的，要是不因为她，那末，她早就改嫁了，这时也许是一个知县太太，或是……归结的说，无论怎样坏，总也不至于还靠着自己的手指头去弄饭吧。现在这个女孩子是她的累赘，她的所以守寡，所以穷，至于所以哭，凡是不幸的事情都因为她。于是这个女孩子就非常容易的触她的怒，使她不快乐，生气，她觉的倘若这女儿死了，她的境遇也许会佳的，所以在她发气发恨的时候，她常常狠狠地这样骂：

"天没有眼！死千死万，单单不把你死去呀！"

然而小人儿却不恨她的妈，她只觉得怕。

在小人儿赶羊去吃草的时候，她是快乐的，天真而且活泼。但是，到了家，不必看见到她妈发气的脸，她就变样了，心儿惊惊的，也像被同类征服的不堪的打败的鸡，畏畏缩缩，那样不敢上前的把头低着，脚步迟慢的走。

她发呆的怯怯地望她的妈。

"怎么？"她妈看见了，便连叫带骂："你这野货，又跑到哪里去了，到了这样晚？……"

"没有……"她嚅嚅地说。

"告诉过你,要早点回来,好帮我弄饭。"她妈狠狠地看她一眼,声音更用劲了。"你总不听,难道我弄得现现成成的给你吃么?你有这样的福气?吃了请你烂舌头,臭肚子……"

小人儿苦着脸,带点哭样,但不敢声张的呆呆的站着;她非常害怕。

"不动了,"她妈又骂:"难道是死了不成?你不吃饭我还得吃呀!"

于是,小人儿知道,她这时是应该去做些什么事了。她默默地走到厨房去,那里面充满着黑暗,但她照着熟的路,摸索去,到了灶门边。拿到洋火,划燃了,急忙地点上那小小洋铁的煤油灯,借着这黯淡到使人害怕的灯光,她蹲到灶下去,在炭灰中得了几节短短的细篾和几根树枝。就小小心心的小手放到灶里去,横叉斜交的,搭成空空的架子,于是把纸媒子点着,非常谨慎的伸到灶里去。然而这些篾片和树枝都是新从路旁和山上捡得的,很潮湿,就把来生火是轻易不会燃上的。她一面眯着眼睛,逼切的看那纸媒子蒂上的火光,一面鼓起嘴,从小小的唇儿中吹进一些风儿去。很快的,纸媒子已燃过三根了,这些篾片和树枝还只是在冒烟,连一点点的火花也不见。她弯着腰,累了,大颗大颗的汗珠从额上流下来,心里又焦灼又忧愁,生怕她的妈等的发躁了,又给她几个耳光子,是必定的。她想,假使有干的稻草,那就好了,然而,这东西,从哪里来呢?她家,大约有八年整整的不种田了,去拣别人的稻草,又不容易,因为那些富有稻草的人,多半吝啬,凡是拣稻草的穷小孩,差不多要受贼一般待遇的。其次,她想到煤油;煤油,这自然是引火最好的原料,可是,看那小小洋铁灯儿里面的煤油,她知道,作这种想头是不行的，因为那灯儿早就半明欲灭，摇曳着，很显明的表示着油是已经干涸了，充其量所余剩的也非常有限。

她只得耐心耐烦的，再点上纸媒子。

这灶里的火，一直使她燃完了五根纸媒子，火光才从浓厚的青烟中飞起，接着劈劈扎扎的响，火上来了。她真快乐的着了忙，她慌慌张张的捧来一束柴块，却慢慢的，小心的也像预防着什么可怕的危险似的，放进去，成为人字形的交叉在篾片和树枝上面；并且拿起火管子，紧紧的贴在小嘴上，嘴巴鼓起鼓起的，用力地去吹风。于是，火完全上来了，更大声的劈劈拍拍的响，熊熊的火焰从灶门口映到墙上面，墙纵是古旧而且黝黑的，但反射出来的红光，却也比桌上的那盏青磷一般的灯光强多了。

小人儿便忘了害怕，非常喜欢和高兴的跑去告诉她的妈。这个中年的寡妇还在喃喃的，看脸色，又像是十分用心的记忆着什么一样。

"妈！……"小人儿快活的喊，然而她的声音忽然又变成怯怯了，"火，火……"她又发起呆。

"小骨头……"她妈狠狠地看她一眼，便又喃喃自语的，走到厨房去。

小人儿转过身，怯怯的跟在她后面。

厨房里的那盏煤油灯已经熄灭了，但因了从墙上反映出来的熊熊的火光，却很明亮。

黑的铁锅里面的水，已熬煎的鼎沸了，从白木变成和铁锅相同颜色的锅盖周围，喷出白的水蒸气，还噗噗喳喳的叫响。她妈于是又恼恨，诅咒似的，喃喃着，向一个破口的古旧的山瓦缸中，用粗磁的碗去挖米；碗边就强硬的碰着缸底了。

"又完了！"这是完全诅咒的声音。

看看米又吃尽，这于小人儿是很不利的，她知道，就躲在灶门边，不禁地颤栗了，她以为在脸上，又得受她妈手指头用力的捻。

幸而这一次她的妈，却例外的，弯着腰，耐心的用手到缸底去一小把一小把地把米抓出来，放到碗里，也渐渐的满成半碗了。

"洗去，"她妈忽然叫。小人儿于是又怯怯地走来，把碗里的米淘净了，和上水，送给她的妈。她又转到灶下去烧火。

在烈火燃烧着，硬突的米浮沉于锅中而变化的时候，小人儿就不断地听着她妈站在缸边自语，其中充满着怨命，咒穷，间或怕人的哼出些凄惨的叹息。总而言之，她的妈，在这时，是又在想着困苦的不幸的境遇，而完全被这境遇的景象所迷惑了。

米，这在酷热的滚水中呻吟，但很快的便寂寞了，从锅的边界流荡来焦味的香气；饭煮熟了。

小人儿便急急地把灶里的柴火用火箝子拖出来，塞进灶门口底下那一堆冷的炭灰里面，还鼓着嘴，吹灭那火焰；一股迷眼的青烟便弥漫着，厨房里又归入到黑暗。然而，在这黑暗中，在这迷眼的青烟里面，小人儿还噙着被烟熏着的眼泪，挣扎着，小心地挾出那灶里的红炭，放到小小的炭坛里去。

她觉得凡她所应做的事情都做好了，便走到她妈身边，低声的说。

"妈！饭，饭好了。"

她妈好像没有听到她的话，默默的，然而却走到灶边去，用锅铲很草率的把煮熟的饭弄到木的饭桶里面：饭桶是颇大的，饭只能堆在桶底的一角。

"拿筷子……还有大头菜。"

她妈说着，端起饭桶就走了。

小人儿用力的爬到桌上去，向她知道那地位的土壁上去摸索，碰到长圆形的小小竹笼，在其中便抽出筷子，于是爬下来，又摸索去，到满着蛀虫小洞的那菜橱上，拿了一块唯一的状如鸡头的大头菜……

在吃饭时，小人儿依样不敢正视她妈，并且想讨人喜欢，吃过一碗饭，那一小片大头菜还没有印上她的齿痕，原形不动的平平地放在那只缺满着边沿的红花碟子上面。

"一年到尾，只是吃大头菜，大头菜……"她的妈又照样的咭咕了。

在这时，小人儿的小小的心上更压着惶恐，她觉的什么异常的祸事将降临到她头上，而且，仿佛地又看见她妈的手指头捻到她嘴巴；因此，这一餐，也和往餐一样，她的妈在怨恨和诅咒的喃喃中，又不自觉似的，干干净净地刮光那饭桶里面的饭了。

三

这是在小人儿上床去睡觉的时候。

睡觉，这在别人，想是一种应该的安然的休息吧；然而这幽静的幸福却没有给过小人儿。因为，上床去，她必须遵从她妈的命令；睡到床尾，冷冷的，也像是一只受惊的小畜牲，静静地蜷伏着，倘若不在意的转动身体，把不结实的古旧的铺板发起吱吱扎扎的响声，那末，给她妈知道了，便是毫无迟疑的蹴过来坚硬有力的脚，这就足使她的胸部，腰间，大腿，或背脊，受了伤似的痛楚到好久。并且，她的不敢放心地坦然入睡，除了这，还有一个原因，那就是她妈差不多是终夜的，唠唠不休地，重温着白天的生活的诅咒，诅灭，诅使她怨命，恨这个女儿，把世间的一切都看做是她的仇敌，她终于叹气了，哭泣了。

但是，在这样不变的，每夜里几乎成为疯子，由不安于贫穷的生活而发生出来的变态的愤激之中，她也曾常常的张着眼，明白地做她的梦；当开始她这个梦的幻想时候，她微笑了，那枯瘪的愁苦的脸上就布上欢乐，以及表现出一种饱满着幸福的得意。在她每次忽然觉得她是阔了，有洋钱，有银锭和金锭，有珍珠，有玛瑙……屋子是堂皇而且富丽……婢女和仆人……吃饭的筷子是红得透亮的珊瑚，碗是月光一样的白玉；鸡鸭排满着俱是吃腻了，想吃凤的脑髓和虎的下巴……在这时，她就俨然是一个主宰一切，任意操纵，尊贵的像什么命妇似的，因而就用她的脚，发怒时踢到她女儿，一面又威严又傲慢地吆喝：

"你这贱丫头，给我跳井去！快跳——"

然而在她作威作福到想着——这就是那幻想突然破灭的时候，她原有的怨恨又膨胀了，并且因为从富贵跌到贫穷，失望和嫉妒使她更伤心，更甚的恢复了类于疯子的那状态；于是小人儿就像是应该似的，也更倒霉了：她妈又把所有的不幸都加到她。

"都是你！——"她妈切齿的说，又用脚去踢。

因为这一脚踢去的力量太大了，并且在腰间，小人儿，就不能忍耐的叫了起来；眼泪正连续着涌上眼里。

"还敢哭！"她妈又骂，"你这死不掉的，留着累赘人！"并且又用脚去踢，作为她禁止哭泣的表示。

小人儿害怕踢，于是缄默着。

虽说她脆弱的心灵被一种权力紧紧的压迫，在惊恐和颤抖，但为她的安全——其实是为避免那无端的迫害——踢，她忍住眼泪，更其安静的蜷伏着，这完全像一只被征服或将饿毙的畜牲了。

在忍耐中，她的心是抖抖地悬着，因为她妈的自语还依样不休，时时响到她耳边来，使她警觉着自身的危险；她听到大街上打更，板壁中老鼠追逐，以及——凡是在深夜里响动的各种声音，也都使她感觉到恐怖。

然而睡眠，终于来拯救她，她是太倦了。

她恍恍惚惚地做了一个梦。

这个梦，她是做的太多了，几乎成为不变的，在她由恐怖的疲乏而入睡时，就忠实地来了，把她引到高耸的孤零的塔顶去，一只黑的大手抓住她腰间，要把她从半空中摔到地上去，于是她挣扎，她呼喊，然而她没有这种力，她的力全被那只黑的大手抓住了，她只得忍着气，无抵抗的，任凭糟踏；并且，她张眼求救，但她的四周是黑的，黑的像铁锅的底……于是她被摔下去，身体在她自己的眼前飞散，每部分都像一粒微细的沙。

她醒觉了；在她神志迷离中，她惊颤地猛然想到，她腰间的痛楚却是因为她妈用脚蹴它的缘故。

于是她又安静地在床尾蜷伏着。

四

当晨曦把夜的黑暗驱逐到屋隅，小人儿就为了习惯，也像在冥冥中有了一种知觉似的，使她的眼睛很困难的张开了，看见她妈正在沉睡，便愈加小心的怯怯地溜下床去，她预备做她应做的工作，赶着羊群到牧场去。

一离开她妈，这小人儿的心就忽然得了宽赦，活泼泼的跳跃起来；在这时，她已经忘却她妈，和那个梦，以及她自己腰间的痛苦了；充满在她心里的，是天真，和一种感觉她自己快乐的情趣。

她和她的影子在路上的阳光里飞跑着，像两个动人的可爱的小鸟；她到王家去领她的羊群。

"土地他说今天会送给我甘蔗，还有……"

小人儿一面跑，一面想。

"小人儿！"

她希望土地即刻就喊她。

不久，闪动在她眼前的，又是那一群使她喜悦的，像雪一般白的羊儿……

毁 灭

在秋天欲雨的夜里，贼似的，一个五十岁左右的木匠爬出了城墙；因为心慌，他刚刚把脚踏着了实地，转过身，便绊住了砖头，跌倒了，手肘和膝踝都发出痛楚。但他立刻便站了起来，没有去抚摩那伤处，只赶忙的捡拾起斧头，锯，锥等等，匆匆的便开起阔步了。他是很焦心的牵挂着家里。

在平日，太阳初落时，他便到家了；这一天，散工也是一样的时候，但他却等着工头发工钱直等到夜晚，城门早就关闭了。

向着他回家的路，是隔了大河和田野之间，一条蛇似的仄小的堤。堤上有许多地方已经塌倒了；在堤边，稀稀朗朗的立着一些树，隐于黑夜里，很像什么泥塑的鬼怪的影。天空中只有一颗星光；这一点唯一的光芒，既是小得像一粒萤火，又旋闪旋灭，散出不安定的一种凄凉的青光，显得四周围是笼罩着一望恐怖的黑幕。幸而这堤是他常走的熟路。

虽说他不曾从堤的缺口处滚到河里和田里去。但也颇费力，而且提心，张大眼睛，不敢疏忽的看定他前面的路。他也时时慢些走，仰起头去望，却都看不见他自己的茅屋；因此他的心便焦急起来。

为了焦急，他的脚步更开得阔了，耸起肩膀，那斧头和锯之类，便相撞着，时时响了"杀杀"的声音。这样走着，他的两胁和额上已沁出汗来了。

一路上，他都没有中断过这思想："那孩子——可怜的

小动物——算来该是这两天里就出世了……"一面想，夹点叹息，脸便忧愁着。

很慢似的，但也走到了堤的转角，在这里，他看见那稻草和柏树合盖的亭子，便不禁的欢喜起来，因为这下面的一边便是他自己茅屋的所在。

他快步的穿过亭子走下去了。这时他一眼看到了那茅屋：在几处稻草的罅隙之间，隐然闪烁着淡淡的灯光，他觉得异样。

"怎么，"他想，"这个时候，还点灯，三嫂还没有睡去么？"

于是走近了，便推一下树枝钉成的门——门是紧紧的。"喂，三嫂！"他叫。

屋里没有回答。

"三嫂，开门呀！"他放大了声音。

屋里仿佛有一些响动。

"开门呀……怎么，睡着了么？"并且打起门。

屋里便响起带喘的叹气，和一种极困难的迟缓的脚步。他疑惑的站开去，静静的听，带一些猜度的心情，好像在这屋里，将发生一种可怕和担心的事。

门开了，同时，一个四十来岁的女人便倚在门边，在昏昏的灯影里，下半身也显然赤裸裸着，腿上流着血……许多血已流到脚胫上。

这真使他吃惊不小。他慌张的去看，觉得原来很粗壮的妻，这时却现着瘦弱的，满了泪，疲乏，苍白，几乎是死人沉默的脸。

他想："这一定是的！"在心中，便充满了贫苦和哀怜的情绪。

他默着望着他的妻,这女人便一步一步的走进去了,那满着血污的精光的后影,便给他许多怜惜,歉疚,以及自怨的心情。他心想,如果他不是个木匠,而是——无论是哪一种人,只要有钱的,那末,他的妻该不会在生产中这样吃苦吧。想着,一面关了门,放下那肩膀上的家伙,便问:"什么时候发动呢?我想你一定累死了!"随着便叹了气,走拢去。

"上灯不多久的时候——"他的妻乏力的说,人已经挨到床上去,软软的躺着。

他又叹一口气,站在床前,望着他的妻,现出属于感伤的,但又不知怎样去表现的一种很笨的恩爱样子。

他的妻便弱声的说:"这一胎太吃亏了!"分明那眼里又闪起湿的光。

这句话好像是一把刀,深深的刺到他心上,于是,由这痛伤,他想起他的妻前两胎的情景,便仿佛有许多可悲可怕的物件,在眼前旋绕;他呆着。

"又在想些什么呢?横直已经生下了,我总不会死。"他的妻悲音的说,接着又喘息起来。

"你太苦了!"他回答;但忽然想起这产妇的悲哀的心,便赶紧把话换了方向,"假使我在家里,你当然会省力些……"也想不出别的话去安慰。

"我倒不要紧,"他的妻却说,"只是这小孩子——唉,你瞧,怎么办呢?"眼泪又挤出了眼角。

他默着,心想:"有什么办法呢?还不是——"

"在那边,"他的妻说,一面指着屋角。

他的眼睛便随着手看去,便发现了在一张三条腿的竹椅上,在几块破布和棉絮之中,躺着一个初出世的婴孩——这小动物正在安睡。

他很激动的望了一会,便愁苦的,把眼睛又看到他的妻,他的妻已经掩着脸,低低哭泣了。

他想安慰她,便去抚摩那身体;他放下手去,却看见那垫褥上还滩着一团腥臭的污浊的血,并且两条赤裸的腿便浸在这血中。

"这样子要不得呀,会生出病来的!"他吃惊和感叹的说。

"有什么法呢?垫褥只有这一床!"

他惘然了。

他的妻慢慢的,吃力的翻过身来,现出非常软弱,憔悴,像一个久病的人的模样;她颤颤地伸开手臂,却乏力地软软地垂下了。她的眼里又流出了透明的泪。

他便默默地坐到床边,哀怜的看她,一面抱住那发抖的手臂。这时,在他为工作而辛苦的脸上,一层层的浮上了感伤的皱纹,显得是一个慈善的,而又是非常苍老的脸。

两个人对望着,终于不敢互视的把眼光又分开,显然每个人的心,却深深的沉在极其可伤的境地里面。

他忽然不自觉得叹了一声:"苦人呀!"

这异样的声音,惨厉而且颤栗,把他的妻在缄默中骇着了,她仰起头怯怯的看,是一种惊疑的表情。随后她低声的,近于呜咽的说:"你自然也是难过的……"

"这能够不难过么?"他激动的说,"像我们——生下一个便弄死一个!生下两个便弄死两个!为什么呢?养不活!"便低了头。

他的妻又默着,想着,非常愁苦的样子。

他也不再说。

这茅屋里,便散布了虫声,以及风吹树叶的声息。

静默了许久,他便断断续续的说:

"那末，我想，这一个，如果……就让他和我们……"

然而他的妻却回答——但刚刚从唇边响出了声音便咽住了，突然又呜咽起来。

他也长声的叹气了。

"算了吧，这个——"他的妻终于说，"横直已经是第三个了！就是——就是养得活，长大了，还不是做木匠，像你这样的成一个苦人么？"说着，哭声便自自然然放大了。

他又低下头，于是，那可怜的枪伤的心，便像一只鸟儿，飞过了他生活的全路，一个万分穷困和苦楚的艰难的路。他想，在这个世界上，什么人都很好的活着，独独他和他的妻是早就该死的！但他又压制了这愤怒的感想。他只用安慰的口吻说："我还是可以卖力气的。"

他的妻便给他一眼，黯淡的一眼。

虽然他也知道，照他的能力，无论如何，都不能顾及到小孩子，但他为了他的妻，却愿意那样说，把这个婴孩留下来。所以他懂了他的妻给他的眼色，便又默然，暗暗的踌躇着。他的妻又哭声的说：

"听我的话，算了吧！你想，我们把菜根来充肚子，难道小孩子也能够吃菜根么……与其活下来成一个苦人，还不如……还不如……"

他听着，觉得这些话，而每个字音，都充满着一种力，抨击到他心上来。在这伤痛里，他也落下眼泪了。

最后他唏嘘着说："好吧……唉，天咧，这是第三个呀！"

他的妻便翻过身，脸朝着墙上，把被角塞到嘴里。

他便站起来，走到竹椅边，好像全身被什么东西压着似的，抱起了那小小的温热的肉体。

他开了门发疯一般的跑出去了。

秋夜的风，夹着紧密露水的湿气，吹到他的脸，他便从发烧的身上打了寒噤。昏乱的神经经了这凉意，他清白了好些，这才觉得，在他手腕中的，是由他自己的精液，和他的妻的身体的分裂，这样生出来的一个活跃的生命———一个活跃的生命，想着，他发起抖来，立刻有一种罪恶和悲悯的感情压住他的心，沉重得像一块石头。

"又丢到河里去，我还得做这种的孽么？"有什么捉弄他似的，这样想，便追忆到前两次的和这同样的事———一次是在一个冬天的月夜里，月光满着血色，照着河水，河水也现着悲惨和可怕的情调，他便悄悄的站在这月光底下的河边，丢下了一个———一个婴孩。又一次，那正是元宵节，城里面放着炮仗的声音，还隐隐地传来……但他不敢想下去了。在耳边，他仿佛听见了一种声音："生下来，又弄死去！生下来，又弄死去！……"他吃惊的听，又觉得这声音只发生在他心里。

"苦人自然只能做坏事的！"他嘲讽自己似的说，一面又冷笑。

他一直往前走，这走路，好像并不是他自己的意志，开步也不是他自己的力量，而是———像什么东西拉着一个木做的机体，傀儡似的往前走。

在走向凉亭的时候，他手腕中便响起啼声了。这婴孩的哭，又使他经过了一个悲伤的感情的大波动。同时，在他胸前，他觉得，那紧贴着的，正是这婴孩所发出的一团软软的柔柔的热———而这热，又使他重新认识，便是那小小生命的活跃和存在的证据，于是他望着，非常难过的伤起心。但不久，终因了无法可救的事实———就是他绝对养不活一个小孩子，他用力把这感觉弄模糊去，便故意的这样说："这不是活的，更不是婴孩，只是一件废物，一件废物，如同公认做无用的腐朽的木头……"然而这设想,却不曾抹杀了他的感动,反把他对于许多人都生了一种强烈的愤怒的仇视。他又想到,什么人都活着,独独他和他的妻是早就该死的。

不自觉的,他走到堤上了。那凉亭,矮矮的,像是一只爬伏着的什么巨大的野兽;树影显然就是鬼魅,而且摇摇荡荡的在活动……四周围是一片无声的,不可测的,无涯际的黑暗。这些景象,使他想,不正像为他自己干坏事而安排着的么?

他便狠起心,把自己认做惯于杀人的一个刽子手,以及终生都在做恶事的那种坏人,去增加他必得去做的那种事的勇气。他喘着气走近了堤边。

于是,他用了力,那婴孩就在这阴霾欲雨的空气里特别的哭了起来,而同时,接着,河水便响起被击的飞溅的声浪。

随着一切又都是沉寂。

"第三个"这思想像一条蛇,咬着,刺刺的通过了他全个的脑。

他又冷笑着,嘲讽的叫:"苦人自然只能干坏事的!"

他好像发疯了,张开发烧和泪光的眼,狠狠的,看定那河水——河水依旧寂寂的流着。

黑暗里没有一个生物。

一群朋友

在一个星期日薄暮时分,向惟利书局代领了稿费,我便赶紧走出四马路,到了这个不知名的街头,跳上电车,因为我惦念着云仓君那过了夜就必得交付的房租和饭钱,恐怕他等得过分的盼望,或者,这时他已经心焦了。云仓君是一个不很能耐烦的情感热烈而易于急躁的人。

电车上挤满着人。我站着,抓住那藤圈子,随着铁轨不平的震动,大家都前前后后的斜着。这正是经过了黄梅时节的天气。落过了绵绵的苦雨之后,现出青天,展开阳光来,全空间都漫腾腾的喷着发烧似的蒸气,热得几乎要使人宁肯生活在霉天的里面。所以,虽说已薄暮了,只留着残照的影,然而在电车上,从互相拥挤的人体中间,就发生了一种头痛的闷热的空气。我时时拿出手巾来,揩去额上的汗,但立刻觉得在唇边又沁出了汗珠。

"真热得奇怪,"我想,"在北京这时候还是穿夹衣。"于是我忽然觉得北京的许多可爱——单是那迷目的弥漫的灰尘,似乎也充满着一种强烈的力,不像上海的霉雨,绵绵的,落着,毫不起劲,好像正代表属于上海的国民性一般。

然而站在这会使人厌恶的人堆中,并不害怕热,我所担心的却是:在裤袋中的三十块钱。因了这人堆,使我想起了仿佛是在一本名为《怪现象之纪实》的书上曾这样说:"上海扒手之多,几乎触目皆是。"而且,从报纸上看来,在热闹的区域之中,发生了半敲诈似的路劫的事,近来也常有过。因此我实在有点忧虑。看着,像这些举止轻飘飘的,穿得非常漂亮的人(倘若漂亮的衣服不能保证人的品格),的确的,说不定在我的身边便有了那所谓的扒手之类。万一扒走了这稿费,虽说只是有限的钱,不能说,算是损失,却实在是,简直等于开玩笑了:在这个异常受窘的时候。

我便想着:

"假使,真扒了,那末,一到天明,云仓君就得打起铺卷……"一联想到云仓曾有一次被房东赶走的情形,我便凛然有了一种可怕和黯淡的感觉。

"这三十块钱真不可在这时失掉!"至于这样想,似乎带点祷告了。

所以在越挤越紧的人堆中,我的手始终放在裤袋里面,防范着几张钞票,好像这防范就等于挽救了一个将濒于危险的命运。于是,因为这样谨慎地防范的缘故,我忽然难过起来——在心中,潮水似的,涌起来普遍的怜悯心情。我缄默了。静静的忍受那复杂情绪的每一个波动。在这些波动经过的时候,我觉得,而且想着:云仓君,我的朋友以及我自己,生活着,凑巧又碰上这大家神往的所谓了不得的时代,却非常的执迷,不去作那种如同闭起眼睛去摸索的把戏,只愿辛辛苦苦的著作着,翻译着,永远压迫于书局老板的营利的心之下,这样只能向自己怄气似的过着每一天,每一星期,每一年,一直到了……如果不是跳海的死,恐怕连尸首也将遗累给几个穷朋友的。这样想,立刻,许多感想又重新生了翅,狂督的蜂似的飞起了,包围着我,似乎把我挤得成一个小点,如同一个伟大的想象逼迫着作家一样。那许多热烈的情感真弄得发呆了。后来慢慢的清白来,我才想起了很像我所要说的什么人的诗句:

"苍蝇在得意呢,它站在饿死的鹰身上!"

然而这情绪，不久也就为了我的嘲笑，潜伏如的平静了。这时电车又停着，却已经多走过两站了。我便急急的跳下来，摸一下裤袋（因为不知在什么时候手已经不放在那里了），触到那钞票，便不觉一喜——钞票的平安的确是一件可喜的事。这近乎可笑的欢喜，便一直伴我到了云仓君的房门外。

房里响着杂乱的谈笑声音。

门推开了，如同展开了一幅图画，房里高高矮矮的满了人。我一眼看去并没有一个生客。

云仓君现着兴奋的脸色，站在朋友们中间，好像他正在谈着什么使人激昂的事情。他看见了我，便立刻像嘲讽似的问：

"没有拿到吧？那班骗子！"显然他的心中又有了悲感的模样。

"倒是拿到了，"我答说，"不过——又抹去了四分之一。"

忽然响来了这一句：

"奶奶的！"这是刚从洛阳回来的采之君，声音非常坚实的说出一句河南腔的愤语，他这时从床上撑起身来，用力的丢下香烟头，那手势，好像他要去了一种烦恼或愤怒。随着他又斜躺下去了。采之君很带点所谓军人的爽快性格。

衰弱地靠在一张沙发上正沉思着什么的无异君，忽在采之君躺下去的时候，昂起了那个忧郁的——永远都是那样忧郁的脸，冷讽似的说：

"能够拿到钱，这位老板总算是恩人了。"说着，看到云仓君。然而云仓君却不说什么话，他不耐烦的走了几步，坐到一张放在暗处的椅上，默默的想着，一只手撑住低低垂下的头。

我便走到宛约君身旁，坐下了。

"听说你又要写一篇长篇小说，写了多少？"我问。

"不写了，"宛约君便带点愤恶的答说："无论是长篇短篇，都不必写。小说这东西根本就没有用处！"

"那末你们俩做什么呢？"

"睡觉。"

"进款呢？"

"从当铺。"

谈话中止了。我默默。他转过脸去向他的伴———一番女士正在看着《申报》。这是一位非常懂得恋爱心理的，刚刚作小说便被人注意的那《曼梨女士的日记》的作者。

"'革命尚未成功'，"她忽然从报上朗声的念起来了。大家的眼光便惊诧的望到她脸上。她现着不动声色的接着念下去："'同志仍须努力'，这两句是孙总理中山先生临死的遗言，所以凡是同胞，如果不愿做亡国奴，则必须用国货，以免亡国。本馆即国货中之最纯粹者，极盼爱国之仕女，驾临敝馆一试，以证言之非谬。兹为优待顾客起见，特别减价两星期，价目列下：午餐分八角、一元、一元二；晚餐分一元、一元五、二元。漂亮英法西菜馆启。"念完了，掷下报纸，淡淡的向大家看了一眼。

朋友们听着，一面默起来了，好像每人的心都受了这一张广告的刺激。

过了半晌，皱紧着眉头，显得非常难过的无异君，便自语似的说：

"一切都是欺骗……吃人！"

"吃人，"许久都不开口的采之君，忽然插口说，"不错的，这世界上只有吃人！不吃人的人便应该被人吃！聪明的人并且吃死人！……"从声音里，显得他是非常的愤慨了。

"的确是，"宛约君接下说，"记得周作人也曾说过'吃烈士'……"

默坐在暗处的云仓君，便兴奋的跳了起来。"近来呢，大家都在吃孙中山！"他用力的说，"并且，连西菜馆也利用起孙中山的遗言了。"说了，吞下一口气，又默着，坐在椅上，好像受了他自己的话的激动。

"同样，"无异君也开口了，却用嘲笑的口吻说，"我们呢——这一穷光棍——说起来真不知是倒霉还是荣幸，居然被书局的老板吃着。"

"可不是？"采之君更显得兴奋了，"我们越努力越给他们吃得厉害！我们不断的努力，就等于不断的替他们做奴隶！"似一面从床上坐起来，"简直是奴隶！"便非常用力的补足说，脸紧张着。

"谁叫你们要努力呢？"一番女士嘲讽似的凭空插了这一句。

大家的眼光便奇怪的射到她脸上。

"本来是，"她接着说，变了一种很正经的态度。"一个人活着，限定要写文章么？既然对于做文章感到这样的痛苦，那末改途好了。"

"你自己呢？"采之君质问似的说。

"我已经不再写小说了。"她回答。

"改了哪一途呢？"

"还没有定。"她说，"不过，在现代，决定没有一个年青女人饿死的事！只要是年青的女人，只要是不太丑，还怕没有公子少爷漂亮男子的追随么？至少，我也不难在天黑之后，站在四马路……"在她病后的脸上，便涌上了如同健康的那颜色。

宛约君比别人更特别的注视着她。

"其实，"她又说，"如果定要著作，那就得找一个副业：

就是做官也行。"于是脸朝着采之君："你打算怎样呢？"

采之君不作声，躺下去，想着什么去了。

无异君便大声的自白：

"我也下决心改了：这种鬼生活！"

"改做什么呢？"一番女士又转过脸来问。

"从翻译改做创作：创作现在还可以卖几个钱，翻译差不多走到倒运的时候了。"

"假使创作也不时兴呢？"是宛约君带笑的声音。

"那末——从创作再改做翻译。"

一番女士又开口了，讥刺似的说：

"翻译和创作，一辈子就这样打滚！……"

"我能够做什么呢？"说了，无异君便默着。

毫无声息的云仓君，却出乎别人意外的，跳起来了，好像他长久的忍耐着激动，而热血忽然冲出他的口，叫出了几乎是发狂的声音。

"只有这两条路——"他大喊。

大家的脸上便换了一种神色，看住他。

他近乎粗野的用力挥着拳头，这态度，如同激发无数的良民去作一种暴动的样子，气勃勃的叫："一条自杀一条做土匪！"

这的确是一句又痛心，又真切的警语。因为，一直默着，冷静地听这朋友们谈话的我，为了这句话，也有点感动了。"做土匪，是的，像我们这样的人，只有这条是最好的路！"我想，便觉得心中也逐渐发烧起来。

云仓君大约在我低头想着的时候，又颓然的坐在暗处了。大家也都默着。一只表，从抽屉里便发出小机器走动的声音。仿佛一种荒凉的，沉寂的空气把我们困住了。过了一会，宛约君才站了起来，在一番女士的耳边说了几句话。

"晚饭么，到我们那里去吃好了。"她回答。

于是我想到，时候已经不早了。

"还是到我那里吃去，"我便向她说，"我那里比较方便些。"

"……"她想说什么。

然而云仓君斜过惊诧的脸，冒失的问：

"怎么，你们想回去么？"宛约君便向他说：

"沙子要我们到他那里去吃饭。"

"哦……"他恍然的，一种像想起了什么的神气，接着便固执的说："不。你们都不要走。我请你们吃大菜。"一面就站了起来，唤着那像是睡了的，寂寂地躺在床上的采之君。

大家都不拒绝。采之君坐起来，并且预备就要走的样子。

然而我——我却踌躇了。因为，心想着，云仓君并没有钱，有的只是这呕尽气，写了几封信和跑了几趟路而拿到的稿费。这三十元不就是明天得交给房租和饭钱的么？

我便问他：

"你从别处又拿到钱吧？"

"没有。"他诧异的看着我。"你不是把稿费已经拿到了？"

"那末，明天呢？"

"假使我今夜死了呢？"他笑了——很不自然的笑了一声，便扬声说，"我们走吧！"

我默然了——一种沉重的情绪压在我心上。

锁着门的时候，云仓君好像非常之阔的样子，向着一番女士问：

"你喜欢喝香槟么？"

"我只愿喝白兰地。"

大家挤着下楼去了。走出了巷口,云仓君便独自向前去,向着一家名叫飞鸟的汽车行。

"到意大利饭店……"他说。不久,汽车便开走了。

"这真是穷开心咧。"我惘惘的想。

在汽车上,大家都不作声,好像各人都沉思在生活里,而追忆那种种已经幻灭的憧憬,感伤着彼此几乎是一个同样的命运——这灰色的,荡着悲哀记忆的命运,飘在这世界上,仿佛是一朵浮云,茫然地飘着,不知着落。

我自己呢,看着这朦朦的夜色,也非常伤心着这如同我生活的象征似的,那黯淡的,沉默默的情调。

天的一边正反射着血一般的,一片电灯的红光。

黎 蒂

她自己名她的名字做黎蒂。

黎蒂,她是孤独地飘泊到北京来的一个飘泊者。因为她看见这红墙黄瓦的都城,还是初次,故在此地没有熟人;她所认识的,全是为她自己冷清清地住在公寓里,感到寂寞,无聊,时间悠长和空间压迫的缘故,用这"黎蒂"名字写信给那些曾听说而不曾见过面的献身于艺术的人——是这样认来的几个朋友。像这些朋友,自然,对于她的身世、家庭,和其余的一切都渺茫极了;他们所明显地知道她的,只是她生得又美丽,又飘逸,又有使人不敢怠慢的庄严和骄傲——除了这些,便是从她闲谈和歌吟里面,辨别出她的声音是属于湖南的腔调了,可是,虽然他们知道她的仅是这些,这些全属于感情外表上的认识,但他们都非常的表现着敬重:因为在她平常说话里,他们觉得她有超越的思想,丰富的学识,和一种足使人叹服的豪放和坦白;因此,那先前对于这个奇怪的飘泊的女友所生的许多不好的推测,以及许多过分的怀疑,都倏然消灭了。并且,当他们几个人在一处说到她的时候,还常常带着怜惜的意思叹息着——

"黎蒂,她真是一个奇怪的女子!"

这句话,在他们每个人的心里都发生了效力,他们的全部思想几乎只被这一点点的事情占有去了。因此,为了要解除这个纠缠不决的问题,在这些朋友中,曾有几个自认和她有相当友谊的人,极诚恳的问过她:

"黎蒂！假使你承认没有错认了我们,我希望你这样：你可以告诉你的一点历史,让敬爱你的朋友更深的了解你么？"

"不能！"她总是这样的回答,"我是极力的想忘掉我的过去！"接着她便缄默了。

得了这样的一个失望,朋友们却以为在她过去的生活里有什么不幸的事,都不愿去触动潜隐在她心中的痛苦,便各自静默着,不再多问了,由是,他们以为像这样一个又年青,美丽,又有学识的女子竟已遭遇了不幸的事,觉得宇宙间太惨澹了,叹息着,同时又带些愤怒。虽说其中也有好多人,因为她严守着她过去的一切,曾觉得她的神秘,并且疑惑着,不安着,甚至于把她过去的生活,揣想出许许多多异样的不幸可是,到结果,也和别的朋友一样,不能确定的带着叹息地懊恼了。

"真奇怪！……但也许是我们还不配去了解她！"

在想着她而懊恼时,他们常常说这样的话去宽慰自己。

其实呢,黎蒂,她也的确是一个不易给人了解的人；因为她从知道曾存在在这个宇宙间时候,她就没有真切的了解过她自己。她只是沉沦在破灭的希望和无名的悲哀里面,但又不绝地做梦,不停地飘泊,痛惜而终于浪费她的青春和生命……总之,为了寻求某一种的生活,忽而欢乐,忽又沉郁,她是这样的女子。

她因为带着这样的一个命运,无形中便练成了异常刚强、果敢、善于悲愤而又富有热情的性格。她常常觉得自己的超越,有的是不凡的抱负,聪明,便微微地笑了；但一想到她所曾经历的人生道上,和所遭遇的种种使她厌恶、悲愤,甚至于灰心的事物,便又惨然沉默了。在她沉默时候,她看出这宇宙是一片茫茫的沙漠,没有春的温暖,秋的凄清,更没有所谓

同情和爱；可是在她倨傲地笑着的时候，她又忘却了一切丑陋、愚蠢、无聊以及人类的卑劣和她自己所有的不幸了，便又迷醉在许许多多像清泉里面的霞彩一般的即逝的美梦……

因为她的心灵在瞬刻间会变幻出两极端的灰色和灿烂，所以她不能安静于固有的习惯的生活。她是在某一个地方住了两个月或竟是两个星期，便感到陈旧，不满和厌烦了，于是又开始飘泊到另一生疏的地方去——这样不断地增长她的年岁。同样，她对于朋友，虽说也曾发生相当的友谊和诚意，但不久——也像对于地方一样的——便感到感情的疲倦了。……总之，简单地说，到了一个新的地方，用一个新的字名，寻找几个新的朋友，黎蒂是这样的生活着。

她这次飘泊到北京来，又是这种生活的演进了。

北京，像这个古国的都城，虽然她曾觉得有不少异样的意味，但同时也有很多的事情使她觉得讨厌，可悲，和可笑的；因此，要使她发生浓烈的兴趣和难舍的依恋，却也同其他的地方一样，在她的眼睛里面，不久就会变成讨厌的一件东西了。至于在北京认识的新朋友，黎蒂对于他们，除了关于她的历史的考察，她依样是坦白、豪爽、倨骄，和他们谈论一切，玩耍一切，并且肆意的说着凡是女子多不肯说的话。有一次，几个朋友来到她那间小小的寓所，大家闲谈着，好像是从电影、公园、马路至于抢劫、革命、战争……但也不知怎的，忽然谈到中国现代妇女的身上了。

"女子只配当姨太太！"她说。

朋友们以为她说这句话的意思，是含着讥诮或愤懑，便都静静地，各用一种惊疑的眼光望着她。

"你们不要这样看我，"她泰然地说。"事实确是这样的：现在可说是没有一个女子曾独立过！"

"那末,"一个朋友因她的态度很温和,故意的质问她:"你为什么不去当姨太太呢?"又带点戏谑。

"我么?"她正经地回答,"我连这样的资格都没有!"于是她又缄默了。

在她的缄默时候,她照样是不愿有一个人在她的周围,刺激她的感觉。为了这一种无可忍耐的自私,在她低着头追索她的青春、欢乐、希望以及她的烦恼、伤心和怜悯她的不幸的命运里面,她突然昂起头去,坚毅有力的说:

"朋友,你们走吧,我现在是痛恨我自己也居然是人类!"她的眼里充满着泪光。

虽然不认为是侮辱,并且还能深深地原谅她心中的隐痛,但朋友们终因她的悲欢太无常,觉得空气由活泼变成静寂、变成严肃,此外还为了不愿增加她的痛苦的缘故,便都默默地走出去了。

"真奇怪!"他们在路上全叹息着。

然而,孤独地坐在静悄悄的房子里,不久,黎蒂又慢慢地感到寂寞了。

于是她又热烈地盼望着任何一个朋友来到。

"给我快走吧,你们!"

这是黎蒂常常烦恼地驱逐朋友的话。但说也奇怪。受了这样无端的怠慢,朋友们却都安静的忍受下去,还替她抱着很大的不安,并且彼此暗暗地想,"算是朋友的,是应当使她快活些!"似乎她有一种使人不能遗弃的魔力。

在这样的朋友中间,若说比较来得极其诚恳、忠实、殷勤、依恋……差不多把整个热烈真纯的心献给黎蒂的,要算是罗菩了。罗菩,他认识黎蒂的第二天,在太阳的光辉还隐约在云端的时候,便把一朵含露的鲜艳的蔷薇,放在一个淡青色精

致的纸盒里面,送给她;并且,在花枝上头,他是系着一张折叠的纸条子。

"如果这一朵花儿能使你减少一点寂寞,那我的愿望就是达到了!"纸上面的字是写得非常的秀丽和端正的。从此,他便常常——几乎是每天一清早,便到黎蒂这小小的寓所来;只要黎蒂不向他说:"走吧,你!"他会毫不疲倦地一直坐到夜深,到黎蒂实行就寝时候,这才惘惘地回转去。他对于黎蒂,已是这样的超越过友谊的了。然而黎蒂却没有何等异样。虽然她也曾知道他的好意,但这样的好意在她的眼里看来,是太平常了,只像一只乌鸦从树枝头飞过去一样。因此,她对于罗菩,也像和其余的朋友,在她得意、欢乐、狂放或倨傲的时候,大家谈谈、笑笑、玩玩,到了疲乏和厌倦了,便同样的使她怀疑、鄙视,至于很不高兴地说,"愿你和别的人一样,不要在我的周围!"听了这一句难堪的话,在每次,罗菩都很伤心,他想:"我确是和别的人异样呵!"可是他终于低声地说,"好吧!"便掩着脸无力地走开了。

有一夜,因为黎蒂又无端地烦恼起来,罗菩又被她驱逐了;但他只走到那小小胡同口,便从他的又凄凉又迷惘的心里,强烈的浮上起不安来了。

"我应当去慰藉她!"他想。这时,他已被某一种的力主宰着,统统忘记了黎蒂给他的无情、冷酷,以及许多使他难堪和伤心的事了。他急忙地转过身去,走向黎蒂住的那房子。

"她为什么总是很烦恼似的?……"在短短的路上,他默默地想,脚步却走得更快了。

薄弱的灯光从绿纱上透出来,很刺激似的映到他眼里,他觉得胸部热烈着,身上有点颤抖了;但同时,一种高亢的,激越的,却又很凄惨,很缠绵的箫声,从窗里流荡出来，于是他倾着耳朵悄悄地听着，便痴呆地站住了。

"我不能不可怜你！"他想着；眼泪便落下了。

仿佛经过了很久的时间，他才听见箫声慢慢地低弱去，模糊去，近于停止了；可是，紧接这模糊的箫声，又陡然的奔起了极坚毅极沉痛的叹息，和嘤嘤的哭声了……

"真糟糕！"他叹息了。这时，他觉得要安慰她，是不能再等待了，心头流荡着无限热诚和希望的举起手腕，推开房门，进去了，像一个得胜国家的勇士似的。

房子里充满着又阴森又凄凉的空气。

"哪个？"她厌恶的问。

"我……"他嚅嚅地回答，走向她面前去。

黎蒂便从床上奋然坐起，怒目地望着他，严厉的说："你又来做什么？"声音却嘶哑了。

"我……我只为我的不安！"

"请你不要这样！"她还愤怒着。

罗菩失望了，垂着头。

"我是不须乎可怜的！"她又说。

"这算是可怜么？黎蒂！"

黎蒂缄默着。

于是罗菩又接着说："听我的话吧，黎蒂！要是这样放浪的烦恼下去，你真是太作孽了！"

"不要理我！"她冷冷地说。"走吧，你！"便懒懒地躺下去，又吹起洞箫了。

另一个深夜。

在万籁都寂寥得像死了，只有一盏暗淡的半明欲灭的油灯，默默地立在桌头，像有无限悲哀地望着黎蒂喝酒的时候，那房门突然轻轻地启开了，进来的是罗菩。

"又是你！"黎蒂见到他，不耐烦地说。"你又来做什么呢？"手里的一杯酒便喝了下去。

"……"罗菩想说什么似的，嘴唇微微地动着。

"让我一个人吧！"她又说。

罗菩便耸一下肩膀，用了很大的力气，颤声地说，"唉！你怎么这样不要命的喝酒？"

她听着，却狂笑起来，非常倨傲地望着他。这样的表现是大出罗菩的意料了！他低声地问："怎么，你醉了么？"

"我醉么？"她的声音又雄勃又清脆。"你记着：在世纪的末一日，也只有醉人才是醒者呵！"

罗菩于是缄默了。

"让我一个人吧！"她又倾了一杯酒。

"不能！"他嚅嚅地说，声音已颤抖了。

黎蒂便侧过头去，用一种轻蔑的眼光望着他。

"不能！"他自语般重复地说。

"为什么呢？"她问，顺着又喝下那杯酒。

罗菩这时候像着了凛冽的寒风似的，全身抖擞着，眼睛呆呆地望着黎蒂，又耸一下肩膀——这仿佛是用来增加他说话的力量。

"我……"他的声音却依然是颤抖极了。"我能够怎样向你说明呢？……呵！但这不是你的不幸！"

"够了！"她打断他的话。

"不要这样的矫情吧！"他深深地呼吸一下，接着说："总之，黎蒂，我不能让你这样任性地糟踏你的生命！"

"我还有生命么？"她又狂笑了。

"但是，我不能听你这样说。"

"让我一个人吧！"她又冷冷的。

"请你做一点公德,黎蒂!"他的脸色苍白着,声音更颤抖了。"不要这样说吧。"

"那末",她的态度突现正经了,很安静地说,"你要知道,无数曾和你一样的朋友,我现在统统地把他们忘记了。"

"我不管这个!"他坚定地说。

"像这样,你是只顾着爱我了。"她安静地望着他。

但罗菩却低下头去,静默着。

"为什么一个男人定要一个女人呢?"她轻轻地叹息一声,便接下说:"男人,如果他只是一个孤独者,那末,在这个宇宙里,是没有比他更自由、更快乐、更能骄傲的东西了。"她望一下罗菩。

罗菩的全身颤抖着。

吐了一口气,黎蒂又说下去了:"顶好一个男人不要女人!要了女人便糟了,任何事情都不能自由了……"

忽然罗菩打断她的话,说:"可是……"喉咙似被什么东西塞住,不成声。

于是黎蒂又接着说:"罗菩!你何苦也学别人那样傻呢?"

"不!"他用力回答,"我是只有这样的——"以下的声音又模糊了。

"你定要这个样么?"她放下酒杯,现着尊严,同时又是很惨澹地说:"好吧,让我忠实的告诉你:爱情,呵,爱情!像这样的东西在别的人身上或是值得幸福,值得赞颂,是可贵而且神圣不可侵犯的;但是在我的眼里,却太平常了,我看去只像看一匹黑的猫,或像在某一篇小说里看见一个地名和人名,不过这样罢了!那末,罗菩,你又何苦在枯原上去求水呢?"她的声音也有点嘶哑了,眼里一层层地闪起了泪光。

听着，罗菩便掩着脸，隐隐地哭了起来。

"做一个聪明人吧！"她很诚恳地说。

于是，她又狂笑着，将瓶中所有的白兰地，倾到嘴里去了。这一夜黎蒂是痛饮得沉醉了。她像死一般的直睡到第二天黄昏时候才清醒。她醒起时，罗菩已走去了，她想到过去的事，不禁地又凄凉又惨澹的叹息道：

"天咧！人生为什么总要不断的演着这样的戏剧呢？"

于是她便写了一封信给罗菩，信里说：

我是明早便离开这古国的都城和在这都城里面的朋友了，但我没有留恋，只像离开别的地方一样，觉得在不久的时间，又会有一个新的境界，和几个新的朋友，来消磨我的未满的岁月了！当然，因了我过去的经验，你也无能单独地成做例外，是照样的和其余的朋友一齐被我统统地忘记丢了。

这时候，正是深秋时节，凉风吹进窗棂，送来了萧萧瑟瑟的秋雨消息，于是她丢下笔儿，无力地斜躺在椅上，凄惨地狂吟着——"槭槭秋林细雨时，天涯飘泊欲何之？"

热烈地奔流的眼泪，便落满了她的脸上和胸襟。

船　上

船停着。

本来，账房的挂牌是铁准夜间十二时开船的，但天色已朦胧地发亮了，那吊货机还在隆隆铿铿地响，运夫们也依样在搬捐那笨重的货物而哼着单调的粗鲁的歌声。在隐约的晨曦之中，在黯淡而且稀小的灯光底下，那些小贩子，客人，苦力等等来来去去的拥拥挤挤，把尘土带来又带去，给弥漫了，使人要无缘无故的感到被什么东西压迫在心头，鼻孔窒息，喉管里痒痒的——有一种欲呕的味儿；而且因神经受了各种的喧嚷，纷扰，响动，在微微地颤震，头脑昏昏沉沉的，一个人，也像是从深睡中，给人拖到礼拜堂去诵圣经，那样的渺渺茫茫……

在将要收钱而还在上货的海船上的搭客，都会有这一种的感觉吧。

船，远看去，宛如一座小小的孤山；倘若说小点，迫肖些，却像一条鱼，尖头圆尾，上面微红下面墨样黑的。那深黄色围着窄窄白圈的烟筒，时时喷出或淡或浓的烟，缕缕的袅上天空去，飘散了，成为水边薄薄的朝雾。像这船，如果浮荡于无涯碧波的海里，在清晨，在晚上，或在霞影，星光，和微雨里游行，给雅致的人们看去，是很有一种异样的天然的美吧；但这时，却呆呆的停泊在满着黄泥水的小河中，依傍洋石灰做成而带有怪臭气的码头旁边，并且船上是那样纷乱的拥挤满各样各色的人，再和那岸上一堆堆如坟墓的货物相衬，便现着讨厌的，笨重与丑陋了。

因船过了挂牌的时刻还停着，隆隆铿铿的在上货，许多的客人都心焦了，有的从床铺上昂起头来，但多半都把脸贴在枕头上，在倦眼惺忪中，纵不认识，也勾搭着你一声他一句的说出关于船还不开的话，其中便带着不少呵责，生气，却不怎样的专心和激昂。那些小贩们，正因这机会想售尽那筐里篓里的余货，反分外有劲的大声大声叫卖。

自然也有许多极亲切的人们，为不得已的分离，含情相对，而悄悄地侥幸着——欢慰这开船时刻的迟延。

船还不开，天却大亮了，太阳照得江水通红。

许多搭客们，这是官仓，房仓，和吊铺的搭客们，于是全起来，大家对于开船的误时，便生了较大而且较有力的喧嚷。

打统仓船票的搭客哩，他们因为货还在上，不准入仓，只一个或几个的挤成一块，密密杂杂的堆在船栏边，看去只像是猪之类的牲畜吧，那样的在蜷伏着，简直不是普通人的模样，他们一面小心的看守那极简单的行李，一面给疲倦围困着，不安宁的一下一下的在打盹。这些人，听到那些人对于船上的账房加以种种攻击的论调，便用同情的声浪去响应，却只是忽然的，零碎的，不敢说出整句责备和生怒的话来，为的恐怕那势利的茶房们，要向他们哼一声，或用极鄙夷轻蔑的眼色，代表这意思："你也嚷什么，住统仓的！"

其实，船无期的尽停着，那些归乡，服务，以及情形不同而目的一样的客人的全心焦了，这也难怪；因此，便有等得不耐烦的客人，一个两个的到账房去质问。

"船怎么还不开？"

说这话若是属于住官仓的客人，那末，账房先生的答语，就很和气，有时竟把含笑的脸儿去表示一些谦让。若是去质问的人是房仓的搭客,这还可以。若是住吊铺的客人也去质问,那账房先生的神气就有点懒洋洋了。至于打统仓票的那些茶房们所最轻蔑的穷客,关于开船或别种的事,要直接和账房先生去说话,就莫想,假使冒险地去尝试一下哩,到结果,讨得一个没趣,是无疑的,因为账房先生的眼光,对于这一伙人,是非常的善用那鄙视,尊严,和冷酷的。

"快,快,"若答应,账房先生总是说出这两字,声音是极其流利,习惯了的;一面他又把手指头沾了一些口沫,轻轻的捏开那不平迭着的许多洋钱票。

"快。太阳都出了,货还没有上完……"听到客人这很不耐烦的话语,账房先生也始终保持着原有的态度,眼睛从金丝边眼镜上面向客人看看,倘若这客人服装很阔绰,或是神态很尊严,总而言之是上中等社会之流的,便含笑,很温和的回答了,然而所答的话依然是"快,快……"

因质问所得的结果不是准确的开船的时刻,心焦的客人们愈见愤愤了,便散散的聚拢着,又开始你一句他两声的说出许多连刺带骂,生气和警告的话。其中却充满了各人的懊恼及焦灼。

"退船票去!"也不知是谁忽然嚷出这一声来,大家便因此起了一个波动。

"对了!对了!"这是一个脸上有八字胡须的。

"退船票去!"这句话接连地回响着,并且愈传愈远了,不久就成为有力的,含有暴动性的一种号召。

大家很激昂的喧嚷,可是账房先生却依然安静的做他的公事——数着花花绿绿的洋钱票。

"退船票去!"许多时候都酝酿这件事。

看看太阳从河边升到天上去,渐渐的,各种在阳光底下的

影，便将由斜而正了。然而这个船，货还在上，显然在午前是没有起锚希望的！于是那些心焦的搭客们便真实的愤怒了。

"退船票去！"八字胡须的客重新号召，接着他自己就叹息一般的喃喃说："真是，岂有此理，真是——"

不少的客人就附和，而且实行了。

"退船票去……"

大家嚷着走去，到账房门口，那账房先生还在低着头，数着洋钱票。

"船到底还开不开？"

"快，快……"

"那不行……"

"退票就是的！"客人中却喊。

"快，"可是刚说出口，第二声就赶紧咽住了，账房先生抬头看这许多人。

"什么？"他问。

"退船票！"这声音是复杂的。

"退船票？我们这船上没有这个规矩。"

"不开船，那不退船票不行！"

"退船票！"这声浪更汹涌了；因为那些打统仓票的所谓穷客，在平常是忍耐着茶房们和账房先生的侮辱，这时却借着人众的气魄，便乘机发泄他们的含恨，于是自然的参加到这人堆里来了。

"船就要开的，退船票可不能。"

"不能不行！"

"不能退！"账房先生也很坚决。

"不行！"

形势更紧张了，退船票的人愈聚愈多。

茶房们得了账房先生的叫唤，便雄赳赳的想拖开众人，但在这一刻中，完全的成为一种暴动了。

"打！"两方面都用这口号。

本来这船上的声响是非常纷乱的，但是到这时，各种的动作都停止了，只听见喊打的声音，以及关联于肉搏的一些响动，和板凳，木杠，碗，这之类的飞腾。

集拢着要退船票的客人是很多的，大约总在五六十左右吧，但到了打，其实只在茶房们动手时，便有大多半的人——这自然是所谓上中流社会的人，必须爱惜和珍重他们的身体的缘故，所以在别人用起武来，自己就宁可示弱些，不当冲的悄悄地跑开了，这样的并且还可以旁观其余的人是如何的在那里挥拳，踢脚，及流血。因此，茶房们虽然只有十来个，却也很从容的对付那些不曾走或不及走的余剩者了。

然而到结果，因了打统仓票的那些穷客，大家为私仇或公愤，自愿的冲进战线去，茶房们便屈服了，血脸肿鼻的，有的鲜红的血在脸上手上腿上流着，垂头的跑开了。账房先生也不知在什么时候，抱着洋钱票躲在床底下，怯怯的，脸色变了青白……

因了客方面的胜利，最先喊打而又作观战的那些官仓和房仓的恍若绅士们，于是又有劲的大声叫："退船票！"

然而铁链子已沙沙哗哗的响着，锚起上了，船身就摆动起来，开驶了。

茶房们像被征服的鸡，一个个无神丧气的，无力的散坐着，自语一般，说出掩羞的，凡是战败者都难免的那些不服气的话，但只是低声的，几乎低声到除了自己就没有人会听见。但他们，一眼瞧到红鼻子，蓝眼睛，脸上被过多的血所充满而像是长着斑点似的外国人，大约是英格兰的土产吧，同几个山东的水手阔步的进来，样儿就变了，精神而且勇敢，也像临死得救的一匹狼或狗，和垂头丧气比起来简直是两个人，然而在这样快的一瞬间，能如此大变，真亏他！账房先生也抖去他衣服上的灰尘，暗暗的欢慰着这个外国人的来到。

这模样，这红鼻子先生，像那样傲慢的昂着头，眼中无人的向周围看望，是船主，大副，或大车之类吧；他尊严的开口了。

"闹什么？"用他本国的言语，声音却是不耐烦的。

虽说这红鼻子先生的蓝眼睛并不曾望到任何人，但账房先生却立正着，垂直手，卑恭得几乎要发颤，便用不准确的英语回答：

"客人要退船票。"身体却不禁的畏缩了一下。

"为什么？"

"因为开船迟了时刻。"

"是谁这样的？"

"那些——"

账房先生便用手指着官仓，房仓，和吊铺。然而这些客人，在发现外国人进来的时候，也不知是什么心理，便各自关起门，住吊铺的也躺下去把棉被盖到脸，每个人也像要避免一种危险，或表示任何不好的事情都与己无干似的。

"还有——"账房先生的手又指到那些打统仓票的所谓穷客。

这红鼻子先生把尊严而同时又是轻蔑的眼光向这些和那些毫不经意的看一下，随着又格外现出那英格兰土著特有的傲慢的神气。

"像一群猪，这蠢货！"对那些穷客发过这判断，红鼻子先生才开始微微的快乐的一笑。

"不准退船票！"

他命令，于是走了；强壮的山东水手又无声的跟在他后面。账房先生即得了保障，茶房们也得意的扬眉了。幸而搭客们却无条件的表示了退让，安安静静的各归各的位，纵不断的听见茶房们很难堪的冷语和嘲笑，有时竟至丑骂，也依样严守着纯粹的无抵抗主义了。

能够不发生第二次冲突，不消说，这是在茶房们所夸张的意料之中，同时又是使他们继续着夸张的许多资料。

到夜里，因了红鼻子先生的命令，统仓的大门——其实只有两方尺大的一块四四方方的铁板——给锁住了。那些所谓"像一群猪"的穷客，便实行像猪一般的露宿在船栏边；在那里，他们可以听见那官仓里面的客人从小小的圆窗中流出来的鼾声，或别的声响。

船在呼呼风声中，就肯定的向黑黯的渤海前进。

父亲和他的故事

我常常听别人说到我父亲：有的说他是个大傻子，有的说他是个天下最荒唐的人，有的说……总而言之人家所说的都没有好话，不是讥讽就是嘲笑。有一次养鸡的那个老太婆骂她的小孩子，我记得，她是我们乡里顶凶的老太婆，她开口便用一张可怕的脸——

"给你的那个铜子呢？"

"输了。"那孩子显得很害怕。

"输给谁呢？"

"输——输给小二。"

"怎么输的？"

"两条狗打架我说黄的那条打赢，他说不，就这样输给他了。"那孩子一面要哭的鼓起嘴。

"你这个小毛虫！"老太婆一顺手便是一个耳光，接着骂道："这么一点年纪就学坏，长大了，你一定是个败家子，也像那个高鼻子似的……"所谓高鼻子，这就是一般乡人只图自己快活而送给我父亲的绰号。

真的，对于我父亲，全乡的人并没有谁曾生过一些敬意——不，简直在人格上连普通的待遇也没有，好像他是一个罪不可赦的罪人，什么人只要不像他，便什么都好了。

然而父亲在我的心中，却实在并不同于别人那样的轻视，我看见我父亲，我觉得他可怜了。

父亲的脸总是沉默的，沉默得可怕，轻易看不到他的笑容。他终日工作的辛苦，使得他的眼睛失了充足的光彩。因为他常常蹙着眉头，那额上，便自自然然添出两条很深的皱纹了。我不能在他这样的脸貌上看出使人家侮蔑的证据。并且，父亲纵然是非常寡言，但是并不冷酷，只有一次他和母亲生气打破一只饭碗之外，我永远觉得父亲是慈爱可亲的。我一看见我父亲就欢喜了。

不过人言也总有它的力量。听别人这样那样说，我究竟也对于父亲生过怀疑。我想：为什么人家不说别人的坏话，单单要说父亲一个呢？可是一看见到父亲，我就觉得这种怀疑是我的罪过，我不该在如此慈爱可亲的父亲面前怀疑他年青时曾做过什么不合人情的事。父亲的确是个好父亲，好人，我这样确定。倘若像父亲这样的人是个坏人，那末全世界的人就没有一个好的，我并且想。

虽说我承认我父亲并不是乡人所说的那种人，但人家一说到坏处就拿"高鼻子"做比喻，却是永远继续下去了。

这直到有一天，我记得，就是那只黄母鸡连生两个蛋的那一天。这天一天亮太阳就是红的。父亲拿着锄头到菜园里去了。母亲为了病的缘故还躺在床铺上。她把我推醒了，说：

"你也该起来了，狗狗！"

我擦着眼屎回答："今天不去。"

"为什么？"

"两只母牛全有病，那只公牛又要牵到城里去。"

"那末，"母亲忽然欢喜了。"趁今天，你多睡一会吧，好孩子，你天天总没有睡够的！"

我便合上眼睛，然而总不能睡，一种习惯把我弄得非醒着不可了，于是我问到父亲。

"到菜园去了。"

想着父亲每天不是到菜园就是到田里去作工，那怜悯他的心情，又油然而生：在我，我是只承认父亲应该在家里享福的，像别的有钱的人在家里享福一样。然而父亲是穷人，他只能到田里或菜园去，把锄头掮在白脑壳后面（因为他的头发全白了），这就是我很固执地可怜他的缘故。

我这时并且联想到许多人言——那每一个字音都是不怀好意的侮蔑，我不禁又怀疑起父亲了。我觉得，倘若这人言是有因的，那末母亲一定知道这秘密。

"爸爸是好人，可是全乡的人都讲他不好。"我开头说。

母亲不作声。她用惊疑的眼光看我，大约我说的话太出她意外了。

"人家一说到不好的事情就拿他做比喻……"

母亲闭起眼睛，想着什么似的。

我又说："为什么呢，大家都这样鄙视爸爸？为什么他们不鄙视别人？爸爸是好人，我相信——"

母亲把眼睛张开了，望了我一眼，便叹了一口气。于是我疑惑了。母亲的这举动，使我不能不猜疑到父亲或者真有了什么故事，为大家所瞧不起的。

我默着。我不想再说什么了。我害怕母亲将说出父亲的什么坏事。我不愿在慈爱可亲的父亲身上发现了永远难忘的秘密。我望着母亲，我希望她告诉我：父亲是怎样值得敬重的人物……我又想着许多人言去了。

我一面极力保存我的信仰，这就是父亲仍然是一个慈爱可亲的父亲。他的那沉默苦闷的脸，那因了辛苦的白头发，便在一瞬间全浮到我心上来了。我便又可怜他。我觉得人家的坏话是故意捏造的，捏造的缘故，正是人们容不得有个好人。

然而母亲却开口了，第一句她就埋怨说：

"怪得别人么？"

这是怎样一种不幸事实的开头呢。我害怕。我不愿父亲变成不是我所敬爱的父亲。我几乎发呆的望着母亲，在我的心中我几乎要哭了，可是母亲并不懂得这意思，她只管说她的感慨。

"只怪他自己！"

显然父亲曾做过什么坏事了。我只想把母亲的嘴掩住，不要她再说出更不好的关于父亲的事情。

可是母亲又说下去了："自己做的事正应该自己去承受！"她又叹了一口气。"女人嫁到这样的男子，真是前世就做过坏梦的女人。"

我吓住了。我真个发呆的望着她。我央告的说：

"不——妈妈，你不要再说下去了。"

母亲不理会。也许她并不曾听见我所说的。她又继续她的感慨：

"真的，天下的男人（把女人也在内），可没有第二个人比你父亲还会傻的。傻得真岂有此理——

（她特别望了我一眼）

"你以为我冤枉他么？冤枉，一点也不。他实在比天下人都傻。我从没有听说过有人会像他那样的荒唐！你想想，孩子，你爸爸做的是什么事情。

"说来年代可久了。那是二十五年前的事——你还没有出世呢——我嫁给你父亲还不到两年。这两年以前的生活却也过得去。这两年以后么，见鬼啦，我永远恨这个傻子，荒唐到出奇的人。我到现在还没有寻死，也就是要恨他才活着的。

"这一年是一个荒年。真荒得厉害。差不多三个月不下一滴雨。把水龙神游街了五次，并且把天后娘娘也请出宫来了，然而全白费。哪里见一滴雨？田干了，池子干了，河水干了，鱼虾也干了。什么都变了模样！树叶是黄的，菜叶是黄的，秧苗也是黄的，石板发烧，木头快要发火了，牲畜拖着舌头病倒了，人也要热的发狂了。那情景，真是，好像什么都要暴动的样子：天也要暴动，地也要暴动……到处都是蝗虫。

"直到现在，我还是害怕太阳比害怕死还害怕，说到那一年的旱荒，没有一个人有胆子再去回想一趟。（她咽了一下口水）你——有福气的孩子，没有遇上那种荒年，真是比什么人都有福气的。

"你父亲干的荒唐事就在那时候。这个大傻子，我真不愿讲起他，讲起他来我的心就会不平，我永远不讲他才好。

（母亲不自禁的却又讲下去）

"你父亲除了一个菜园，一个小柴山，是还有三担田的。因为自己有田，所以对于那样的旱天，便格外焦心了。他天天跑到田里去看：那才出地三寸多长的秧慢慢的软了，瘪了，黄了，干了，秋收绝望了。这是何等重大的事情啊，一个秋收的绝望！其实还不止没有谷子收，连菜也没有，果木更不用说了——每一个枝上都生虫了。

"你父亲整天的叹气：完了，什么都完了！

"不消说，他也和别人一样，明知是秧干了，菜黄了，一切都死了，纵然下起雨来也没有救了，然而还是希望着下雨的。你父亲希望下雨的心比谁都强。他竟至于发誓说：只要下雨的，把他的寿数减去十年，他也愿意的。

"他的荒唐事就在这希望中发生了。这真是千古没有的荒唐事！你想想看是一种什么事呀？

"你父亲正在菜园里，一株一株的拔去那干死的油菜，那个——我这一辈子不会忘记他——那个曾当过刽子手的王大保,他走来了,你父亲便照例向他打招呼。两个人便开始谈话了。

"他先说,'唉!今年天真干得可以!'

"'可不是?'你父亲回答,'什么都死了。'

"'天灾啊!'

"'谁说不是呢?我们这一县从今年起可就穷到底了。'

"'有田的人也没有米吃'

"'没有田的人更要饿死了。'

"'你总可以过得去吧。去年你的田收成很好呀。'

"'吃两年无论如何是不够的。说不定这田明年也下不得种:太干了,下种也不会出苗的。'

"'干得奇怪!大约一百年所没有的。'

"'再不下雨,人也要干死了。'

"'恐怕这个月里面不会下吧。'

"'不。我想不出三天一定会下的。'

"'怎么见得呢?'

"'我说不出理由。横直在三天之内一定会下的。'

"'我不信。'

"'一定会的。'

"'你看这天气,三天之内能下雨么?'

"'准能够。'

"'我说,一定不会下的。'

"'一定会——'

"'三天之内能下雨,那才是怪事呢——'

"'怎么,你不喜欢下雨么?'

"'为什么说我不喜欢?'

"'你自己没有田——'

"'你简直侮辱人……'

"'要是不，为什么你硬说要不会下雨呢？'

"'看天气是不会下的。'

"'一定会——'

"'打个赌！'

"'好的，你说打什么？'

"'把我的人打进去都行。'

"那末，你说——'

"'我有四担田——就是你知道的，我就把这四担田和你打赌。'

"'那我只有三担田。'

"'添上你的那个柴山好了。'

"'好的。'

"'说赌就是真赌。'

"'不要脸的人才会反悔。'

"其实你父亲并不想赢人家的田。他只是相信他自己所觉得的，三天之内的下雨。

"谁知三天过去了，满天空还是火热的，不但不下雨，连一块像要下雨的云都没有。这三天的最后一天，你父亲真颓丧得像个什么，不吃饭，也不到田里去，只在房里独自地烦恼，愤怒得几乎要发疯了。

"于是第四天一清早，那个王大保就来了，他开头说：'打赌的事情你大约已经忘记了！'

"'谁忘记呢！'你父亲的生性是不肯受一点儿委屈的。

"'那末这三天中你看见过下雨么？'

"你父亲不作声。

"他又说：'那个赌算是真赌还是假赌？'

"你父亲望着他。

"'不要脸的人才会反悔——这是你自己说的话呀。'王大保冷冷的笑。

"'我反悔过没有?'你父亲动气了。

"'不反悔那就得实行我们的打赌。'

"'大丈夫一言既出——破产算个什么呢。'你父亲便去拿田契。

"唉!(母亲特别感慨了)这是什么事情啊。我的天!为了讲笑话一样的打赌,就真的把仅有的三担田输给别人么?没有人干过的事!那时候我和你父亲争执了半天,我死命不让他把田契拿去,可是他终于把我推倒,一伸腿就跑开了。

"我是一个女人,女人能够做什么事呢?我只有哭了。眼泪好几天没有干。可是流泪又有什么用处呢?

"你父亲——这个荒唐鬼——大大方方的就把一个小柴山和三担田给人家去了。自己祖业已成为别人的财产了。什么事只有男子才干得出来的。我有什么能力?一个女人,女人固然是男子所喜欢的,但是女人要男子不做他任意的事情可不行。我哭,哭也没有用;我恨,恨死他,还不是空的。

"啊,我记起了,我和你父亲还打了一场架呢。

"他说:'与其让别人说我放赖,说我是一个打不起赌的怯汉,与其受这种羞辱,我宁肯做叫化子或是饿死的!'

"然而结果呢?把柴山给人家了,把田也给人家了,还不是什么人都说你父亲的坏话?这个傻子……"

母亲把话停住,我看见她的眼泪慢慢的流出来。

"要不是,"她又说,"我们也不会这样苦呀。"声音是呜咽了。

我害怕母亲的哭,便悄悄的跑下楼去。

这一天的下午我看见到父亲，我便问：

"爸爸，你从前曾和一个刽子手打赌，是不是？"

父亲吃了一惊。

"听谁说的？"他的脸忽然阴郁了。

"人家都说你不好，所以我问母亲，母亲告诉我的。"

父亲的眉头紧蹙起来，闭起眼睛，显得万分难过的样子。

"对了，爸爸曾有过这么一回事。"他轻轻的拍一下我的肩膀说，"这都是爸爸的错处，害得你母亲吃苦，害得你到现在还替人家看牛……"

父亲想哭似的默着走去了。

从这时起我便觉得我父亲是一个非凡的人物。而这故事便是证明他非凡的故事。

子敏先生的功课

闹钟响起来了。

这是下午八点半钟。每天到这个时候，因了闹钟的响声，子敏先生便想起一件事——虽说是每天一定要做的事情，但在这钟声未响之前，却实在没有想到的。所以用闹钟，也正为的是这个缘故：使他重新记起了那件事。

他本来很舒服的靠在一张大椅上，看着一张《群芳画报》，而眼睛不动的，正入神在一个电影女明星的相片上面。大约这相片的眉眼之间，颇合于他赏美的观念或肉欲的情趣，即在那入神的脸上，更恍然是受了迷惑，现着心荡的模样。所以闹钟的响声，已响到他的耳里，却只是懒懒的抬起头，投了一下嫌厌的眼光，便又细细地去看那女明星的嘴角，好像这钟声并不是为他才响的。

一直到闹钟的响声停止了——停止了许久，子敏先生才难舍而又动情的，向那女明星相片的颊上接了一个吻，丢下画报，带点莫奈何的神气走到桌前去，一张排满着女人相片的写字桌。这些相片中的女人，几乎每一个，和子敏先生曾有过关系的，因此这时候在他的眼底，便好像都微笑起来，而且显得要活动似的争着他的宠爱。为了这些女人，子敏先生又有点笑意了。

但是他坐下了之后，看见那只闹钟，圆圆的，像嘲笑的脸的闹钟，便重新不耐烦起来，把那时时都在注意着动作的眉毛也皱成很难看的样子。

"唉，真讨厌！"

虽说这样想，却仍然开始去做他每天这时候所必须做的事情。他从抽屉里拿了信封和信纸。

在他的脸前，那美的，浅湖色的信纸，平平的舒展着；墨水盒也打开了；笔管也握在手指间了，而且笔尖已沾了墨水；一切——好像连那盏电灯也都在等待着他，要他非立刻从事于这种事情不可。子敏先生便更觉得这事情的讨厌。

他的心，是只想把这事情——不，与其说是一件事情，倒不如说是一门功课，简直等于功课的每天必须写给他太太的信，从他的生活中去掉，好像从一枝蔷薇花上去掉了一团蛛丝。假使真的把这蛛丝去掉，他想，那末蔷薇花一定显得更灿烂。可是他不能够——因为如果他不每天写信给她，那个生怕丈夫同别的女人相好的女人，是马上会从家里动身，找到他这里来的。并且"隔一天不写信，我准来！"这句话记在他的头脑里，还是非常有声色的。那末，与其让她来，倒不如每天写信的好，是显明的事。子敏先生于是决定了：

"罢，写算了！"

既下了决心，便重新沾了墨水，想了想，写道：

兰波我爱！

我多么的想念你，唉，我说不出我的想念呵！倘若你知道我因为想你念你，直到这时候——是十二点半钟了，还不能入睡，终于又从床上爬起来给你写信，你应该给我多少个吻呢？说到你给我的吻，你看，我的心是怎样的跳跃起来了，几乎像鸟儿似的要飞出我的胸中。其实它能够像一个鸟儿倒好了，因为鸟儿是自由的，可以到处飞，那末我的心就会立刻和你的心接吻起来了。现在我还不是一只鸟儿，你说是不是？

子敏先生把笔停住了,他从头看这上面所写的一段,并且无声的念着,觉得很满意,便不禁地忽然微笑起来,于是又沾了墨水,接着写道:

兰!我昨夜又梦见你,在给你写完信不很久的时候,你想想,我做的是什么梦呢?唉,我不愿说出来啊!不过你如果想知道,我也不妨告诉你,但是你千万要原谅我。我认为,我所以做这个梦,完全是爱你太过的缘故,否则我决不会生出这种幻想的。兰,我的爱兰,你想我所做的是怎样的梦啊,唉!我梦见你——梦见你,确然是你,你和一个很漂亮的男人……接——接了吻呀!

写到这里,子敏先生便心想,"岂有此理!"但他又紧接着写下去了。

我的兰,亲爱的兰,生命的兰,你赶快饶恕我吧!我真是把你侮辱了。

然而我说过,我是爱你太过才做出这样的梦的,所以你是应该——不但要原谅我,还得更加爱我呵!我想你决定会更加爱我的,一点也不多心,是么?其实在梦里,我也没有恨你,我只恨那个男人,我恨不得把他扯成肉片才好,但是这也因为是爱你的缘故。现在请你安心吧,我不会怀疑你,我相信你是终身只伴着我一个人,生生死死都是一个啊!

于是子敏先生换了一张信纸,重新想了想,又写道:

至于我,这个永远忠心地只愿做你一个人奴隶的我,请你放心,一千万个放心吧,我不会有什么轨外的行动啊!单凭我们俩的爱情,可以作一千个铁证,我决不会像那般贪色的登徒子之流,不爱自己的爱妻,终日终夜只追逐着别的女人。你相信我不会干出那荒唐无耻的事,是

么？我想你一定要回答一百声"是！"可不是么？其实像我这样的男人——你的亲爱的丈夫，你真是人间一个最幸福者啊！谁能够说你不是最幸福的？你看，我——一个单身旅外的男人，年纪又轻，人又不丑，却除了自己的爱妻以外，什么女人都不爱——不，是连一眼也不去瞧啊！真的，世界上没有第二个女人能使我注意，所以我的眼睛，我的嘴唇，我的手，以至于我的全身，只是属于你个人的私产，别的女人全没有份儿的。

——子敏先生的眼睛却不自主的便落到桌上那些相片的上面，并且对着其中的一张，便是鸵鸟毛的扇子掩着袒露的胸部，现出要笑又不笑的那个舞女，作了一种调情的动作，用左手的手指头送去了一个吻——

我的兰啊，我的一切都是你的，你那末应该放心我，像我放心你一样：我们俩是人间最相爱的一对爱人呢。我真想你这时就在我身边，我便运动全身的力来拥抱你，使你醉了，醉得不知人事——兰，你来吧！

然而子敏先生立刻便觉得这最后一句话写得很不妥当，因为他的太太每一封信里，都非常难过的说要出来，甚至于说，只要挨着他，什么样的苦她都愿意吃的，现在他自己也感伤的写着"兰，你来吧！"那末，她连夜就来，是极可信的事——这不是子敏先生所愿意。所以他想了想，便赶紧改变了语意，写道：

如果你真的来了，我们俩生活在一块，这是人生多么有意义的事情啊！

但是事实上，唉，我们能够么？一万个不能够！至少，现在是一万个不能够啊！这自然都是我没有本领，每月赚不了多少钱，以致我们俩才受这样长久别离的苦。你不要以为我每月的进款骗着你,不把真数目对你说,你真不要这样。倘若你不相信,我可以告诉你,但是你要相信我每一句都是实话。我从前不是对你说过,黎明书店请我当编辑,一个月薪水一百元?是的,我一个月的用费只靠这一百元。你想,一百元,够做什么用处呢?

现在我列一个账目给你看,你就会相信我的话并不是瞎说。

于是子敏先生在第三张信纸上便开了这样的账单:

房租三十元(只一间)。

饭钱十二元(最普通的饭)。

客饭十元(并不特别加菜)。

车钱十五元(只坐电车,有时还徒步到书店去)。

应酬费二十元(平均每星期只请两个朋友看电影或小酌)。

邮费四元(只为你一人寄信,每天一角四)。

理发,洗澡,洗衣,共五元(这是极省俭的,每月我只洗两次澡和理两次发)。

杂费四元(包括皮鞋,袜子,雪花膏以及香水等等,你想够不够?)。

兰!这不是整整的一百元么?我撒谎不?以上的数目算得滥用么?

我现在只想兼一点别的事做,每月多一点进款,那末我们俩就可以在一块生活了。我想,单单看我们俩的爱情上面,神应该给我这样的机会啊!

所以在眼前,兰,我至爱之兰,我们俩都暂时再忍耐着吧,横直你我都还年轻,不久总能够聚会的。在这里,我们俩都为将来的聚会祝福吧!

我祝你更加美丽，比安琪儿还美丽。你呢？

其实，没有看见你，我是不会快乐的。我一想到你一个人孤孤寂寂的在家里，真为你难堪啊！我的失眠便因为这个缘故。我近来因想你变得很沉默了，不事修饰（我的领子三天才换一次），好像是一个满有愁苦心事的人。唉，现在我的眼泪又汹涌起来了！

写到这里，这一张信纸便只剩四分之一。子敏先生把笔停住了。他想了想，觉得应说的话差不多全说了，便从第一张起，一字一字的看了一遍，实在没有毛病。但是他为充实他最后的感伤之故，便在"现在我的眼泪又汹涌起来了！"的底下，再加下一个"唉"字，而且打上了三个感叹的符号，成了——唉！！！这样，似乎一切都应该完备了，然而子敏先生还在想，他总觉得必须再添些什么，可是他想不起相当的字眼，于是便加了这样的两行：

……

这两行中的许多点滴，自然是表示一种有无穷尽的话语，却又无法说起和说不出来的意思，这显得在写信时的子敏先生，他的心情是旋涡于非常纷乱的激动里面，情切之至。

于是署名道："留下一万个拥抱给你的，你的人。"

这时候，那只圆脸一般的闹钟，已是十点半钟了。子敏先生便赶快站起来，伸一伸腰肢，好像被囚许久的开释，觉得丢去了一重重负。他不及去写信封，信纸也不叠，只是活动在一面镜子前，梳光了头发，扑上粉，并且在眉尖上画了一点黑……显得十二分漂亮的人物，走出去了。走到"上海汽车行"那里，他内行地向汽车夫说：

"月宫跳舞场，快点！"

· 154 ·

爱的故事

一个粉红色的小小的信封，在口袋里，当郑夫人替她丈夫刷黑哔叽上衣时候，给发现了。她悄悄地说，"多漂亮呀？"同时，在她的眼中，那信封好像显示给她的不仅是漂亮，而另外还有一种刺激，是疑惑。因此，她的心中便浮上那女人富有的类乎酸的情味了，可是她又对这种情味加以否认。

她想，"不会有的，那只是一种幻想罢了。"

"不过"，可是她又想："像这样漂亮的粉红色小信封，男子们是不用的。"

于是她踌躇了。她认为这种的推测是不应该的，是爱情的蛀虫，是苦恼接触的导火线，可是她又觉得那小信封的可疑，仿佛其中是蕴含着许多秘密，许多不可思议的暧昧的事……最后，她为解决这两种思想的冲突，虽觉得这行为有点不道德，也无暇虑及了，把粉红色小信封拿出来，信口是已经拆过的，蜜色的信纸又分外显明地映到她的眼睛。

顺着手，这信纸就给展开了。

信里面说：

后天——星期六——下午二时在水榭等你，你来吧，我得了一中新颖的方法，愿我俩速速来试验那快活！

□□ 约

这是怎样奇怪的信呵，同时又是何等重大的一个打击！郑夫人的眼睛从惊吓中张大去，发呆了，全身起了变化，那蜜色的信纸就在手指间微微地颤动。

这时，因了这种的发现，在平常所忽略过的许多疑点，也像雨珠般在她的脑里骤现了。第一，她觉得她丈夫在每一个星期六下午全不在家，并且每次在动身之前，总是十分周密的观顾他全身的服饰！衣裳是熨得平平的，皮鞋擦得发亮，领结几乎要打到五六次才满意……在临走时，还上上下下的，对着穿衣镜前后的打转。此外，她又想到他髭须向来是隔一个或两个星期才刮一次，这三月来，却差不多每天都曾刮；头发更是一分钟不曾松的把压发帽紧紧的压着……凡这种种，到想来，纵是把没有想到的那些不说，只就这所发现的算来，也真是太多了。总而言之：在许多极小的动作中，已是证明他的心早就变样了！

她又忽然想起，在他回到家里和她接吻的时候，尤其是在最近这一个月，那嘴唇触到时，不是懒懒的软弱便是急促的粗暴。软，像那样，这是缺乏热力的！粗暴，那更是温柔的反证了！她又想到，在从前，她和他的接吻是由眼光作媒介，当在静默中彼此会意了，然后两个身体挨近去，多半是她的头躺在他臂弯里，让他的脸偏下来，嘴唇于是接触了，从温柔到热烈，至于会听见胸部同样的一种跳动……

"然而"，她想，"现在是变了，变成了虚伪的……"

"没有想到的事！"她渐渐地愤恨了。

"男子的爱情真靠不住……"她继续感想，"结婚还不到两年，就有这样的外遇了！"眼睛便垂到信上面，她看见那寥寥的几行字却写得非常的娟秀。

"新颖的方法！"她默念信中的话，并且想，所谓方法，这自然是非灵感的方面了。"哼！"她的心头又参加上鄙视的观念，"快活，这样不要脸的女人……"好像类乎酸的那情味，又来激动她。

因为要想从信上字的笔划中间，寻觅到或人的笔迹，所以她虽说非常厌恶和妒恨那封信，却重新把眼光去观察了几回，可是到结果，凡是她知道的她丈夫认识的女友，又和这都不相像。

关于这女人，因是不认识的，她就用力去想象那样子；头发是烫得蓬松蓬松的，眉毛又细又弯，眼睛墨黑，嘴唇自然是红色了，穿着仄小锁身的旗袍，用高跟的皮鞋走起路来，那小屁股就一斜一歪的摆动……当然，除了会妖会媚，肉感必定是强烈的！

"总而言之"，她把这想象归纳起来，作一个结论。"这女人，是一个顶时髦顶逗男人性狂的就是了！"

不过，像□□，这符号究意代表的是什么名字呢？却很费她的思索。

到后来，她把这个想象中的女人丢开了，一心一意的只想着这种不幸的事件。

她又愤恨的说，"男子的爱情真靠不住！"这时，在她复杂的思想中，却发生了她自己认为是精确的观念，那就是女人不要和男子结婚，一结婚这女人的一切就完了！

"如果我还没有和他结婚……"想着，她有点伤心了，那蜜色的信纸又开始在手指间颤动。

然而郑夫人是一个又聪明能干的女人。在平常，她对于任何急迫发生的事件，都会应付得恰当裕余；虽说这一件事是太出她的意外，是唯一利害的切身问题，但也正因为是重要，她更觉得该冷静些，纵要报复，要惩罚，那也必须用一种稳健的手腕去对付，这样才不会使这事情弄到更坏的。

她沉思了。

很久以后她自语："第一，要冷静，不要给他看出破绽

来！"于是她把蜜色信纸放到信封去，信又归还到口袋。她安静地计划着进行的各种步骤。

"对！就是这样了！"她决定。

这时，门动处，她的丈夫正走进来。见到他，那种类乎酸的情味又波动了，但她马上就压住，装作平日一样的活泼，含着笑意的把眼光去望。刷子又在黑哔叽的衣上慢慢地刷。

"黎子和请你今夜看电影……"他丈夫一进房就说。

其实，她早已看见，在他说话的时候，脸上却露出不安的神色，这自然是因为黑哔叽衣在她手中，衣上面是放有那样不可给人看的粉红色的信。

"请我，不请你？"她笑答，一面又装作无事般，慢慢地把黑哔叽衣折叠去。

"当然也有我。"在这话的声音里，显然是安心了。

"那末，你为什么不说请我们，单说请我？"

他不答，却笑了。这笑是掩饰他说话的疏忽。

"你还出去不？"她站起，要使他不疑心，就把哔叽衣放到衣柜去。

"两点钟还有一个会议，不去又不成功，真讨厌！"

"穿不穿这件衣？"她站在衣柜边，故意问。

"就穿身上这法兰绒好了。"他果然放心。

"现在已一点半钟吧。"

"对了。"他看一下表，就又照样的在衣镜前，前前后后的观察，并且解下领带来，另外打上一个高高硬硬的结，又用布擦亮皮鞋，看他这种种的动作，郑夫人真有点愤恨，但因为已想好去对付那秘密的方法，便静静着，还觉得男子去会情人时的情形很是可笑。

他修饰完了，便走近来，又循例在她的额角上吻了一下，算是告别。

"和你的那个女人去吻！"她却想，"男子，原来是这样善伪的东西！本来勾搭了一个情人，喜欢她，却狐狸假意的又来和妻厮混……去吧，快些去吧，别使那女人等得心烦了。……吻，得了，真没有想到这竟是掩饰坏事的一种工具！"然而在脸上，她却满着笑容，并且用眼光去表示，要他早点回来，他含着笑，现出留恋不舍的意思便走了。

"我也学坏了"，她悄悄地说："不过这不能我去负责！人，这东西，也许本来是好的，然而到结果总须变坏。要好，在人中，是不行的！到了坏，那就凡事都如意了！这就是人和人之间的唯一原则！"她独自在房子里，也像是发感慨。

不久，她料定她丈夫已走远了，便开始她应付那秘密的第一个步骤。

"这计划却也很妙的……"她心想。

于是她又把那粉红色的信从黑哔叽衣上拿出来，也走了。

"北京饭店的图书部一定有卖这个……"

果然，粉红色信封和蜜色信纸，一个样的，给她买到了。回家后，她便细心静气的模仿那女人的笔迹。

第二个步骤接着开始了。她按一下电铃。

一个中年的老妈子就站到门边。

"陈妈，老爷说今天还有一封信，你收到没有像这样的？"

她问，把粉红色的信做样子。

"没有。"陈妈回答："像这一封，还是昨天收到的，有信我全放在老爷的办公桌上。"在这两句的答话中，她已得到要领了，便说："那没有事了，你去吧。"

一面她在忖度："那女人要他星期六，现在约他星期

五——就是今夜,说是星期六忽有别的事,不得脱身……"

"就是这样了。"她自语。就把蜜色信纸平铺在桌上,照着模仿的笔迹,写一封给她丈夫今夜到来今雨轩来相会的假信,署名也用□□这符号。信写好,她就走到隔室去,放在她丈夫书案上,混杂在各处寄来的未阅的文件中间。

事情全安排停当了,她闲着。

然而她忽然觉得心里面的情绪复杂起来,说不清是恨、是怒、是惊或是惆怅。她把眼看望天空,太阳正爬在树干上,云是清蓝色的,这自然到黄昏时候还久,隔入夜的距离更远了。她又觉得焦灼,在这种纷乱苍茫的心境里,她颠颠倒倒的想着各种不相溶合的事,甚至于想到结婚之夜的欢乐,同时又想到发现那秘密的不幸……她从爱情想到虚伪,渐渐地感到人生的无味,美即是恶,幸福无非是苦恼,她伤心了。

她移步到床边,躺下去,整个脸儿埋到鸭绒枕上面,嘤嘤的哭声就流荡出来。哭,这自然是伤她的心,但因此,那长久的时间便悄悄的奔逝去,这于她,却也免掉为期待夜来的烦恼和焦灼。当她的神经清白时,房子里面的电灯已亮了,并且在隔室,她还听见有她丈夫擦皮鞋的声音。她那种类乎酸的情味又波动了,报复和惩罚的意念也来刺激她,使她从颓丧中又兴奋起来。

她把鸭绒枕翻一个边,因为那上面有湿的泪痕,眼泪是显示她的破绽,她必须隐藏,不给她丈夫发见。

"这魔鬼一定看过那封信了……"她脸对隔室想。

于是,她就洗浴、扑粉、更衣……脸部及身上的妆饰全打扮得妥帖了,这才把香水分外加多的身上喷。

她丈夫走进来;开口就叫:

"好香呀!"

"好香？总不及那女人香吧！"她想，却不说出，只像平日的调皮，斜过脸，含媚的说：

"你喜欢么？"

"当然。"

"当然喜欢还是当然不喜欢？"

"当然喜欢。"

"呸！"她噘嘴。

"你要到哪里去？"

"你不是说黎子和请我们看电影么？"

"我恐怕不能去，因为晚上七点钟还有一个会议。"

她知道她丈夫已经中计了，却故意这样说：

"一天到晚尽开会，有什么事议不完？"

"可不是——"声音却含点局促。

"那末，我一个人去好了，我还要看看他的新夫人。"

"吃过饭也不迟。"

"刚睡起；我吃不下东西。"说着，她就提起皮夹子，动身了。

"早点回来呀……"这声音只在她的身后。

其实她撒谎。出了大门，她就雇车到中央公园去，在路上，各种的情绪又来扰乱她，但她任制住，她不愿这种种的感想集拢来，败坏她原有的计划；因此，她就极力想着这事情的滑稽，完全像可笑的戏剧，并且眼前就要开幕了。以及细想那胜利后的快活。进了公园，到来今雨轩，她坐在茶几边，看那稀星闪烁的夜色。因没有风，树荫全静穆着，也像是朵朵乌云。蝉儿不断的彼此喧叫。游人，零零落落的，在电光下，隐隐约约地来往。……关于这一切，在她眼中，却是毫无意识的各种流动；因为她只盼望她丈夫来到，开演她所要开演的那幕戏剧。在等待中，有时她想到，像她这样一个人静静地待在公园里的茶几边，纵不说别人，连自己也仿佛是当真像等待着情人的样子了，便不禁觉得可笑。

人总不来，她有点疑惑了。

但不久，那熟识的一个削长的影子，便在红红绿绿的走廊边，给她瞧见了。

"这一定是他，这魔鬼真来了！"她又恨又喜。

她丈夫慢慢地走近来……在那一瞬间，两个人的眼光就遇合了。

她丈夫的脸变了色。

"会议完了么？"她问，语意是含着讥刺。

他不答，只用惊疑的眼光看她。

"你不是说要会议去，怎么又到这里来呢？"

"你怎么也不去看电影？"他也问。

"我么？"她完全讥笑了，"我是在这里等一个情人，他在七点钟来和我相会……"

他完全明白了，呆呆的望她发怔。

"你不信我会有外遇吧？"她讥笑得更凶了。

她丈夫坐下来，挨近她，低声诚恳的向她认罪、赔礼，最后他又忏悔。

然而她不理，只静默地低着头，有时冷冷的答一句："我不配……"

"得啦！"他小心小气的说，"不要再讥刺我了！我知道，像这种事，是该死的，不过我现在忏悔了，你饶恕我，好么？"随后他又说出许多甜蜜话。

她虽说愤恨他，然而究竟是爱他的，经过他那样的悔过、温存、蜜语，以及现出种种使人可怜的情状，心肠终于软下来了。

"你要知道,我们结婚还不到两年……"

"知道知道!"

"其实",她叹一口气。"男子是永远不会了解女人的,因此你也不知道我这样的苦心……"

"我全知道……"

她用眼角瞟他,表示不信。

他却笑出声来,手暗暗地在她腿上揉一把。

"可爱的!"他低声说。

"我不需要这种名词!"其实,在她心中,原有的愤恨和报复的意念早消灭了,所蓄满的却是这戏剧演后的温柔和安慰。风波算是平静了。

最后他建议说:"我们俩现在看电影去吧!"

她答应了。于是两个人携手挨肩的走出去。

在电影院里,在黑暗中,她想起自己所演的那幕戏剧,又心酸了。他知道,便极力说慰语,并且用袖口悄悄地在密密杂杂的观众中间替她擦去眼泪……

电影演完了,她丈夫便抱着她腰间,在人群中走出去。于是旁边有一个中年的妇人向一个胡子先生说:

"你瞧,这一对才相爱呢!"

到莫斯科去

一

电灯的光把房子充满着美丽的辉煌。那印着希腊图案的壁纸闪着金光和玫瑰的颜色。许多影子，人的和物件的，交错地掩映在这眩目的纸上，如同在一片灿烂的天边浮着一些薄云。香烟和雪茄烟的烟气不断地升起来，飘着，分散着。那放射着强度光芒的电灯，三条银色的链子一直从天花板上把它吊得高高的，宛如半个月球的样子。灯罩是白种人用机器造成的一种美术的磁器，那上面，淡淡的印着——不如说是素描着希拉西士与水中的仙女，是半裸体的在水池中露着七个女人和一个男人。在壁台上，放着一尊石刻的委娜司，和一只黑色古瓶上插着一些白色的花，好像这爱神要吻着这初开的花朵。壁炉上的火是不住地轰腾着，熊熊的火光，像极了初升的朝阳映在汹涌的海浪上。一幅伊卡洛士之死，便从这火光中现着伟大的翅膀，以及几个仙女对于伊卡洛士的爱惜。斜对着这一幅图画，是一个非常分明地，半身女人的影子，年青和美，这是一张素裳女士最近的相片，也就是她作为这一个生日的纪念品。这张相片，便是这一家宅成为热闹的缘由。许多人都为了她的生日才如此地聚集着。这时的男客们和女客们，大家都喝过了酒，多少都带着点白兰地或意大利红酒的气味，而且为了这一个庆祝素裳女士的生日，大家都非常快乐地兴奋着。虽然是分开地，在有弹力的，绣着金钱的印度缎的沙发上，各人舒服地坐着，躺着，但彼此之间都发生着交谈和笑谑的关系，带着半醉态的自由的情感。这客厅里，自从许多人影在辉煌的灯光中摇晃着，是不曾间断地响着谈话和笑声，正如这空间也不断地流荡着几盆梅花的芬香一样。

这时的女客们中，许多人又重新赞美了女主人的相片，有的说光线好，有说姿态好，有的说像极了，有的又说还不如本人好看。于是蔡吟冰女士便承认照相是一种艺术，她向着她的朋友沈晓芝女士说：

"如果拍影机更进步，以后一定没有人学写生了。"

可是沈晓芝只答应了一句，便偏过脸去，听一些人谈论着柯伦泰夫人的三代恋爱问题。

夏克英女士正在大声的说：

"……性的完全解放……"

另一个女士便应和说：

"对了，只有女人才同情女人。"

有几个男客静悄悄的说：

"这是打倒我们的时候了。"

夏克英又继续的说，但她一眼看见女主人进来了，便站起来拉着她连声的问：

"素裳，你对于柯伦泰的三代恋爱觉得怎样？我非常想听你的意见。"

素裳把眼睛向这客厅里一看；徐大齐和许多政界党界要人正在高谈着政局的变化和党务的纠纷。那个任刚旅长显得英气勃勃的叙述他的光荣历史——第一次打败张作霖的国奉战争。两三个教育界的中坚分子便互相交换着北大风潮的意见。什么人都很有精神地说笑着。只有叶平一个人孤孤独独的不说话，坐在壁炉边，弯着半身低垂着头，不自觉的把火铲打着炉中的煤块，好像他深思着什么，一点也不知道这周围是流荡着复杂的人声和浓郁的空气。于是她坐下来，一面回答说：

"我没有什么意见。"

"为什么呢？"

"……"夏克英接着问：

"你不想说么？"

素裳便笑着低声向她说：

"你还问做什么呢？你自己不是早就实行了么？也许你已经做过第四代的——所以柯伦泰的三代恋爱在你是不成问题了。"

夏克英便做了一个怪脸，把眼睛半闪了一下，又说："我没有力量反抗你这一个天才的嘴。但是，我问你的是问题上的意见，并不是个人——"

素裳只好说：

"谁愿意怎样就怎样。在恋爱和性交的观念上，就是一个人，也常常有变更的：最早是自己觉得是对的便做去好了。"

蔡吟冰和沈晓芝便非常同意了这几句话；夏克英也转过脸去，又和一些男人辩论去了。

素裳便站起来，向着壁炉走去，那桃花色的火光映着她身体，从黑色的绸衣上闪着紫色的光，她走到叶平的身边，说："怎么？你都不说话，想些什么？"

"什么都没有想，"他仍然拿着火铲，一面抬起头来回答："我只想着我的一个朋友快来了。"

"是谁？"

"和我最好的一个朋友，大学时代的同学，我们从前是住在一间房子里。我常常把他的衣服拿到当铺去。今夜十二点他就要来到了，来北平完全是来看我，因为他不久就要到欧洲去。"

"想不到你还有这么一个好朋友。一个好朋友多么不容易,现代的人是只讲着利害的。"

"对了。现在得一个好朋友恐怕比得一个情人还难。"叶平看了手表便接下说:"我现在就到东车站接他去。"于是他站了起来,向大家告别了。

素裳又坐在夏克英旁边,她带着感想地看着壁炉中的火。不久男客和女客都走了。徐大齐便打着呵欠地走过来,挽着她,一面告诉她,说他明天八点钟就得起来,因为市政府有一个特别会议。

二

伟大的火车站沉默着。吊在站顶上的电灯都非常黯澹了。每一个售票的小门都关得紧紧的。许多等着夜车的搭客——多半是乡下人之类——大家守着行李,寂寂寞寞的打着呵欠,有的挨在铺卷上半眯着眼睛,都现出一种非常疲倦的模样。搬夫们也各自躲开了,许多都躲到车站外的一家小面馆里推着牌九。停在车站门口的洋车是零零落落的,洋车夫都颤抖地蹲在车踏上,这是一些还等待着最后一趟火车的洋车夫。这车站里的景象真显得凄凉了。只有值班的站警还背着枪,现着怕冷的神气,很无聊地在车站里走着,而且走得非常的沉重,这也许恐怕他的脚要冻僵的缘故。此外,那夜里北风的叫声响了进来,这就是这车站里的一切了。

这时叶平从洋车上下来,走进了车站,一面擦着冰凉的鼻子,一面觉得两个小脚趾已经麻木了。他重新把大氅的领子包着脸颊,却并不感到獭皮领的暖和。他呵着手看着墙上的大钟,那上面的短针已走到12和1之间,他以为火车已经来过了。但在"火车开到时间表"上,他看到了这一趟慢车是一点钟才到的，便慢步地在车站上徘徊起来。

不久，这车站的搬夫一个两个地进来了，接着有一个售票的小门也打开了，许多惛惛欲睡的搭客便忽然警觉起来，醒了瞌睡，大家争先的挤到了木栏边，于是火车头的汽笛也叫起来了。大家都向着站台走去，叶平也买了一张月台票跟在这人群里。

站台上更冷了。吹得会使人裂开皮肤的冷风，强有力的在空中咆哮着，时时横扫到站台上，还挟来了一些小沙子和积雪。许多人的脸都收藏到围巾、毡帽、大氅以及衣领里面。差不多每个人都微微地打颤着。

当开往天津的特别慢车开走之后，那另一辆特别慢车便乏力地开到了。从旧的、完全透风的车厢中，零零落落地走下了一些人。叶平的眼睛便紧紧的望着下车的人，他看见了他的朋友。

"哦……洵白！"于是他跑上去，握着手了。

"这么冷，"这是一个钢琴似的有弹力的声音："我想你不必来接。"

但是叶平却只问他旅途上的事情：

"这一次风浪怎么样？晕船么？"

"还好，风浪并不大。"

他们亲热地说着话，走出车站，雇了一辆马车。接着他们的谈话又开始了，这是一番非常真挚的话旧。叶平问了他的朋友在南方的生活情况，又问了他的工作，以及那一次广东共产党事变的情形。他的朋友完全告诉他，并且问了他的近况。

"和从前一样，"他微微地笑着回答："不同的只是胡子多些了。"

"还吸烟么？"

"有时吸。"

"当铺呢？"

"也常常发生点关系。"

于是他的朋友便用力的握一下他的手，并且带着无限友爱地说他的皮箱里还留着一张当票。这当票是已经满期到五年多了。然而这当票上却蕴蓄着赤裸裸的，纯洁而包含着一个故事的情谊。并且，在这时，这一张当票成为代表他们人生意义的一部分，也就是不能再得的纪念品了。当洵白说到这当票的时候，在他的脸上，从疲惫于旅途的脸上，隐隐地浮泛着最天真的表情。叶平便诧愕地随着问：

"是哪一张？"

"就是你硬要从我身上脱下来，只当了六元的皮袍。"

叶平不自禁地响起两声哈哈了。他想着不知为什么，他从前那么喜欢当当，甚至于把被单都送到当铺去。他觉得他的穷是使他进当铺的一个原因，然而到后来，简直连有钱的时候也想把衣服拿去当。他认为这习惯也许是一种遗传，因为他父亲的一生差不多和当铺都发生着关系的。他联想到他父亲没有力量使他受完大学的教育，而他能得到学士的学位完全是他的这一个朋友的帮助。然而洵白也并不是富商或阔人的子弟，他的帮助他，却是把一个人的普通费用分做两个人用的。那时，洵白之所以要到饭厅去吃饭，只因为吃饭之后还可以悄悄地把两块馒头带回来给他。他是如此地把愁人的学士年限念完的。这时他想到这一张当票上便拍着洵白的肩膀说：

"好像我从前很压迫你。"

他的朋友却自然地笑着回答：

"我只觉得我从前有点怕你。"

于是这两个朋友又谈到别后的种种生活上。

叶平问他：

"我一听说，或者看见什么地方抓了共产党，我就非常替你担心。你遇过危险么？"

可是洵白的嘴角上却浮着毫不在乎的微笑，说："我自己倒不觉得，也许是天天都在危险中的缘故。"

叶平想了一想，带着一种倾心和赞叹的神气说："你们的精神真可佩服。"

"不过牺牲的真多。"

"这是必然的。"

"我们的朋友也死得不少。张苹我，凌明，还有杨一之，他们都牺牲了。还有，从前和我们住在一个寝室的翟少强，听说是关在牢里的，也许这时已经枪毙了。"

叶平沉了声音说：

"真惨呵！"

然而洵白却改正的回了他一句：

"牺牲本不算什么。"

叶平于是接着说：

"无论如何——的确是——无论如何，在第三者的眼中，这种牺牲总是太怕人了。虽然我不了解马克思——不，我可以说简直没有读过他的书，但是我认为现在的社会是已经到根本动摇的时代了，应该有一种思想把它变一个新局面。"

洵白微笑地听，一面问：

"你现在看不看社会科学的书？"

"有时看一点，不过并不是系统的。"

"你最近还作诗么？"

"不作了，诗这东西根本就没有用处。"

"那末作些什么呢？你的来信总不说到这些。"

"编讲义，上课，拿薪水——就作这些事。"

"你的性格真的还没有改。"

"我不是已对你说过么，我仍然是从前的我，所不同的只是多长几根胡子罢了。"

他的朋友注意地看了他的脸，便笑着说：

"你把胡子留起来倒不错。"

"为什么？"

"更尊严一点。"

"不过，一留起胡子便不能讲恋爱了，中国的女人是只喜欢小白脸的。"

他的朋友笑着而且带点滑稽的问：

"你不是反对恋爱的么？"

"我并不想恋爱——对于恋爱我还是坚持我从前的主张：恋爱多麻烦！尤其是结果是生儿子，更没有趣味！"说了便问他的朋友："你呢？"

"我没有想到，因为我的工作太忙了。"

"你们同志中，我想恋爱的观念是更其解放的。"

"在理论方面是不错的。然而在实际上，为了受整个社会限制的关系，谁也不能是最理想的。"

"我觉得男女都是独身好——因为独身比同居自由得多。"

但他的朋友不继续谈恋爱问题，只问他编讲义和上课之后还作些什么事，是不是还像从前那样地一个人跑到陶然亭去，或者公主坟。

"都不去。"

"未必一个人老呆在屋子里？"

"没有事的时候，""这是带着深思的笑意说：我常常

到西城去。"

"为什么？"

"到一个朋友那里闲谈。"

"是谁？"

叶平便愉快地笑着告诉他，说他在三个月以前，在人的社会中发现了一个奇迹——一个小说中的人物，一个戏剧中的主人公，就是在现代新妇女中的一个特色女人。她完全是一个未来新女性的典型。她的性格充满着生命的力。她的情感非常热烈，但又十分细致。她的聪明是惊人的，却不表现在过分的动作上。她有一种使人看见她便不想就和她分离的力量。她给人的刺激是美感的。她对于各方面的思想都有相当的认识。她很喜欢文学，她并且对于艺术也很了解。她常常批评法国人的文学太轻浮了，不如德国的沉毅和俄国的有力。可惜她只懂得英文。她常常说她如果能直接看俄文的书，她必定更喜欢俄国的作品。她有一句极其有趣的比喻：人应该把未来主义当作父亲，和文学亲嘴。她的确非常懂得做人而且非常懂得生活的。如果看见她，听了她的谈话——只管所谈的是一件顶琐碎顶不重要的事，而不想到她是一个不凡的女人是没有的。她能够使初见面的人不知为什么缘故就和她非常了解了。

他的朋友忽然开玩笑的样子打断他的话：

"那末你的恋爱观念要动摇了。"

"不会的，"他郑重的说："她给我的印象完全不是女人的印象。我只觉得她是一种典型。我除了表示惊讶的敬意之外没有别的。我并且——"他停顿一下又接着说他不愿意任何人把她当做一个普通的爱人，所以他对于她的丈夫——帝国大学的法律博士，目下党国的要人，市政府的重要角色——就是那个曾称呼他拜伦的徐大齐先生表示了反感。

他攻讦的说:"他不配了解她,因为他从前只知道'根据法律第几条',现在也不过多懂了一点'三民主义',他在会场中念'遗嘱'是特别大声的。"

他的朋友带点笑意地听着他说,在心里却觉得他未免太崇拜这个女人了。

这时马车已穿过了一道厚厚的红墙,并且拐了弯,从一道石桥转到河沿上,一直顺着一排光着枝的柳树跑去。许多黑影和小小黯淡的街灯从车篷边晃着过去,有时北风带着残雪打到车篷上发响,并且特别明亮的一个桃形的电灯也浮鸥似的一闪就往后去了。叶平便忙伸出头来去向车夫说:

"到了。那里——"

车夫便立刻收紧了缰带,马车便退走了两步,在一个朱红漆大门口,在一盏印着大明公寓的电灯下,停住了。他拉着他的朋友一直往里去。

"这公寓很阔。"

"并且,"他微笑着回答:"我的房间比从前的寝室也'贵族'多了。"

三

一清早,徐大齐先生到市政府开会议去了,到十二点半钟还不曾回来,素裳女士便一人吃了午饭。在餐桌边,她不自觉的又觉得寂寞起来。她觉得在一间如此高大的餐厅里,在如此多样的菜肴前,只一个人吃着饭真是太孤单而且太贵族了。于是她的那一种近来才有的感想便接着发生了。近来,在餐桌边的寂寞中,她常常感觉得吃饭真是一件讨厌的事。真的,如果人不必吃饭那是怎样地快乐。她认为既然人必需吃饭,那末便应该有点趣味,至少不变成日常的苦恼功课。如果人只是为肚子需要东西才吃饭，这实在太无味，太苦，太机械了。她常常觉得自己的吃饭，几几乎和壁炉中添上煤块的意义没有两样的。因此她近来减食了，她一拿上筷子就有点厌烦。她差不多一眼也不看那桌上排满的各样菜，只是赶忙地扒了半碗饭就走开了。甚至于因为这样的吃饭竟使她感着长久的不快活，所以她离开了餐桌之后还在想：

"多末腻人啊，那每餐必备的红烧蹄膀！"

这时候她是斜身地躺在她的床上，手腕压着两个鸭绒枕头，眼睛发呆地看着杏黄色的墙上，因了吃饭的缘故而联想了许多的事情。她开始很理性地分析她对于吃饭生着反感的原因，然而，这分析的结果却使她有点伤感了。她觉得徐大齐离开她的辰光实在太多了。他常常从早上出去一直到半夜才回来的，而且一回来就躺在床上打鼾。他真的有这样多的公务？他不应该为她的寂寞而拒绝一些应酬？他总是一天到晚的忙。真的，他想念着她的辰光简直少极了，他差不多把整个的心思和时间都耗费在他的钩心斗角的政治活动上。他居然在生活中把她的爱情看做不怎么重要了。……但是她又想着如果她不是住在这阔气的洋楼中，如果她是服务于社会的事业上，如果她的时间是支配在工作中，她一定不会感到这种寂寞，和发生了这种种浅薄的感想。于是她微微叹息的想着：

"我应该有一点工作，无论什么工作都行。"

然而她一想妇女在这社会中的生活地位，便不得不承认几乎是全部的女人还靠着男人而度过了一生的。并且就是在托福于"三民主义"的革命成功中，所谓妇女运动得了优越的结果，也不过在许多官僚中添上女官僚罢了。或者在男同志中选上一个很好的丈夫便放弃了工作的。似乎女人全不想这社会的各种责任是也应该负在自己的肩上，至少不要由男人的领导而干着妇女运动的。然而中国的女人不仍然遗传着根性的懦弱，虚荣，懒惰么？女人在社会失去各种生活的地位，从女人自己来看，是应该自己负责的。因此她自己想："除了当教员……"想着她又觉得这只是一种毫无生气的躲避的职业。于是她想她在这社会上的意义也和其他的女人一样等于零了。她不禁的有点愤慨起来。但不久她觉得这些空空的感想是无用的。于是为平静起见，便顺手拿了一本小说《马丹波娃利》。

这一本福罗倍尔的名著，在三年前她曾经看过的，但是她好像从前是忽略了许多，所以她便用心的看了起来。

当她看完了这本书，静静地思索了，她便非常遗憾这法国的一个出色的文豪却写出如此一个女人。这马丹波娃利，实在并不是一个能使人敬重甚至于能使人同情的，因为这女人除了羡慕富华生活之外没有别的思想，并且所需要的恋爱也只是为满足虚荣的欲望而且发展到变态的了。虽然福罗倍尔并不对于她表示同情，但也没有加以攻击，因此她非常怀疑这成为法国十九世纪文学权威的作家为什么要耗费二十多万字写出这么一个医生的妻子。于是她认为在这本《马丹波娃利》书中，福罗倍尔的文字精致和描写深入的艺术是成功，但在文学的创造上他是完全失败了，所以他只是十九世纪的法国作家，不能成为这人类中一个永恒不朽的领导着人生的伟人。因此她想到了许多欧洲的名著，而这些名盛一时的作家所写出的女人差不多都是极其平凡而且使人轻视和厌恶的，一直至于法郎士的心目中女人也不能超过德海司的典型。于是她觉得，如果她也写小说，如果她小说中有一个女主人公，她一定把这女人写成非常了不起，非常能使人尊重和敬爱的……

她想着，她觉得很有创造出一个不凡女人的勇气。末了，她从床上起来，忽然在一面纤尘不染的衣镜中，看见她自己的脸上发着因思想兴奋的一种鲜红，她用手心摸了一下，那皮肤有点烧热了。

她喝了一杯白开水，坐到挨近一盆蜡梅的大椅上，继续地想着她的创作，她完全沉思了。

但她刚刚想好了一个还不十分妥帖的题目，她的旧同学沈晓芝便一下推开门，气色蓬勃地进来了。

"我算定你在家。"她嚷着，一面把骆驼毛的领子翻下去，脱了手套。

素裳在一眼中，看出她的这一个同学今天一定遇了可喜的事，否则她不会如此发疯似的快活，因为她平素为人是非常稳重的，她甚至于因为恐怕生小孩子便不敢和她的爱人同居。

"你一定又接了两封情书。"

"别开玩笑。"沈晓芝正经地笑着说："他今天没有来信；我也不要他来信。"

"又闹些什么？"

"他近来的信写得肉麻死了。"

素裳对于这一个同学的中庸主义的恋爱是很反对的，她常常都在进着忠告，主张既然恋爱着便应该懂得恋爱的味，纵然是苦味也应当尝一尝，否则便不必恋爱。如果两个人相好，又为了怕生小孩子的缘故而分离着，这是反乎本能的。然而她的同学却没有这种勇气，虽然觉得每天两个人跑来跑去是很麻烦的。所以素裳这时又向她说：

"一同居便不会写信了。"

但是沈晓芝不回答，只笑着，并且重新兴奋地大声说："我们看美术展览会去！"

"在哪里？"

"中山公园。去不去？我是特别来邀你的！"

"去，"她回答说，"为了你近来对于美术的兴趣也得去的。"

沈晓芝便欢欢喜喜地替她开了衣柜，取一件黑貂皮的大氅披到她身上，等着她套上鞋套子。这两个女朋友看一下镜子里的影，便走了。

外面充满着冷风。天是阴阴的，马上就要沉下来的样子。那密布的冻云中，似乎已隐隐地落下雪花来。一到公园里面，空中便纷纷地飘着白色的小点，而且轻轻的积在许多枯枝上。

那美术展览会里也充满着严冷的空气。看画的人少极了。展览着国画的地方竟连一个人也没有，所以一幅胭脂般的牡丹花更显得红艳了。看了这一些鸟呀花呀孔雀呀的红红绿绿的国画之后，素裳便向着她的同伴问：

"好么？"

沈晓芝含笑地摇了头，说：

"大约我也画得出来。"虽然她很知道她自己刚则学了三个月的水彩画。

"对了，这些画只是一些颜色。"说着便拐一个弯去看西洋画。

陈列着画的地方好多了。看画的人也有好几个，作品是比国画要多到三倍的。然而这些名为印象派，象征派，写实派……这些各有来源的西洋画，也不能使素裳感到比较的满意。虽然她的同伴曾指着一幅涂着非常之厚的油画，说："这一幅好！"她也仍然觉得这只是一些油膏，并不是画，因为那上面的乞丐，一点也找不出属于乞丐的种种。在这些西洋画中，几乎可以代表西洋画的倾向，便是最引人注意的赤裸裸的女体画。但这些女体画不但都不美，简直没有使人引起美感的地方。虽然有一个作家很大胆地在两条精光的腿中间画了一团黑，可是这表现，似乎反把女体的美糟蹋了。其次在西洋画中也占有势力的是写生画——房子，树，树，房子，无论这些画标题得怎样优雅，都和那些女体画一样，除了在作家自己成为奇货之外是一点意义也没有的。素裳对于其余的画像等等便不想看了。她说：

"走罢。"

沈晓芝正观赏着一个猴子吊在柳树上。

于是她们又拐了弯，这是古画陈列的地方了。

素裳第一眼便看见了叶平在一幅八大山人的山水画前面，低声地向着他身旁的一个人说话。那个人比他高一点，也强健一点，穿着黑灰色的西装大氅，并且旧到有点破烂了。于是她走上去，刚刚走到他身边，他便警觉地转过身，笑着脸说：

"哦……你来了。"

"因为你在这里。"素裳笑着说。

叶平便忙着介绍：

"这是素裳女士！这是沈晓芝女士！这是施洵白先生！"他的脸上便现出十分愉快的笑意。

素裳便向这一个生人点了头，且问：

"昨夜才到的，是么？"

"也可以说今天，因为是一点钟——"

于是她忽然无意地，发现洵白在说话中有一种吸人注意的神气，一种至少是属于沉静的美。她并且觉得他的眼睛是一双充满着思想和智慧的眼睛；他的脸的轮廓也是很不凡的……好像从他身上的任何部分都隐现着一种高尚的人格。这时她听见了清晰而又稳重的声音：

"来看了好久？"

"才来；不过差不多都看够了。"

洵白便会意地笑了。

沈晓芝接着向叶平问：

"你喜欢看古画么，站在这里？"

"看不懂。"他带点讽刺的说："标价一千元，想来大约总是好的。你呢，你是学画的，觉得怎样呢？"

她便老老实实的回答：

"我是刚学的。我也不懂。我觉得还是西洋画比国画好点。"

于是她们和他们便走出这美术展览会，并且在公园中走了两个圈，素裳和洵白都彼此感到愉快地谈了好些话。在分别的时候，她特别向他说：

"如果高兴，你明天就和叶平一路来……"

他笑着点着头而且看着她的后影，并且看着她的车子由红墙的洞中穿出去了。

于是在路上他便一半沉思地向他的朋友说：

"你的话大约不错，至少我还没有遇见过——"

四

这是一个星期日。因了照例的一个星期日的聚会，在下午一点钟，徐大齐先生的洋房子门口，便排了两辆一九二九年的新式汽车，一辆英国式的高篷马车，和三五辆北方特有的装着棉蓝布篷子的洋车。这些车夫们，趁着自己的主人还有许多时候在客厅里，便大家躲在门房的炕上赌钱，推着大牌九，于是让那一头蒙古种的棕色马不耐烦的在一株大树下扫着尾巴，常常把身子颠着，踢着蹄子……使许多行人都注意到这一家新贵的住宅中正满着阔人呢。

的确，客厅里真热闹极了。壁炉中的火是兴旺的烧着。

各种各样的梅花都吐着芬香。温暖的空气使得人的脸上泛溢着蒸发的红晕。许多客人都脱去外衣，有的还把中国的长袍脱去，只穿着短衣露着长裤脚，其中有一个教育界要人还把一大节水红色绸腰带飘在花蓝丝葛的棉裤上。一缕缕三炮台和雪茄的烟气，飘袅着，散漫在淡淡的阳光里。在一张小圆桌上，汽水的瓶子排满着，许多玻璃杯闪着水光，两个穿着白色号衣的仆人在谨慎地忙着送汽水。这一些阔人，一面在如此暖和的房子中，一面喝着凉东西，嗅着花香，吸着烟，劈开腿，坐在或躺在软软的沙发上。而且——这些阔人，每个人还常常打着响亮的哈哈，似乎这声音才更加把客厅显得有声色了。大家正在高谈阔论呢。

那个人穿着中山服的王耀勋又根据建国大纲来发挥他的党见。这个先生在学校里是背榜的角色，但在"三民主义"下却成为一个很锋芒的健将了，因此他曾做过四十天的一个省党部的宣传部部长。这时他洋洋大声的说：

"党政之所以腐败皆缘于多数人之不能奉行建国大纲，因此，在转入训政时期还彼此意见纷歧，此真乃党国之不幸！"

说了便有一个声音反响过来：

"我以为，投机分子和腐化分子太多是一个缘故。"说这话的是方大愈先生，他现在不做什么事了，却把他自己归纳到某某派中去的。

于是有点某某会议派嫌疑的万秉先生便代表了市政府方面，带点意气的说："不过，投机分子和腐化分子现在没有活动的余地了。"这话真对于在野的人舍不少的讥刺，因为他现在是市政府最得力的秘书。

他的话便惹怒了几个失意的人，其中翟炳成便针锋相对的大声说：

"自然，现在在党国服务的都是三民主义者，但是我们不要忘记，其中显贵的人也免不了有幸运造成的——这的确不是国民党和国民政府的光荣。"

接着黄大泉先生，他在一个月以前刚登过"大泉因身体失健，此后概不参加任何工作，且将赴欧洲求学，以备将来为党国效劳"这末一则启事的，所以他也发言了：

"现在不操着党权和政权的并不是一种羞辱，正如现在操着党权和政机的也不是一种骄傲。我们的工作应该看最后的努力！"这两句话在一方面便发生了影响，差不多在野的人都认为是一种又光明又紧练又磊落的言论，并且大家同意地，赞成地，快乐地响应着。

这时把万秉先生可弄得焦心了。他用力的放下玻璃杯，汽水在杯中便起了波浪，眼睛发热的望着反对者，耸一耸肩膀，声音几乎是恼怒的了：

"如果忠实于三民主义，应该把我们的工作来证明我们的信仰，不应该隔岸观火而且说着风凉话。我们现在应该纠正的，便是自己不工作而又毁谤努力于工作的人的这一种思想。"说了便好像已报复了什么，而且在烧热的嘴唇上浮着胜利的微笑，庆祝似的喝了一大口汽水。

于是相反的话又响起来了。然而这一个客厅的主人便从容地解决了这一个辩论：

"听我说，如果你们不反对我的这种意见：我认为你们所争执的并不是一个问题。我觉得我们对于党国的效劳，现在都不能算为最后的尽力，所以我们应该互相——至少是对于自己的勉励，因为我们以后工作的成绩是不可预知的。"

徐大齐先生的这几句简单的意见，的确是非常委婉而且动听，不但并不袒护任何方面，还轻轻的调解了两方的纠纷，于是这客厅里的人都钦佩他的口才，认为只有他才不失为主席的资格。

那个从日本军官学校一毕业就做了旅长的任刚先生便拍着手称赞他说：

"你真行！"

他便按着电铃，对仆人说：

"Red Wine！"

于是红色的酒便装在放亮的玻璃杯中，在许多手上晃来晃去的荡漾，而且响着玻璃杯相碰的声音。这客厅的局面便完全变了样子了，大家毫无成见的彼此祝福着，豪饮着，甚至于黄大泉干了杯向万秉说：

"祝你的爱情万岁！"因为这一位秘书正倾心着他一个女书记。并且年轻的旅长，忽然抱起那留着八字胡子的教育界要人跳起舞来了。客厅里便重新充满了哈哈和各种杂乱的响动，酒气便代替了烟气在空间流荡着。正在这客厅里特别变成一个疯狂社会的时候，叶平便和他的朋友走到了这两层楼的楼梯边。他的朋友便向他低声说：

"如果你不先说这是素裳女士的家，我一定会疑心是一个戏馆了。"叶平这才想到今天是徐大齐先生的星期日聚会，于是不走向客厅，向着素裳的书房走去。

听着脚步的声音，素裳便把房门开了，笑着迎了他们。这时，在洵白的第一个印象中，他非常诧异地觉得这书房和客厅简直是两个世界。这书房显得这样超凡的安静。空气是平均的，温温的。炉火也缓缓地飘着红色的光。墙壁是白的，白的纸上又印着一些银色图案画，两个书架也是白色的，那上面又非常美观地闪着许多金字的书。并且书架的上面排着一盆天冬草，草已经长得有三尺多长，像香藤似的垂了下来，绿色的小叶子便隐隐地把一些书遮掩着。在精致的写字台上，放着几本英文书，一个大理石的墨水盒，一个小小玲珑的月份牌，和一张Watts的《希望》镶在一个银灰色的铜框里。这些装饰和情调，是分明地显出这书房中的主人对于一切趣味都是非常之高的，于是洵白的眼中，他看出——似乎他又深一层的了解了素裳，但同时又觉得她未免太带着贵族的色彩了。他脱下帽子便听见一种微笑的声音：

"我以为你们不来了。"

"为什么不来？"叶平带点玩笑的说："世界上没有比这里更好的地方！"一面脱去围巾和大氅，在一张摇椅上坐着了。洵白也坐到临近书架的沙发上，他第一眼便看见了英译的托尔斯泰全集，和许多俄国作品。

于是这一间书房里便不断地响着他们三人的谈话，洵白一个人尤其说得多。他的声音，他的态度，他的精神，他的在每种事件中发挥的理论和见解，便给了素裳一个异乎寻常的印象。并且从其中，她知道了这个初识的朋友，是一个非常彻底的"康敏尼斯特，"而且他对于文学的见解正像他的思想，是一样卓越的。所以她极其愉快地注意着他的谈话。

当谈着小说的时候，洵白问她，在各种名著中，她所最喜欢的是哪一个女人，她便回答说：

"没有一个新女性的典型。并且存在于小说中的女人差不多都是缺陷的。我觉得我还喜欢《夜未央》中的安娜，但是也只是她的一部分。"

"最不喜欢的呢？"

"马丹波娃利。"

洵白对于她的见解是同意的。于是他们的谈话转到了托尔斯泰的作品上。她说：

"我不很喜欢，因为宗教的色彩太浓厚了。我读他的小说，常常所得到的不是文学的意旨，却是他的教义。"

接着他们便谈到了苏俄现代的文坛，以及新进的几个无产阶级的作家。最后他们又谈到了一些琐事上。于是电灯亮了。洵白忽然发觉在对着他的那墙上，挂着一张放大的小女孩相片，虽然是一个乡下姑娘的装束，却显露着城市中所缺少的天然风度，而且大眼，长眉，小嘴，这之间又含着天真和聪明。他觉得如果他没有看错，这相片一定就是素裳从前的影子，想着她便看了她，觉得她的眼睛和那小孩子的眼睛是一样的，便笑着向她说：

"很像。"

素裳迟疑了一下便回答：

"还像么？我觉得我是她的老母亲了。"

"不，"叶平带笑的说："我觉得你只是她的小姊姊。"说了便向她告别，并且就要去拿他的大氅。

然而素裳又把他们留下了。

这时房门上响着叩门声，接着门开了，徐大齐便昂然地走了进来，嘴上还含着雪茄烟。素裳便特别敬重的介绍说：

"施洵白先生！叶平的最好朋友！前夜才到……"

徐大齐立刻伸出手，拿下雪茄烟，亲热的说：

"呵，荣幸得很！"接着便说他因为和几个朋友在客厅里，不知道他来到，非常抱歉，并且又非常诚意地请他再到客厅里去坐，去喝一点意大利的最新红酒。可是素裳却打断他的意思，说："就在这里好了。"

他已经转过脸去，向叶平问：

"听说贵校正闹着先生和学生的恋爱风潮，真的么？"

"我已经两天没有去了。"

于是这一个善于辞令的政治家,便充分的表现了他的才能,神色飞扬地说了许多交际话,并且随意引来了一些政治的小问题,高谈着,到了仆人来请用饭的时候。

当徐大齐挽着素裳走到饭厅里去,洵白便感想地想着这一对影子,并且客观地,在心里暗暗的分析说:

"这完全是两个社会的两种人物"

五

叶平等着他的朋友回来吃夜饭,一直等了一个多种头,终于自己把饭吃了。吃过饭之后,他又照例地坐到桌前去,编着欧洲文学史的讲义。刚刚下笔不久,写到《十八世纪的南欧与北欧》时候,一个最信仰于他的学生便来找他了。这学生带给他一个消息,便是那全校哄然的恋爱风潮。在这恋爱风潮中,他说他完全是一个局外,但他很同情于被反对者。他并且非常愤慨地认为这一次风潮完全是学生方面的耻辱,而且是一般青年人暴露了个人主义和封建时代的思想。他极端觉得遗憾的是社会对于这风潮没有公正的评判。他尤其怀疑学校当局的中立态度。最后他希望这一位先生给他一点意见。

叶平便问:"到底是怎么一回事?"

于是这学生便忍耐着激动,慢慢地告诉他,说是中国文学系二年级女生,他的同班,何韵清,从前和英文学系的学生陈仲平恋爱,有的说他们俩已发生了别的关系。但是前几天陈仲平便发觉她有不忠实于他的行为,并且找到了证据,就是何韵清和预科一年级法文教员又发生恋爱关系。陈仲平认为何韵清既然爱他,就不应当同时又爱别一人,因此他认为何韵清的这种行为是暧昧的行为,而且成为他恋爱的耻辱。他为惩罚何韵清起见,便过甚其辞的把这个事实公布了。于是全校的学生

都哄了起来。大家都觉得何韵清的行为是不对的。他们都同情陈仲平的不幸。并且他们都认为一个女人在同一时候不能再爱另一个男人，并且认为如果一个女人在同时爱了这个又爱那个是侵犯了神圣的恋爱。因此大家对于何韵清都极端恶意的攻击，甚至于有人提倡她当野鸡会。还有许多人开了私人的会议便呈请教务处开除何韵清的学籍。另一部分人便写信警告何韵清和法文教员，还有许多不安分的人便到处说着极难听的下流的话。法文教员连课也不敢上了。何韵清简直更不能见人，见了人，大家都作着种种怪难看的丑脸，而且吹着哨子，大家说着不负责的宿话。为了这个风潮，差不多什么人都无心上课了。虽然学校还照常有功课，但实际上已等于停课了，或者因此竟闹成了罢课也说不定呢。接着这学生便感着痛心地，诚诚恳恳地说出他对于这事件的见解，他负责的说他认为何韵清是对的，她的同时爱两个人是可能的，至少她的这种恋爱不是什么暧昧的行为。并且他认为何韵清爱法文教员也决不是陈仲平的耻辱。他觉得一个女人——或者男人——在同时爱上两个人是很自然的，因为一个人原来有爱许多人的本能。并且他觉得恋爱是完全自由的，旁人更没有干涉的权利。最后他又向着他的先生问：

"叶先生觉得怎样呢？"

他的先生便给了他许多意见，这学生感着满意地走了。叶平却沉思起来，他想了许久他的"恋爱否认论。"

这时他燃上一枝香烟，却发觉已经八点十分了。然而洵白还没有回来，他想不出他不回来的缘故，因为他只说到东安市场去买点东西，并且他没有别的朋友。他揣想了许多，便有点担心起来，他很害怕他被什么人认出来了，那是非常危险的。因此他愈觉得不安了，疑惑地忧愁着，讲义也编不成了。

一直到了九点三十五分钟，这一个使人焦急的朋友，却安然地挟着一本书，推进房门，脸上浮满了快乐和得意的微笑。

"你到那里去的？"叶平直率的，带点气样的问。

洵白想了一想，终于回答说：

"不到什么地方；只到素裳那里去。"

"那末晚饭已经吃过了？"

"吃过了。"

"徐大齐在家么？"

"没有，"说了又补充一句："临走时他才回来。"

"你要留心点。这个人对于异己者是极端残酷的。"

"我不会和他说什么。"

于是他坐在一张藤椅上，打开书——英译屠格涅夫的《春潮》——微笑地看着，眼睛发光。叶平也继续编他的讲义。

但到了十二点多钟，当叶平觉得疲倦而打着呵欠，同时要洵白也去休息的时候，他忽然发现到这一个朋友的一点奇怪的事情：看书看了三点多钟，那充满着愉快的发光的眼睛，还凝神在九十二页上，竟是连一页也没有看完。

六

这一天素裳起来得特别早，她从没有像这样早过，差不多比平常早了三个钟头。她下床的时候，徐大齐还在打鼾呢。她披上一件薄绒大氅，便匆匆忙忙的跑到她的书房去。

壁炉还没有生火。梅花又新开了好些。空间充满着清冷的空气和花香的气味。她一个人坐在写字台前，一只手按在脸颊上，一动也不动。她的眼睛异样放光的。她的脸上浮泛着一种新的感想正在激动的鲜红。她的头脑中还不断地飘忽着夜间梦见的一些幻影。她在她的惊异，疑惑，以及有点害怕，但同时又觉得非常的喜悦之中，她默默地沉思了长久的时候，最后她吃惊的抬起头，毫无目的看着窗外的灰色的天，一大群喜鹊正歌唱着从瓦檐上飞过去，似乎天的一边已隐然映出一点太阳的红光了。于是她开了屉子，从一只紫色的皮包中拿出一册极精致的袖珍日记本，并且用一枝蓝色的自来水笔写了这两句：

"奇怪的幻影，然而把我的心变成更美了！"

写了便看着，悄悄的念了几遍才合拢去，又放到皮包里。于是又沉思着。

当她第二次又抬起头，她便无意地看到了左边书架的上一列，在那许多俄国作品之中空着一本书的地位，因此她的眼前忽然晃起那个借书人的影子，尤其显然的是一双充满着思想和智慧的眼睛，以及……这一些都是洵白的。

接着她悄悄地想，"奇怪……不。那是很自然的！"在这种心情中，经过了一会，她便快乐地给她的母亲写一封信。她开头便说她今天是她的一个重要日子，比母亲生她的日子还要重要。她并且说她从没有像今天这样的欢乐，说不定这欢乐将伴着她一生，而且留在这世界。她说了许多许多。她又说——这是经过一番思考之后——告诉她母亲说她在三天前她认识了一个朋友，一个思想和聪明一样新一样丰富的人。最后她祝福她自己而且向她的母亲说：

"妈妈，为了你女儿的快活，你向你自己祝福吧！"

她便微笑地写着信封。这时她的女朋友夏克英跑来了，这位女士的脚步总是像打鼓似的。她叠着信纸，一面向叩门的人说：

"进来！"

夏克英一跳便到了她身边，喜气洋洋的。

"什么事，大清早就这样的快活？"

"给你看一件宝贝，"夏克英吃吃的笑着说，一面浪漫地把一只狐狸从颈项上解下来，往椅子上一丢，"真笑死人呢！"说了便从衣袋中，拿出了一封信，并且展开来，嘲笑的念着第一句：

"我最亲爱最梦想的安琪儿！"念了又吃吃的笑着，站到素裳身旁去，头挨头地，看着这封信，看到中间，又嘲笑的大声念道：

"因为你，我差不多想作诗了！"

看完信，素裳便说：

"这完全是封建时代的人物。"

"谁说不是呢？他还找着我，可不是见他的鬼了？"接着这一个恋爱中最能解放的夏克英，便轻浮地说着这一件故事。她第一句便说这个男人是傻子！说他的眼睛简直是瞎，认不清人。又说他如果想恋爱，至少要换一个清白的头脑。否则，如果他需要恋爱，便应该早生二十年。最后她讽刺的说：

"也许这个人倒是一个'佳人'的好配偶呢！"说了便把那封署名"情愿为你的奴隶"的信收起来了，并且拿了狐狸。

"急什么？"

"我还要给晓芝她们看去。"夏克英说着便动身了，走到门口时又转过脸来向素裳说：

"告诉你，昨夜是我和第八个——也许是第九个男人发生关系啊。"接着那楼梯上的脚步声音，沉重地直响了一阵。

素裳便又坐到写字台前。她对于这一个性欲完全解放的女朋友，是完全同情的。但是她自己没有实行的缘故，便是看不起一般男人，因为常常都觉得男人给她的刺激太薄弱了，纵然在性的方面也不能给她一点鼓励和兴趣。她认为这是她的趣味异于普通人。这时她又为她的女朋友而生了这种感想：

"男人永远是恋爱的落伍者,至少中国的男人是这样的。"

然而这一些浅浅的感想,一会儿便消灭了。她又重新看了给她母亲的信,并且在头脑中又重新飘忽了那种种幻影。她一直到将要吃午饭的时候才走到洗澡间去的。

当她只穿着水红色丝绒衣走进饭厅里,徐大齐已经在等着她了。他向她笑着说:

"今天真是一个纪念日——你起得特别早。"接着他告诉她说:"叶平刚才打电话来,说明天早上请我们逛西山去——前两天西山的雪落得很大。"

她忽然突兀的问:

"你呢,你去不去?"

"我也想去。"

于是她默默地吃着饭,心里却荡漾着波浪,并且懊恼地想:"为什么,明天,市政府单单没有会议?"

七

冬天天亮得很迟,刚亮不久的八点钟,他们便来邀她了,但她已经等待了许久。这时她对于逛西山是完全喜欢的,因为昨天从南京来了一个要人,徐大齐一清早便拜访去了,他不能和她一路去。

她对叶平说:"不要等他,说不定他到晚上才回来的。"接着便问:"为什么忽然想逛西山?"

叶平便告诉她,说他并没有想,而且他今天是功课特别多,想逛西山完全是洵白提议的,于是她看了洵白一眼,她和他的眼光便不期然接触着,她觉得他的眼光中含着不少意义,这意义是不分明的,而其中有着一种支配于感情的懦怯。他却辩护似的说:

"西山我还没有去过。从前有几次想去都没有钱去。我想这一次如果再不去，说不定以后都没有去的机会了，因为过了两天我就要离开这里……"

这最后的一句便立刻给了素裳一个意外的惊愕。她没有想到这一个朋友会刚刚来便要走的。她完全不想这时便听见他这样说。她觉得这短促的晤谈简直是给她一个遗憾。她忽然感到惆怅了。她差不多沉思起来……她只仿仿佛佛地听见叶平在向她说："我们走吧！"而且问她：

"你吃过东西没有？"

"并不饿。"

"好的，到西山吃野餐去。"

三个人便下着楼梯，汽车夫已经预备开车了。

叶平让她坐在车位当中。汽车开走了。他们便谈话起来。但在许多闲谈中间，她时时都觉得洵白的身子有意地偏过一边，紧挨到车窗，似乎深怕挨着她而躲避她的样子。

汽车驶出了西直门，渐渐的，两旁便舒展着野景。他们的闲谈便中止了，各人把眼睛看到野外去。那大的，无涯的一片，几乎都平铺着洁白的雪。回忆中的绿色的田，这时变成充满着白浪的海了。间或有一两个农夫弯腰在残缺的菜园里，似乎在挖着余剩的白菜。一匹黄牛，远远的蜷卧在一家茅屋前，熟睡似的一动也不动。在光着枝条的树下，常常有几个古国遗风的京兆人，拖着发辫子，骑在小驴上。并且常常有一队响着铃声的骆驼，慢慢地走着，使人联想到忠厚的，朴实的，但是极其懒惰和古旧的满洲民族。这许多，都异乎近代城市的情调，因此洵白忽然转回脸来说：

"北平的乡下也和别的乡下不同：我们那里的乡下是非常勤苦的，田园里都是工作。"

"大约是气候不同，"叶平说，一面还看着颓了半扇红墙的古寺。

"然而，"洵白又接下说："在寒带地方的人应该能够耐苦的，北欧的民族便非常勤劳于艰难的工作。"

叶平不回答，他注意到远处的一座古墓。

"我也觉得，"素裳便同意的说，接着她和洵白便谈了南欧和北欧以及东亚的民族，各民族的特性和各地的风俗，她从他的口中听到了别人所没有的意见。这些谈话，又使她感到非常的喜悦，甚至于她觉得她好像变成很需要听他的谈话了。当他说到古代的恋爱时候，她尤其觉得在他的嘴唇边有一种使人分析不清的趣味，这也许是因为他用现代的思想谈着古代的事情吧。

"听……泉水！"叶平忽然叫。

他们的眼睛便随了这声音又看到野外去。汽车转着弯驶过一道石桥。景象有点不同了。这里是一座山，一个高高的，瘦瘦的，尖形的塔耸立在山顶上。山上满着银色的树。树之间有一两个房子，古庙吧，也许是洋房子。有着不少喜鹊之类的鸟在飞翔着。

叶平便指导似的说：

"玉泉山！"

那流泉的清脆声音，响在这山脚上。原来凭着山脚的轮廓，有一条仄仄的小溪，水声便是从溪中发散出来的。溪两旁长着一些草，可是都已经枯萎了。但在结着一层层的薄冰中，还能够看见一道清明的泉水，在那里缓缓地流着。

叶平便又开口说：

"如果在春天夏天，只要不结冰的时候，这溪中的水清到见底，底下有一层层的水草平伏着，而且在太阳光中，随着泉水的流动,便可以看见十分美丽的闪着金色辉煌的一层层波浪。并且洋车夫常常喝着这里面的水。"

"不长鱼么?"素裳大意的问。

"不知道。虾子大约总有的。"

"那末,"洵白便想象的说:"一定有人坐在溪边钓虾了。"

叶平想了一想便笑了。素裳接着说:

"只有北平才有这种遗民风度。"

于是他们说了一些话又看着野景。汽车便非常之快地驶向一条平坦大路,五分钟之后便停在香山的大门口了。

许多小驴子装饰着红红绿绿的布带,颈项上挂着念珠似的一圈铜铃,显出头长脚小的可笑可怜的模样。这时就有一个穿西装的男人和一个穿旗袍的女人,一对嘻嘻哈哈的打着驴子跑过去了。于是驴夫们便围拢来,争着把那可怜的小畜牲牵过去,一面拍着驴子的背一面讲价:

"一块大洋,随您坐多久。"

轿夫们也上前了,抬着空溜溜的只有一张藤椅子的轿。

驴夫抢着说:

"骑驴子上山好玩。"

轿夫也嚷着:

"坐轿子舒服。"

然而这三个客人却步行地走了。他们走过了这个山门,顺着一道平平地高上去的山路,慢慢地走,走到了缨络岩。这里松柏多极了。并且在松柏围抱之中,现着一块平地,地上有三张石桌和几只鼓形的椅子。各种鸟声非常细碎的响着。许多因泉流而结成的冰块,高高的吊在大石上。他们在这里逗留了一会,便继续往上走,一路闲谈,一路浏览,一直走到半山亭才休息下来。从这亭子上向下望去,看见满山的树枝都覆着柔白的雪；而且望到远处，那一片，茫茫的，看不清的，似乎并不是城市的街，却像是白浪滔滔的海面了。叶平离开他的游伴，一个人跑到亭子的栏杆上，不动的站着，如同石像的模样，看着而且沉思着什么。素裳和洵白便坐在石阶上，彼此说些山景，雪景，并且慢慢的谈到了一些别的。最后他们谈到小孩子。因此联谈到他的幼年。于是洵白便坦坦白白的告诉她，说他的家庭现在已和他没有关系了，原因是他不能做官，他父亲把他当作不肖的儿子，至于极其盛怒的把他的名字从宗谱上去掉。但是他并不恨他的父亲，他只觉得可怜而且可笑的，因此他父亲常常穷不过时还是向他要钱，他也不得不寄一点钱去。接着他便说他从前是一个布店的徒弟，因为在他十三岁时候，他父亲卖去最后一担田之后，便把他送到一家布店去，为的可以使家里省一口饭。他当时虽然不愿意，然而没有法，终于放下英文初阶，去学打算盘。他在这一家布店里，一直做了三年的学徒，这三年中所受到的种种磨难，差不多把他整个人生——至少使他倾向于马克思主义是有点关系的。因为在那布店中，老板固然不把他看作一个人，先生们对于他也非常的酷刻，甚至于比他高一级的师兄也时时压迫他做一些不是他分内的事，并且有一天还陷害他，说是一丈二尺爱国布是他偷去的。这一切，当初，他是没有法子去避免，更没有法子去抵抗，因此他都忍耐了。但是，到最后，终使他不顾一切地下了逃走的决心，那是因为有一夜——很冷的一夜，那个比他大十几岁的每月已经赚到五元的先生，忽然跑到他床上来（他的床是扇门板），揪开他的旧棉被，并且——当他猛然惊醒的时候，他忽然发觉一只手摸着他的脸，另一只手悄悄的在解他的裤带，他便立刻——不自禁的，害怕的，喊起来了。于是那个先生才放手，却非常之重的打了他一个耳巴，并且恶狠狠地威吓他,说这一次便宜了他,如果明天晚上他还敢——那他一定不怕死了。这样,他第二天便带着九元钱逃走了。于是他飘泊到上海,在一个医院里当小使。过了一年便到天津去,在一个中学里当书记。又过两年他考进北京大学。那时候他的一个表叔忽然阔起来,把他父亲介绍到督军署当一等科员,因此他父亲认为他以后可以作官的,便接济他的学费,并且把他弄一个省官费送到日本去。最后他带点回忆的悲哀的微笑,沉着声音说:

"这就是我的小学教育!"

素裳不作声,她在很久以前就默着,沉思着,带着感慨地,同时惭愧地想着她自己的幼年是一个纯粹的黄金时代,因为她的家境很好,她的父母爱着她,使她很平安的受到了完全的教育。她是没有经过磨难的。因此她对于洵白的幼年,觉得非常的同情而且感动了。她长时间都只想着洵白的生活苦和他的可敬的精神。而且,当她看见洵白的眼睛中闪着一种热情的光,她几乎只想一手抱着住他,给他许多友谊的吻。其实,她的手,已不知在什么时候,很自由的和他的手握着了。接着她听见洵白类乎宽慰的向她说:

"如果我幼年是一个公子哥儿,我现在也许吸上鸦片烟都说不定……"

素裳却不自觉的笑了。但她立刻想到她自己,便低了声音向他说:

"但是,我从前是一个小姐……我们是两个阶级的。"

洵白惊诧地看了她一眼,接着便感到愉快地微笑起来,并且空空看着她回答说:

"那末,我们的相遇,我希望是算为你的幸运。"

他们的手便紧了一下,放开了。这时叶平还站在栏杆上

远眺而且沉思,素裳便大声的叫了他:

"怎么,想着诗么?诗人!"

叶平便转过脸,跳了下来,一面说:

"那里!我只想着城市和山中的生活……"

三个人便又踏着积雪的石阶,一直望上走。走到了一个最高的山峰之后,才移步下来,又经过了许多阔人的别墅,便返到山门口,在石狮子前上了汽车。

于是在落日反照的薄暮中,在汽车急驶的回家的路上,那野景,便朦胧起来了。广大的田畴变成一片片迷蒙的淡白的颜色。

叶平还继续着他的对于生活的沉思。素裳和洵白又攀谈起来。谈到了苏俄的时候,她带着失望的说:

"我不懂俄文,因此许多书籍我都没有权利看到。"

洵白便对她说:

"日本文的译本,差不多把苏俄以及旧俄罗斯的文化全部都翻译过来了。"

"我也不懂日文。"她说了便忽然想起洵白是懂得日文的,便对他说:"你肯教我么?"

"当然肯。不过——"他蹙地眉头停了一会才接着说:"我恐怕在这里不很久。"

这时她忽然又想起他就要和她分别了,在心里立刻便惆怅起来,默了许久,才轻轻的说:

"真的就要走么?不能多留几天么?"

洵白看着她,很勉强的笑着。

"好的,"她又接着说:"你教我一天也行,教我两天也行。"

洵白便答应她,并且说学日文很容易,只要努力学一个星期就可以自修了，他一定教她到能够自修之后再走。素裳便几次地伸过手去和他很用力的握了一下。"那末你明天就来教我，"她说，于是她的心完全充满着欢乐，并且这心情使她得到幸福似的，一直到了那个骄傲地横在许多矮房子之中的洋楼。

她非常快乐的跑上楼梯，徐大齐便挽着她走进卧房里，一面说：

"西山的雪大不大？"

接着便沉重的吻了她。但是在这一个吻中，在她感觉到硬的髭须刺到她嘴唇上的时候，她忽然——这是从来所没有过的——非常厌烦地觉得不舒服。

"我太倦了！"她摆脱的说。

于是她长久的躺在床上想着。

八

易于刮风的北平的天气，在空中，又充满着野兽哮吼的声音了。天是灰黄的，黯黯的，混沌而且沉滞。所有的尘土，沙粒，以及人的和兽的干粪，都飞了起来，在没有太阳光彩的空间弥漫着。许多纸片，许多枯叶，许多积雪，许多秽坑里的小物件，彼此混合着像各种鸟类模样，飞来飞去，在各家的瓦檐上打圈。那赤裸裸的，至多只挂着一些残叶的树枝，便藤鞭似的飞舞了，又像是鞭着空气中的什么似的，在马路上一切行人都低着头，掩着脸，上身向前屁股向后地弯着腰，困难的走路。拉着人的洋车，虽然车子轮子是转动的，却好像不会前进的样子。一切卖馒头烙饼的布篷子都不见了，只剩那些长方形的木板子和板凳歪倒在地上。并且连一只野狗也没有。汽车喇叭的声音也少极了。似乎这时并不是人类的世界。一切都

是狂风的权威和尘灰的武力。

这时素裳一个人站在窗子前，拉着白色的窗帘，从玻璃中望着马路。她很寂寞的望了许久。随后她看见在一家北方式的铺子前，风把它的一块木牌刮下来了，这木牌是金底黑字的，她认出那是白天常常看见过的永盛祥布店的招牌。因此她想起昨天才听见的，那完全出她意外的洵白的布店学徒生活。对于他的这样的幼年，她是同情的，并且觉得可敬。她想象他幼年的模样，在她眼睛便模糊地现出一个穿短衣的小徒弟的影子，她忽然觉得这影子可爱了。接着她又想起他现在的样子，那穿着一身旧洋服，沉静而使人尊敬的样子，却又显得是一个怎样有思想，有智慧，有人格的"康敏尼斯特，"于是她想到她的充满着毅力的精神。他的使人不敢轻视的气概，他的诚恳和自然的态度，以及他的别有见解的言谈，他的声音……最后她想到他就要离开她，便惘然了。

一阵狂风又挟着许多小沙子打到玻璃窗来，发出可厌的响声，并且一大团灰尘从她的眼前飞过去，接着许多脱光了叶的柳枝便特别飞舞了。她沉重的呼吸一下，玻璃上便蒙蒙的铺上白的蒸气，显得这窗子以外的东西是怎样冻着呵。

她想，这风又要刮几天了！便又联想到在这样冻死人的天气里，恐怕连一般穷人——只要有几块窝窝头过日子的穷人，也躲在房子里烧着枯树枝和稻草，烘着暖和的炕吧。如果不是为着要活下去，而不得不到处寻求一点劣等食物的叫化子，谁还愿意在这样冷得透骨，灰尘会塞满肚子的刮风天，大声的叫喊呢？因此她想到在三个月前，她要她丈夫在市政府第九次特别会议席上，提议为贫民的永远计划，开办一个工厂，而她的丈夫当时便反对她，说是与其让以后的工人罢工，倒不如现在组织一个"冬季难民救济所"，因为这名义还可以捐到许多款项,并且过了冬天便可以取消了。她是没有在一切政治上发表意见的资格,她只好默着了。虽然她知道那冬季难民救济所已捐到很不少的钱,但是一直到夜深都还听见叫化子在满街上响着惨厉的叫喊和哭声的。这时她想到昨夜的情景了,那是一个怎样寂寞的夜。听过了清朗的壁钟打了三下之后,她完全不能睡着了,徐大齐的鼾声也不能引起她的瞌睡。她是张着眼看着有点月色的天花板。一切都是静静的,她觉得她的心正和这个夜一样,一点搅扰的声音也没有了。在心里,只淡淡的萦回着逛西山所余剩的兴味,以及一种不分明的情绪使她模糊地想着——那过了夜便要和她见面的洵白的一切。这些想象和这些感觉,她是非常觉得喜悦的,她便愉快地保留着,如同一个诗人保留着一首最美的诗,并且不自觉的带到睡眠中去了,而且是那样睡得甜香的。她一点也不知道刮起风,以及一点也没有想到今天是一个如此可怕的天气。于是——她用一个含愁眼光,看着混沌的天空,几乎出声的向她自己说:

"这样冷,一定,他不会来了!"

但她忽然听见房门上响着声音,心便一跳,急转过身子,却看见那差不多天天都把朋友们的新闻和消息送到这里来的蔡吟冰女士,一面拿着放光的俄国绒的大氅,一面笑着进来了。

她只好向这个朋友说:

"刮这么大的风,你还到处跑!"

"值得跑的。"蔡吟冰便一下把身子躺在大椅上,穿着漆皮鞋的脚晃了两道闪光,笑着说:"刮风怕什么,我今天是坐人家的汽车……"

素裳便想到她的这个朋友,太天真了,并且太不懂得男人了。她常常都因为一种举动,固然这举动在她的心中是坦白的，毫无用意的，可是别人却得了许多误会去。其实她根本就没有男女之间的心事，一切男人的好的和坏的用意都在她疏忽之中。就是对于天天把汽车送过来给她坐的任刚，她也和对于其余的男朋友一样，以为是一种普通的友谊罢了。然而在任刚——虽然这一个旅长，曾知道她是已经和别一个人同居了一年多，却也不肯放松的时时都追随着她。她今天又坐他的汽车了。对于她的这行为，素裳曾说过许多意见的。这时又向她说：

"那末你今天又和任刚见面了。说了些什么？"

"什么都没有说。"

"不过你要知道，在你是并没有给与他什么东西，在他却好像得了许多新礼物去。一个女人的毫不在意的一举一动，常常在男人心中会记着一辈子的。"

蔡吟冰不回答，只活动着两只反小的脚，过了一会才重新嘻笑说她带来的新闻，似乎这新闻又使她觉得快活了。

"我说值得跑来的便是这一件事，"她差不多摇着全身说："你听了就会觉得这一辆汽车并不冤枉坐。"

接着她便说她在昨天下午，当夏克英吃着梨子的时候，她忽然发觉到——那个抱着不同居的恋爱主义的沈晓芝，在她的腰间，现着可疑的痕迹。尤其是当她不小心的站起来的时候，那痕迹，更可疑了。她悄悄的看了半天。最后，她决定了。她相信她自己的观察决不会错。她把这发现告诉了夏克英，两个人便同意了。于是她们抓着沈晓芝，硬要她说出实情来，并且告诉她这并不是永远可以隐瞒的事。沈晓芝开头不承认，很坚决而且诅咒说没有这回事情。然而到最后，她们硬要试验她。而且决不肯放松的时候，她扭不过才把实情说出来了。

"呀，多么可笑！她说的是什么？这个不同居的恋爱主义者！她，虽然她因为害怕生小孩的缘故和她的爱人分居着，却不知在什么时候，悄悄的，悄悄的……"

于是这一个传达新闻的人便向着素裳问："你不觉得么，她的肚皮慢慢的大起来了？"

"我没有注意。"

她的朋友便又吃吃的笑着说：

"我劝她马上同居，否则小孩便要出来了。我预备送她一件结婚的礼物。你说小孩子的摇篮好么？"

素裳觉得好笑的回答："好的！"

于是又说了一些别的新闻，这一天真的朋友便走了，她说她就要买摇篮去，素裳便坐在椅上沉思起来。她对于沈晓芝的新闻得了许多感想。她结果觉得沈晓芝的这回事并不可笑。可笑的只是把这事情认为可笑的那些人。她很奇怪，为什么在粉呀香水呀之中很能够用些心思的女人们，单单在极其切身的恋爱问题却不研究，不批评，不引导，只用一种享乐的嘲笑。随后她认为纵然沈晓芝把小孩子生下来，也不过证明许多方法终不能压制本能的表现罢了，那决不是道德的问题——和任何道德都没有关系的；至少道德的观念是跟着思想而转变，没有一个人的行为能从古至今只加以一个道德的判断。历史永无是陈旧的，新的生活不能把历史为根据，这正如一种新的爱情不能和旧的爱情一样。比喻到爱情，她联想起来了——这也是使她觉得奇怪的：许多新思想的人一碰上恋爱便作出旧道德的事来了。她相信一个人的信仰只应该有一个的，不该有许多，而且许多意念杂在一块决不能成为一种信仰。于是她对于那些人物，那些把新思想只能实行于理论上，甚至于只能写在文章里的人物，从根性上生了怀疑了。可是她相信——极其诚实的相信，理论和行为的一致，在这一点上面表现出新的思想和伟大人格的，只有一个人——一切都没有一点可怀疑的洵白了。想到他，便立刻把眼睛又望到窗外去，那天空，依样是混沌着，可厌而且闷人。

于是她又想，"一定不会来了！"并且长久都坠在这思想里。末了，她忽然觉得这房里的空气冷了起来，一看，那壁炉里的火光已经是快要熄灭的模样，便赶快添了一些煤。不久，从许多小黑块之中飘上了蓝色的火苗，炉火慢慢地燃上来了，房子里又重新充满着暖气。她的身子也逐渐地发热起来。这时她的思想转了方向，带点希望的想着：

"也许……那可说不定的！"

可是这一种属于可爱的思想又被打断了，因为徐大齐出她不意的走了进来，一只手拿着貂皮领的黑色大氅，大踏步走到她身边，而且坐下了，慰藉似的问："闷么？"左手便放在她肩膀上，接着说："天气可冷极了。刮风真使人讨厌。还好你们是昨天到西山去，如果是今天，可逛不成了。"

"对了，刮风真讨厌！"她回答。此外便不说什么话。并且从一只大的巴掌上发出来的热，使她身上有点不自在起来。她装着要喝茶的样子跑到茶几边。

"劳驾你，也倒一杯给我。"

"喝不得，"她心中含点恼怒地撒谎说："这茶是昨天泡的。"

徐大齐又要她坐到这一张长椅上，并且得意洋洋的告诉她，说他刚才和那个南京要人在车站里握别的时候，彼此的手都握得很用力，而且他们私谈了很久，谈得很投洽。因此他认为他以后决可以选上中央委员，至少他有这种机会。他又告诉她，说他对于将来中央委员的选举上，他已经开始准备了。他说他先从北平方面造成基本的势力。这一点，他现在已经有很充分的把握了，因为只有他一个人能调和各派的意见，而各派的人物都推崇他，他极其自信的说着他的政治手腕。他并且说他现在将采取一种政策，一种使各派都同意他而且钦佩他的才能。最后他意气高昂的向她说：

"如果，那时候，我们在西湖盖一座别墅，我常常请假和你住在一块。"

素裳笑了，一种反动的感情使她发出这变态的笑声，并且惊诧的瞥了他一眼，那脸上，还浮着政治家得意的笑容。她自己觉得苦恼了。

于是到了吃午饭的时候。

在她吃了饭沉思在失望和许多情感之中的时候，她忽然听见一种稳重的脚步，一声声响在楼梯上，她便从椅子上一直跳了起来，跑到楼梯边去。

"哦……"她心跳着，同时在精神上得着一种解放似的，叫了这声音。她的眼睛不动的看着一个灰色的帽边，一个黑色的影子，一个……为她想念了大半天的洵白来到了。她喜欢的向他笑着，并且当着徐大齐，坦然的，大胆的把手伸过去，又紧又用力的握着，握了许久。她完全快乐地站着，看着他和徐大齐说话，一直到瞧见《日语速成自修读本》时候，这才想起了，便赶紧向徐大齐说：

"我想学日文——从前我不是要你教我么？我现在请施先生给我一点指导。"

"好极了，"徐大齐立刻回答，"日文中有许多有价值的书。可惜我太忙，不能直接教你——"便又向着洵白说："应该谢谢你，因为你代了我的劳……你现在喝一点红酒好么？"

洵白说他不会喝酒。于是谈了几句话，这一个政治家便看了一看表，说他有点事，走了。临走时，他非常注意的看了她一眼。

素裳便低声的问：

"这样大的风，你不怕么？"

洵白微笑着，过了半晌才轻轻的，似乎发颤的响了一声："不……不怕。"

九

下午一点钟，吃过午饭之后要吸烟的习惯，徐大齐还没有改，这时一支精致地印着一个皇后的脸的雪茄，便含在他的口里，吐着浓烈的香气，飘着灰白色的烟丝，身子是斜靠在软软的沙发上，受用的想着，似乎在他的心中是盘旋着可操胜利的一种政策，脸对着素裳。

素裳坐在一张摇椅上，正在不动的看着莫泊桑的《人心》，当她看到五十四页上面的时候，听见徐大齐向她说话的声音：

"裳！可以换衣服了吧？"

她想起了，这是他要她同他去赴一个宴会的，便放下书，回答说：

"我想我不去了。"

徐大齐便诧异的问：

"为什么？你身体不舒服么？"

"不为什么，只因我不想去。我这几天太倦了。"

徐大齐用力的吸了一下雪茄烟，想了一想又向她说："如果你可以去，还是换衣服去吧。"接着他告诉她，说这个宴会不是平常的宴会，是一个很重要的，因为在这个宴会上，他一个人将得到许多好处，至少对于他将来的中央委员是有些利益的。他认为这是一个不可失掉的机会。并且他要求她，希望她不要呆在家里。要给他一点帮助，因为这宴会中，有一个先烈夫人，那是须要她去联络的。末了他叹息似的说：

"我现在是骑在虎背上，不干下去是不行的。如果那许多拥护我的人能够原谅我，如果那许多反对者都能够不向我做出轻视和羞辱的举动，如果我以后的生活能够永远脱离政治的关系，那末——那么我早就下台了。"接着他又谄媚似的说："那末，至少我们俩相聚的时间要多到许多了。我们俩现在真离得太多了，不是么？"

她不禁的便笑了起来。她没有想到一个常常以活动能力和运动手段称雄的政治家，却说出如此使人觉得可怜的话。她的眼睛便异样的望着他。他又低着声音说：

"为我，换衣服去，好么？"接着又说了好些。

"好的，"她终于回答，因为是被通不过，在心里便有点恼怒地站起来，一直跑到卧房里，换了衣服，并且写一封信留给洵白，说她希望他今天不会来，如果真来了，那她是怎样觉得懊恼和抱歉，因为她必得伴着徐大齐去赴一个宴会。她把这封信交给一个仆人，并且慎重地吩咐说：

"记着。施先生来了，把这封信给他！"

于是她和徐大齐一同走了。

当她在晚上十点钟回到了家里，她知道洵白已把她的信拿走了，但是他不留下一个字，甚至于什么话也没有说。她一个人跑到书房里，躺在大椅上，便心绪复杂的沉思起来。她对于这一个宴会又生起反感了。其实在许多灯光之下，在许多香水和烟气中间，在许多绸衣的闪光里面，在许多晃着人影和充满着笑声的宴会场上，她已经感到厌恶和苦闷，并且好像她自己也成为那些小姐呀太太呀之中的人物了。她承认她实在不能和时髦的女人交际的，尤其她不能听她们说着皇后牌的雪花膏类的话。那些太太们，那些托福于丈夫而俨然可骄傲于侪辈中的女同志，那些专心诱惑男人去追求的以为是解放的女子，那些并不懂得而又高谈着妇女问题的新女性，那些……她们所给她的印象确确实实使她这辈子都没有再看见她们的勇气，至少从这些印象中，她深深悔恨到她自己也居然被许多人目为女人的。她觉得如果人间的女人只是像她们这样子，如果她们都是没有一点灵魂的身体——那样专门为男人拥抱而养成的瘦弱身体，实实在在须要一番根本的改造，因为那些女人只是玩物——至少她不能承认是人类中和男人对等的妇女。女人在人类的生活中应该有她们重要的生活意义，并不是对于擦粉的心得和对于生育的承受之外便没有其他责任，一切女人是应该负着社会上的一切义务的。于是……她忽然反省的想到了她自己。她觉得她自己现在的生活是贵族的，而同时也就是一种毫无意义的，逍遥度日的生活。她每日曾做了些什么？寂寞，闲暇，无聊！虽然有许多时候都在看书，而这样的看书，也不过是消极的抵抗，无聊的表现罢了。并且在无聊中看书只是个人主义的消遣，不能算是一种工作。接着她又分析她自己——她觉得她自己的思想，和她现在的生活和所处的地位是完全相反的。难道她的生命就如此地在资产阶级的物质享受中消灭下去么？不能的！她很久以前就对于她的环境——这充满着旧思想的新人物的环境，生起极端的厌恶了。她始终都坚强地认为她不像无数可怜的妇女一样也牺牲于太太的生活中的。她常常意识着——甚至于希求着在她的生命中应该有一种新的意义。她对于历史上，文学上的，现社会上的，那种种妇女都感到并不能使她生起敬爱的心。在她虽然没有把她自己算为不凡于一切妇女的女人，但她是奢望着这人间——至少在现在——是应该有一个为一切妇女模范的新女性的典型。为什么呢？这是一个独立于空间的特殊时代！因此她放弃了对于文学的倾心，开始看许多唯物思想的书籍：当她看到普哈宁的《社会主义入门》时候，她对于这思想便有了相当的敬意和信仰了。所以她对于她自己的完全资产阶级的享乐——甚至于闲暇——的生活越生起反感，她差不多时时都对于这座大洋楼以及阔气的装饰感到厌恶的。而且徐大齐的政客生活，也使她逐渐地对于他失去了从前的爱意。她只想跳出她的周围而投身到另一个与她相宜的新的境地。那是怎样的世界？她是觉悟的——那是，如果她的生命开始活跃，她一定要趋向唯物主义的路，而且实际的工作，做一个最彻底的"康敏尼斯特"，这才能够使她的生存中有了意义呵。她对于她自己的人生是如此肯定了的！所以当她看见了洵白，她立刻受了袭击似的，仿佛她的新使命要使她开始工作了。的确，她看见他，是她的一件重要事情，她认为他是暗示她去发现她的真理的一个使者。但……同时他的一切又使她心动着。

她又经过了以上的许多感想也是为他的——因了宴会，她失了一个见他的机会，虽然他明天将继续着来，但这一项究竟是一个损失。所以在她的沉思里，她越对于那些政客或志士呀太太呀等等生着反感，一面便感觉得和洵白亲近了。她是很需要他来的，需要他站在她面前，需要他和她谈话，需要他给她力量，至于他的一切都是她所需要的，而且这一切又都成为她的希望了，她终于又叹息似的想着：

"他明天下午四点钟才来，明天下午四点钟！"

这时她的脸上发着烧，嘴唇焦着，口有点渴。她觉得她自己太兴奋了。她便拿了一本《马克思的经济学说》，一面看着一面想平静那些感想。

她听见了好几次徐大齐在门外喊她：

"睡去吧,不早呢!"

最后徐大齐走进来,说是夜深时看书很伤眼睛,便强着挽起她,走进睡房去。

这一夜她好像没有睡着。

然而徐大齐却被她惊醒了,他的手臂被她用力的抓着,并且听见她说着梦话,可是他只听清了一句:

"……吻……我……"

十

风已经慢慢地平息下去,可是太阳并不放出灿烂的光,却落着大雪了。那白的,白百合似的,一朵朵地落着的雪花,在被风刮净的空中飘着,纷纷的,又把那树枝,墙顶,瓦上,重新铺上了一层白,一层如同是白色的绒毡似的。这雪景,尤其在刮风之后,会使人不意地得着一种警觉的。

素裳便因了这雪景才醒了起来。那一片白茫茫的光,掩映到她的床前,在淡黄色的粉壁上现着一团水影似的色彩,这使她在朦胧的状态中,诧异地,用力的睁开了还在惺忪的睡眼,并且一知道是落雪的天气,立刻便下床了。

从混浊的,充满着灰尘的刮风天变成了静悄悄的,柔软的,满空中都缤纷着洁白的雪,似乎这宇宙是另一个宇宙了,一切都是和平的。

她拉着窗帘望着这样的天空,心里便感想着:

"风的力量是可惊的,使人兴奋的。雪花给人的刺激只是美感而已!"接着她想到落雪之后的刮风,而刮风之后又落着大雪,这天气,恐怕更冷了。一切都冻得紧紧的。哪怕是顽皮的鸟,也应该抖着翅膀不能歌唱了。马路上的行人也许比刮风时候多,但他们的鼻子却冻得越红了。没有一块土不冻得坚硬的。善于喝白干的京兆人不是更要喝而且剥着花生米了么？那些遗老和风雅之流大约又吟诗或者联句了——这时想好七绝而等待着落雪时候的人还不少呢。清道夫却累了。骆驼的队伍一定更多了，它们是专门为人们的御寒才走进城市里来的，那山峰一样的背上负着沉重的煤块。那些……最后她又想到洵白了。

她觉得这落雪的天气真太冷了，冷得使她不希望洵白从东城跑到西城来，因为他的大氅是又旧又薄，一身的衣料都是哔叽的，完全是只宜于在南方过冬的服装。

"但是，"她想，"他一定会来的，他决不因为落雪……"在她的想象中，便好像一个影子现在到了她的眼前，一个在大雪中快步走着的影子。她便又担心又愉快的笑着。她的眼光亲切地看到那一本《日语速成自修读本》和那一本练习簿。这簿子上，写着日文字母和符号，以及洵白微笑地写着"□□□□□。"

于是她坐在椅子上，拿着这一本练习簿看着，如同看着使她受到刺激的思想和艺术品一样，完全入神的看，看了许久之后才低声的念起"□□□□□"和"□□□□□"的拼音。

在她正想着这些字母和拼音不必再练习的时候，徐大齐穿着洗澡衣走进来了，第一句便向她道歉似的说：

"昨天你一定太累了，我也没有想到那宴会会延长那样久的时间。"说了便舒服地躺在沙发上，现着不就走的样子，并且继续说：

"也许你因为太累了，所以——这是你从没有过的——在半夜里说着梦话，并且——"他指着他左边的手臂上——"这里还被你抓得有点痛……"

这出她意外的消息，立刻使她惊疑着了。她是完全不知道她曾说了什么梦话的，而且这梦话还为他所听见。但她一知道徐大齐并没有得到一点秘密去，她的心里便暗暗的欢喜着，至于笑着说：

"其实我没有做梦。"

"对了，"徐大齐证明的说，"这倒不限定是因为梦的缘故。常常因为太疲倦了，便会说起梦话的。"她也就含含糊糊的同意说：

"对了。"

其实她已经细细地揣想着她的梦话去了。她整个的思想只充满了这一种揣想。她知道她并没有做过什么梦。可是梦话呢？这自然有它的根据。她觉得梦话是一种心的秘密的显露，是许多意象从潜在意识中的表现，那末那所说的梦话是怎样的语言呢？照她这近来的思想和心理，那梦话，只是各种对于洵白的怀念，这反映，是毫无疑义的，证明了一种她对于他的倾向。虽然她并没有揣想出她究竟说了怎样的梦话，但她从理性上分析的结果，似乎已不必否认她已经开始了新的爱情，在她的情感中便流荡着欢喜而同时又带点害怕了，因为她不知道那个"康敏尼斯特"是不是也把恋爱认为人生许多意义中的另一种意义。这时，既然她自己承认了这一种变动，接着她便反复去搜寻她和徐大齐之间的存在，在结果，她觉得他在三年前种在她心中的爱情之火，不知在什么时候已经熄灭了，她和他应该从两性的共同生活上解除关系，而现在还同居着，这是毫无意义而且是极其不能够的。于是她认为应该就把她的这种在最近才发觉的事体公布出去，无论先告诉徐大齐，或者先告诉洵白。

但这时她已经很倦了，这也许是因为昨夜睡得不安宁和今天起得太早的缘故，所以她连打了两个呵欠，伸了腰，眼泪水挤到眼角来了。她看看徐大齐，他是闭着眼睛，似乎在舒服中已经朦胧的样子，她便又站到窗前去。雪花仍然缤纷的落着。地上和瓦上都没有一点空隙了。马路上的行人被四周的雪花遮蔽着，隐约地现出一个活动的影子，却不像是一个走路的人。不见有一只鸟儿在空中飞翔着。真的，雪花把一切都淹没了。

"雪虽然柔软，可是大起来，却也有它的力量。"她一面想着，一面就觉得她的心空荡起来。这是奇怪的！她从没有像这样的感到渺茫过。尤其在她信仰唯物主义以后，她对于一切的观念都是乐观的，有为的，差不多她全部的哲学便是一种积极的信念。她是极端鄙视那意志的动摇，和一种懦弱的情感使精神趋向颓废的。可是她这时却感到有点哀伤的情绪了，这感觉，是由于她想到她自己以后的生活，并且是由于她不知道而且无从揣想她以后是怎样的生活而起的。虽然她很早就对现在的生活生着反感，至于觉得必须去开始一个新的生活，但这样的新生活究竟是怎样的呢？未必爱了淘白甚至于和他同居便算新的生活么？她很清白的认为她所奢望的新生活并不是这样的狭义。她的新生活是应该包含着更大意义的范围。那她毫无疑义的，唯一的，便是实践她的思想而去实际的工作了。然而她对于这实际的工作没有一点经验，并且也没有人指导她，难道她只能去做一些拿着粉笔到处在墙上写着"打倒帝国主义"的工作么？她的思想——至少她的志愿要她做一些与社会有较大的意义的工作。她已经把这种工作肯定了她此后的一生的。她现在是向着这工作而起首彷徨了，同时她热望着一个从这种彷徨中把她救援出来，使她走向那路上去的人。

最后她忽然遗忘似的想起了。

"呀，淘白是可以的！他是——"一想起来，她的意志便立刻坚强起来，似乎她的精神，她的生命，又重新有了发展的地方，她的刚刚带点哀伤的心又充满着一团跳跃的欢喜了。于是她忘了落雪天气的冷，只一意地希望着他来了。她望着街上，那里只有一辆洋车，可是这车子似乎是拉进雪的深处去的。她转过脸一看，炉火是兴旺的，红的火焰正在飞腾着，在这暖气中徐大齐已响出一点鼾声了。

她看到那本日文读本，便想：

"六个月，无论如何，我非把日文学好，非能看社会科学的书不可。"

她又坐到椅子上，又默想了一遍拼音，一面在想念：

"他下午四点钟才得来的！"

然而当壁钟清亮的响了十下之后，大约还不到十点十分的时候，一个人影子忽然到房门边，使她猛然吃了一惊。

"哦……"她欢喜的叫，站了起来，和洵白握着手。"我怎么没有听见你的脚步声音？"

徐大齐被她的声浪扰醒了，擦一下眼睛，便翻身起来，也伸手和洵白的手握了一下，看着他的身上说：

"好大的雪……"

的确，在洵白的呢帽上和大氅上，还积留着一层厚的雪花，虽然有一部分正因了这房里的暖气而溶化着。

他一面抖着帽子一面随便的说：

"对了，今天的雪下得不小。"

素裳便要他坐到火炉边去，因为当她和他握手的时候，她简直感到他的全身都要冻坏了。

徐大齐又接下说：

"北方只有雪是顶美的了。如同变幻不测的云是南方的特色。"

洵白也只好说：

"是的。徐先生喜欢雪呢，还是南方的云？"

"各有各的好处。我差不多都喜欢。只有灰尘才使人讨厌的。"

"不，"素裳故意地搭讪说："我觉得灰尘也有它的好处。"因为她不欢喜徐大齐的多谈，她只想和洵白单独在一块的。

徐大齐却做出诧异的样子问：

"为什么？"

"不为什么。"

"总有一点缘故。"

"没有。"

徐大齐便笑了起来，他觉得她好像生了气，成心和他捣乱似的。他又接着和洵白谈话下去了。他又轻轻地找上了一个问题，问：

"施先生在北平还有些时候吧？"

洵白烤着火回答：

"不久就要走了。"

"又回到上海去么？"

"预备到欧洲去。"

徐大齐又得了谈话的机会似的接下问：

"到英国？到美国？"

"想是到美国。"

"很好，"徐大齐称赞似的说："可以看一看美国的拜金主义。"接着他从这拜金主义说到美国的社会生活，美国的经济状况，美国的外交政策，美国的国际地位，美国和中国的种种关系，似乎他是一个研究美国的各种学者。洵白呢，他对于这一个雄谈的政治家的言论是听得太多了，他怀疑他是有意把那谈话做为空闲的消遣，否则他不能如此地说了又说，像一条缺口的河流，不息的流着水。

最后从第九旅旅部来了电话，这才把徐大齐的谈话打断了，但他站起来却又保留了这个权利：

"好的，回头再谈吧。"

素裳便立刻大声的说：

"我马上就要学日文呢。"

徐大齐走去之后她便问：

"你喜欢和他谈话么？"

"谈谈也很好的，"洵白回答说，并且站起来，离开了壁炉前。"从他的谈话中，可以更知道一些现政治的情形，"接着便微笑的问："你呢，把拼音学会了没有？"

"教得太少了。"她说："并且昨天缺了课，我自己非常不愿意。"

徐大齐又进来了，在手指间挟着一支雪茄烟。素裳便赶紧拿了日文读本，做出就要上课的模样。

"我不扰你。"他接着又向洵白说："就在这里吃午饭，不要客气。"一面吸着烟，吐着烟丝，走到他的换衣室去了。

这一个书房里，便只剩下两个人了。他们就又非常愉快地谈了起来。一直谈到一点多钟之后，素裳才翻开日文读书，听着洵白教她一些短句。

并且在这一天下午，因为徐大齐和那个任刚旅长出去了，素裳便留住洵白，两个人又同时坐在壁炉前，不间断地说着话。

当洵白回到西城去的时候，在纷纷的雪花中，天色已经薄暮了。马路上没有一个行人，也没有一辆洋车，只是静悄悄的现着一片白茫茫的。在一个黑的影子从这雪地上慢慢地隐没之后，素裳还倚着向街的窗台上，沉思着：

"冷啊！"

最后她觉到壁炉中的火要熄去了，便去添了煤，在心里却不住的想：

"我应该把这些情形告诉他……"

十一

雪已经停止了。天气是一个清明的天气。太阳光灿烂地晒到素裳的身上，使她生了春天似的温柔的感觉，似乎连炉火也不必生了。

她坐在她的写字台前，拿着日文读本，练习了几遍之后便丢开了。她不自然的又回想着她昨夜里所做的梦。这个梦已经无须分析了，那是极其显明的，她不能不承认是因为她怀念着洵白的缘故。虽然开始做梦的时间，和洵白回到西城的时候距离并不很远，但是她的怀念是超过这时间的。在洵白的影子刚刚从雪地上远了去，不见了，她便觉得彼此之间的隔绝是很久了，以致她一上床，一睡着，便看见了他，并且在他的两个眸子中闪着她的影子，还把一只手握着她，最后是猛然把她抱着，似乎她的灵魂就在那有力的臂膊中跳跃着而至于溶化了。

在她正沉思于这个梦的浓烈和心动的所在，她忽然听见楼梯上响起又快又重，纷飞的脚步，以及一些尖利的笑声。接着她的房门被推开了，她先看见了夏克英，其次是蔡吟冰，最末是沈晓芝。这三个朋友的手上都提着一双溜冰鞋，差不多脸上也都现着溜冰的喜色。夏克英跑上去一下就抱着她的肩膀，嘻嘻哈哈的说：

"你看，"她指着沈晓芝的肚子，"有点不同没有？"

素裳已经看见了她所忽略的那肚子，至少是怀妊三个月的模样。她便向晓芝笑着说：

"怎么样？不听我的话？我不是对你说过，本能的要求终久要达到满足的，你不信。现在你看——到底还同居不同居？"

夏克英和蔡吟冰又重新笑起来了。

沈晓芝便装做坦然的说：

"算是我的失败……不过我还是不想同居。"

"以后呢？"蔡吟冰开玩笑的说："未必每次吃药？"

"生小孩子，生就是的。"沈晓芝忽然变成勇敢了。

接着夏克英便告诉素裳，说今天北海开化装溜冰大会，她们特来邀她去，并且马上就走。

"你的溜冰鞋呢？"蔡吟冰焦急的说，把眼睛到处去望。素裳不想去，并且她不愿意溜冰，她所需要的只是一种安静，在这安静中沉思着她的一切。所以她回答：

"你们去好了。"

"为什么你不去？"夏克英诧异的问。

"我要学日文。"

"你从什么时候学起？"沈晓芝也接着惊讶了。

"才学两天，"

蔡吟冰便得意的叫了起来：

"呵，这不是一个重要理由！"

这三个朋友便又同力的邀她，说，如果她不去，她们也不想去了，并且因年纪小些的缘故，还放懒似的把一件大氅硬披到她身上，沈晓芝又将手套给她。蔡吟冰便跑去告诉汽车夫预备开车，这辆汽车又是追随着她的那个任刚旅长送过来的。素裳被迫不过的说：

"好的，陪你们去，小孩子！不过我到三点钟非回来不可的。"

于是她和她们到了北海。

北海的门前已扎着一个彩牌了。数不清的汽车，马车，洋车，挤满了三座门的马路上。一进门，那一片白的，亮晶晶的雪景，真美得使人眩目了。太阳从雪上闪出一点点的，细小的银色的闪光，好像这大地上的一切都装饰着小星点。许多鸟儿高鸣着，各种清脆的声音流荡在澄清的空间。天是蓝到透顶了，似乎没有一种颜色能比它更蓝的。从这些红色屋檐边，积雪的柳枝上，滴下来的雪水的细点，如同珍珠似的在阳光中炫耀着。白色大理石的桥栏上挂着一些红色的灯，在微风中飘摇着。满地上都印着宽底皮鞋和高底皮鞋的脚印。每一个游人的鞋底上都带着一些雪。有一个小孩子天真地把他的脸在雪地上印了一个模型。在假山上，几个小姑娘摊着雪游戏。一切大大小小的游人都现着高兴的脸。这雪景把公园变成热闹了。

素裳和她的朋友们走到漪澜堂，这里的游人更显得拥挤不开了，几乎一眼看过去都只见帽子的。围着石栏边的茶桌已没有一个空位了。大家在看着别人溜冰。那一片空阔的，在夏天开满着荷花的池子上，平平的结着冰，冰上面插着各样各式的小旗子，许多男人和女人就在这红红绿绿的周围中跑着，做出各种溜冰的姿态。其中一个女人跌了一跤的时候，掌声和笑声便哄然了。

"我们下去吧，"夏克英说。

"好的，"沈晓芝和蔡吟冰同意了。

素裳便一个人站在一个石阶上。她看着夏克英虽然还不如沈晓芝懂得溜冰，但是她的胆子最大，她不怕跌死的拼命的溜，溜得又快。又常常突然地打了回旋。沈晓芝却慢慢的溜，把两只长手臂前后分开着，很美地做出像一只蝴蝶的姿态。蔡吟冰是刚学的，她穿着溜冰鞋还不很自由，似乎在光溜溜的冰上有点害怕，常常溜了几步便又坐到椅子上，所以当一

个男人故意急骤地从她身边一脚溜过去,便把她吓了一跳而几乎跌倒了,夏克英便远远的向她作一个嘲笑的样子。

在这个溜冰场中,自从夏克英参加以后,空气便变样了,一切在休息的男人又开始跑着,而且只追随着她一人,似乎她一人领导着这许多溜冰群众。在她得意地绊倒了一个男人,笑声和掌声便响了许久。最后她休息了,于是这活动着人体的溜冰场上便立刻现出寂寞来,因为许多男人也都擦着汗坐到椅子上了。

素裳看着她得意的笑脸,说:

"你真风头……"

"玩一玩罢了,至多只是我自己快活。"

这时沈晓芝扶着蔡吟冰又跑去,她们用一条花手巾向素裳告别似的飘着。隔了一会夏克英也站起来跑去了。这一次在她又有意地绊倒了两个男人之后,其中的一个在手肘上流出了一些血,这才满足地穿上那高跟黑皮鞋,跑上石阶来。素裳便说:

"这里人太多,我们到五龙亭去,走一会我就要回去了。"

当她们走出漪澜堂,转了一个弯,正要穿过濠濮的时候,夏克英便指着手大声的叫:

"叶平!"

在许多树丛中,叶平已看到她们了,正微笑着走向这边来。于是在素裳眼中,她忽然看见了一个出她意外的,而使她感到无限欣悦的影子,在叶平身旁现着洵白。

叶平走近来便说:

"你们也来溜冰么?"

"你呢?"沈晓芝问。

"我来看你们溜。"

"我们不是溜给你们看的。"夏克英立刻回答。

叶平便接着问她：

"你是化装之后才溜是不是？你装一个西班牙牧人么？"

"我装你。"

"我不值得装。"接着又问沈晓芝："你呢，你预备装什么呢，装一个三民主义的女同志？"

"怎么，你今天老喜欢开玩笑？"沈晓芝说。

蔡吟冰便告诉他，说：

"我们已经溜过了。"

在叶平和她们谈话之中，素裳便握着洵白的手说了许多话，然后她向她们介绍说：

"施洵白先生！"说着时，好像这几个字很给她感动似的。

于是这些人便一路走了。

当看见那五个亭子时候，素裳便提议说：

"我们分开走好了，一点钟之后在第三个亭子上相会。"

夏克英便首先赞成，因为她单独的走，她至少可以玩一玩男人的。

然而各自分开之后，素裳便走上一个满着积雪的山坡去，在那里，她和洵白见面了。似乎他是有意等着她的。这时她的心感到一种波动的喜悦。她好像在长久的郁闷中吸着流畅的空气。她的手又和他的手相握着，她几乎只想这握手永远都不要放开，永远让她知道他的手心的热。但这握手终于不知为什么而分开了。于是她望着他，她看见他微笑着，看着远处，好像他的眼光有意躲避她的眼光似的。她想到他在暮色中彳亍地走回去的影子，便问：

"昨天雇到车么？"

洵白摇了头说：

"没有。"

"一直走回去？"

"对了。在雪地上走路很有趣味。"

她便接着说：

"还可以使人暖和，是不是？有时在脚步中还可以想到一些事情？"

洵白便看了她一眼，笑着问：

"你以为在雪地上最宜于想起什么事情？"

"爱情吧。"

"在刮风时候呢？"

"想着最苦恼的事。"

"那末你喜欢下雪——普通人对于刮风都感到讨厌的。"

"不，都一样；如果人的心境是一样的。"

这时从山坡下走上了几个大学生，大家用异样的眼光看着他们两个，便知趣的走到别处去了，她和他又谈了起来。她差不多把她近来的生活情形完全告诉给他了。又问了他这几天来曾生了什么感想。他回答的是：

"我想我就要离开北平了。"

这句话在另一面的意思上使她有点感到不满了。她觉得他好像都不关心她。她认为如果他曾观察到——至少感觉到她的言语和举动上，那末他一定会看出——至少是猜出她的心是怎样的倾向。未必她近来的一切，他——都忽略过去么？但她又自信地承认他并不这样的冷淡。无论如何，在他的种种上，至少在他的眼睛和微笑中，他曾给了她好些——好些说不出的意义。想到他每次回到西城去都带点留恋的样子，她感到幸福似的便向他问：

"什么时候离开呢？明天么，或者后天？"

"说不定，"洵白低了头说。

"未必连自己的行期都不知道？"接着她又故意的问："有什么事情还没有办妥么？"

洵白忽然笑了起来，看着她，眼光充满着喜悦的。

"有点事情。"他回答说："不过这一种事情还不知怎样。"

"什么事情呢？可不可对人说？"

"当然可以。"

"对我说呢？"

洵白又望着她，眼睛不动的望，望了许久，又把头微微低下了。他的脚便下意识地在积雪上轻轻地扫着。

素裳也沉思了。她的脸已经发烧起来。她的心动摇着。并且，她幻觉着她的灵魂闪着光，如同十五夜的明月一样。她经过几次情感的大波动之后便开口了，似乎是一切热情组成了这样发颤的声音：

"洵……白……"

洵白很艰难似的转过脸，看了她一眼又低下头，现着压制着情感的样子。

"或者在你的眼中已经看出来，我近来的生活……"

这时在她的耳朵忽然响起了她意外的声音：

"呀……你们在这里！"夏克英一面喊着一面跑上来。沈晓芝也跟着走上来说：

"怎么，你说一点钟之后到第三个亭子去相会，你自己倒忘记了？现在已经快到四点了。"

蔡吟冰也夹着说：

"躲在这里，害我们找得好苦！"

叶平也走到了，他说他急着回去编讲义，并且问洵白：

"你呢，你回去不回去？你的朋友不是要我来找你么？"

洵白踌躇了一会回答说：

"就回去。"同时他看了素裳一眼，很重的一眼，似乎从这眼光中给了她一些什么。

素裳默着不作声，她好像非常疲倦的样子，和她们一路走出去了。走到大门口，各人要分别的时候，她难过的握了洵白的手，并且低声向他说：

"早点来。"

她忽然觉得她的心是曾经一次爆裂了。

十二

化装溜冰大会开始了。

月光皎洁地平铺着。冰上映着鳞片的光。红红绿绿的灯在夜风中飘荡。许多奇形怪状的影子纷飞着，晃来晃去，长长短短的射在月光中，射在放光的冰上面。游人是多极了，多到几乎是人挨人。大家都伸直颈项，昂着头，向着冰场上。溜冰的人正在勇敢地跑着。没有一个溜冰者不做出特别的姿态。许多女人都化装做男人了：有的化装做一个将军，有的化装做一个乞丐，有的又化装做一个英国的绅士。男人呢，却又女性化了：有的化装做一个老太婆，有的化装做一个舞女，有的化装做一个法国式的时髦女士，有的化装做旧式的中年太太。还有许多人对于别种动物和植物也感到趣味的，所以有纸糊的一株柳树，一个老虎，一只鸽子，一匹牝鹿，也混合在人们中飞跑着。

这时在一层层的游人中，洵白也夹在里面。他是吃过晚饭便来到北海的，但至今还没有遇见素裳。他希望从人群中会看见到她，但一切女人都不是她的模样。他以为她也许溜冰去了，但所有化装的样子，又使他觉得都不是素裳，因为他认为素裳的化装一定是不凡的，至少要带点艺术的或美术的意味，而这些冰场上的化装者都是鄙俗的。他曾想她或者不在这热闹的地方，但他走到别处去，却除了一片静寂之外，连一个人影也没有。终于他又跑到这人群里面来，是希望着在溜冰会场停止之后，会看见到她的。所以他一直忍耐着喝采和掌声，以及那完全为浅薄的娱乐而现着得意的那许多脸。

然而溜冰大会却不即散。并且越溜越有劲了。那化装的男男女女，有一种遮掩了真面目的情景中，便渐渐地浪漫起来，至于成心放荡地抱着吻着，好像借这一个机会来达到彼此倾向肉感的嗜好。这疯狂，却引起了更宏大的掌声和喝采了，而这些也由于肉感的声音，却增加了局中人的趣味，于是更加有劲起来，大家乱跑着，好像永远不停止的样子。

对于如此的溜冰，洵白本来是无须乎看的，何况这游戏，还只属于少数人的浪漫和快乐，这使他有了强烈的反感而觉得厌恶的。所以他慢慢的便心焦起来。

这一直到了十二点多钟，洵白觉得在这人群中，实在不能再忍耐下去了，便挤了出来，这时候他忽然看见徐大齐和他的许多朋友，高高地坐在漪澜堂最好的楼沿上，在灿烂的灯光中谈笑着。他没有看见到素裳。于是他疑心了，想着素裳也许没有来，本来她并没有告诉他说她会来的，他来这里只是他自己的想念和希望罢了。他便决定她是在家里的。接着他便为她感想起来了，他觉得她这时一个人在那座大洋楼上该是怎样的寂寞，而且，她该是怎样的在怀念他。他只想去——因为他自己也需要和她见面和谈话的，但一想，觉得时候太晚了，便怅惘着走回西城去。

在路上，他的情绪是复杂的，想着——他的工作和他最近所发生的事，最后他认为爱情有帮助他工作的可能，他觉得幸福了。

回到了大明公寓，叶平还在低着头极其辛苦地编他的讲义，在一字都不许其苟且的写着，显得这是一个好教授。他看见洵白便惊奇的问：

"怎么，到什么地方去？"

洵白想了一想才回答：

"到北海去。"接着便问他："你怎么还不睡？"

"快了，这几个字写完就完了。"便又动着笔。

洵白从桌头上拿了一本哈代诗集，坐在火炉旁，翻着，却并不看，他的心里只想念着素裳，并且盘旋着这个几个音波："或者……我近来的生活……"

编完了《最近的英国诗坛》这一节讲义之后，叶平便打了一个呵欠，同时向他说：

"别看了，睡去吧。"

"你先睡。"

"火也快灭了。"

于是叶平便先上床去了。当他第二天起来时候，洵白还没有睡醒，火炉中还燃着很红的火，显见他的朋友昨夜是很晚才睡去的，并且在火炉旁边，散着一些扯碎的纸条子，其中有一小条现着这几个字：

"我是一个沉静的人，但是因为你，我的理智完全——"

叶平便猛然惊讶地觉得洵白有一个爱情的秘密了。

十三

徐大齐嘘着雪茄烟的烟丝，一面叙述而且描写着化装溜冰的情景，并且对于素裳的不参加——甚至于连看也不去看，深深地觉得是一个遗憾，因为他认为如果她昨夜是化装溜冰者的一个，今天的各报上将发现了赞扬她而同时于他有光荣的文字。他知道那些记者是时时刻刻都在等待着和设想着去投他的嗜好的，至少他们对于素裳的化装溜冰比得了中央第几次会议的专电还要重要！所以他这时带点可惜的意思说：

"只要你愿意，我就用我的名义再组织一个化装溜冰大会，恐怕比这一次更要热闹呢。那时我装一个拿破仑；你可装一个英国的公主……"

素裳在沉思里便忽然回答他：

"说一点别的好了。"

徐大齐皱一下眉，心里暗暗的奇怪——为什么她今天忽然变成这样性躁？却又说：

"你不喜欢就算了。其实你从前对于溜冰很感到兴味的。"

素裳横了他一眼便问：

"未必对于一种游戏非始终觉得有兴味不可么？"

"我不是这种意思，"徐大齐觉得她的话有点可气的回答说："如果你现在不喜欢溜冰，自然我也不希望，并且我也没有和你溜冰的需要……"

素裳便只想立刻告诉他："我早已不爱你了！"但她没有说，这因为她正在沉思着一个幻景，一个可能的——或者不久就要实现的事实，她不愿和徐大齐口角而扰乱了这些想象，所以她默着。

徐大齐也不说话了，他觉得无须乎和她辩白，并且他还关心于清室的档案，其中有一张经过雍正皇帝御笔圈点的历代状元的名册，据说这就是全世界万世不朽的古董。所以他很自在的斜躺着，时时嘘着烟丝，而且看着这烟丝慢慢的在空间袅着，又慢慢地飘散了。

素裳也不去管他，似乎这房子中并没有他这样一个人似的。她只沉思着她所愿望的种种了。她并且又非常分明地看见了北海的雪景,她和洵白站在那积雪的山坡上,许多鸟儿都围绕她高鸣着,好像唱着一些恋爱的歌曲。接着她的心便经过那种波浪,而且,这回想中的情感,仿佛更使她觉得感到的。她时时都记着早点来!这一句,她觉得这三个字使她的生活又添上一些意义了。随后她接连的想:

"他快来了,他总会来的!"

最后他果然来了,单单脚步声就使她心动着。

徐大齐便站起来和他照例握了手,说:

"昨天你没有来,到北海看化装溜冰去么?"

"没有去,"洵白回答说,一面拿下帽子来和素裳点了头。

徐大齐又问:"叶平呢?他这几天老不来有什么事?"

"课很忙。"

素裳便不能忍耐的走过来握了他的手,脸上充满着情感激动的表情,笑着说:

"你为什么不去看化装溜冰?"

洵白惊讶的望了她,反问:

"你呢,你们去看么?"

"我没有去。"素裳带点嘲讽的说:"我尤其不喜欢看那些把怪样子供男人娱乐的女人!"

徐大齐便又向洵白说起话来了。

"你呢,你对于溜冰感到兴味么?"他又重新燃了一支雪茄烟。

"我不懂得溜,"洵白又勉强的回答说:"大约会溜的人是有兴味的。"

"看别人溜呢?"

"也许只是好玩——"

"我倒很赞成溜冰，"徐大齐吐了烟丝说："因为在冬天，这是一种北方特有的游戏，同时也是一种天然的，很好的运动。"

素裳便有意反对说：

"我倒觉得这种运动很麻烦：又得买一双溜冰鞋，又得入溜冰会，又得到北海去，又得走许多路，又得买门票。所以，没有钱的人恐怕溜不成。"

徐大齐便带着更正的口吻说：

"生活不平等，自然游戏也不能一律。"

洵白便不表示意见的微笑着。素裳也不再说，因为她愿意这无谓的闲谈早点停止，而她是极其需要就和洵白在一块说话的。

可是徐大齐又找着洵白说下去了。

"你平常喜欢哪种运动？打弹子喜欢么？"

"打弹子恐怕只能算是娱乐。"

"也可以这样解释，"徐大齐又接着辩护的说："不过打弹子的确也是一种运动，一种很文明的运动，正如丢沙袋是一种野蛮的运动一样。"

洵白也不想再说什么，他的心是只悬念着素裳的。

然而这一个称为雄谈的政治家却发了谈兴了，似乎他今天非一直谈到夜深不可，所以他接着又问了许多，而且把谈锋一转到政治上，他的意见越多了。他差不多独白似的发着他的议论：

"武力虽然是一个前锋，但是在结果的胜利上，则不能不借重于政治上的手腕，和对于外交上的政策。中国每次的战争，在表面上，虽然是炮火打败了敌方，但在内幕中，都不能脱离第三或第四方面的联络，权利上的互惠，利害上的权衡,以及名位和金钱的种种作用,总之是完全属于非武力的能力。所以,单靠雄厚的武力而没有政治上的手腕和外交上的政策,结果是失败的。从前奉军的失败就是一个例证。"接着他还要继续说下去的时候,素裳便打断他的话,问:

"你今天不是还要出去么?"

徐大齐想了一想便说:

"不出去了。"

"我还要学日文呢。"

"好的,我在这里旁观。"

这一句答话真给了素裳不少的厌恶,但是她没有使他离开这一间书房的另一理由,因为她不愿明显地向他说,我不能让你旁观,所以她的心里是满着苦恼而且愤怒的。于是她默着,想了一会,便决计让他再高谈阔论下去了。当洵白要走的时候,她拿了那本《苏俄的无产阶级文学》给他,并且含意的说:

"这本书给你看一看。"

洵白便告别了。他走出了这一座大洋楼的门口,一到马路上便急不过地,带点恐慌地翻开书,他看见一小块纸角,上面写着:

"下午两点钟在北海等我!"

十四

北海大门口的彩牌,还在充足的阳光中现着红红绿绿的颜色,那许多打着牡丹花的带子,随风飘着。汽车,马车,洋车,少极了,这景象,就使人想到今天的北海公园已不是开溜冰大会的热闹,是已经恢复了原来以静寂为特色的公园了。进去的游人是寥寥的,出来的游人也不见多,收门票的警察便怠惰了,弯着腰和同伙们说着过去的热闹。单单在这大门口上便显出这公园的整个寂寞来了。

洵白的心境正和这公园一样。他来到这公园的门口，是一点钟以前的事，却依然不见他所想见的人。他最初是抱着热腾腾的希望来的，随后从这希望中便焦心了。刚刚焦心的时候还有点忍耐，不久便急躁起来，至于使他感觉到每一秒钟差不多都成为一个很长久的世纪了，接着他又生了疑虑——这心情，似乎还带着一些苦恼，因为他想不出她还不来的缘故。他看着表：那是一分钟一分钟的过去了，这时已经是两点半钟。他常常都觉得一盆烈火就要从他的心坎里爆发出来的。他一趟又一趟地在石桥边走着，隔了许久才看见来了一两个游人。于是他的希望便渐渐的冷了下去，他在徘徊中感到寂寞了。

在他带点无聊的感觉而想着回去，同时又被另一种情形挽留的时候，他忽然听见一种声音：

"洵白！"

他抬起头一看，这一个站在他身旁叫他的人，使他吃了一惊，同时他的心便紧张着而且开放着，仿佛像一朵花似的怒发了。他想了半晌才说：

"我等了你半天……"

素裳现着异常喜欢的，却又不自然的微笑，和他握了手，才回答：

"我倒愿意我先来等你。"

说着两个人便一同进去了。

"我们到白塔去，"素裳一面走着一面说，"那里人少些。"

"好的。"接着洵白便告诉她，说他昨夜又到这里，因为他揣想她一定来玩，谁知他完全想错了。他又对她说：

"我昨夜还写了一封信给你。"

"信呢？"素裳一半欢喜一半惊讶的问。

"全扯了。"

"为什么？"

"总写不好。"

素裳想了一想便问：

"可以说么？"

"不必说了。"

"为什么呢？"

"现在没有说的必要。"

　　他们上着石阶，走到了白塔。这里一个人影也没有。积雪有些已经溶化了，留着一些未干的雪水。许多屋顶露着黄黄绿绿的瓦，瓦上闪光。天空是碧色的，稀稀地点缀着黑色的小鸟儿。远处的阔马路只成为一道小径了。车马是小到如同一只小猫，那小的黑点——大约是行人了吧。这里的地势几乎比一切都高的。

　　两个人走到了最上的一层，并排地站在铁栏杆边。素裳将一只手放在栏杆上，身微微地俯着，望着远处，她在想她应该开始那话题了。但是她不知道怎样开始才好。她的心是跳跃的，烧热的；血在奔流着，而且一直冲上头脑去；她的情绪又复杂又纷乱起来了。她暗暗的瞥了洵白一眼，希望洵白能给她一些力量，但她只看见洵白发红的脸和等待她说话的眼光，她觉得她自己的心是又不安的动着了。她想了许久，结果却完全违反本意的说：

"看，那边，一只冰船溜过来了……"

　　洵白只给她一个默默的会意的微笑，此外又是那等待那说话的眼光。

　　她又低下头。望到远处了：一阵鸟儿正横着飞过去，许

多屋顶还在放光,阳光是那样的可爱而吻着洁白的雪过了一会,她才焦急的,心跳的,响了发颤的声音:

"昨天,你回去……"

洵白又微笑地看了她一眼。

她接着说:"你回去之后,你曾想了什么呢?"

"想我今天来到这里——"

"不觉得这行为可笑么?"

"不!"

洵白把手伸过去,用力的握着她的手。两个人又默着了。

又过了许久的静寂,素裳像下了一个决心,偏过脸来,把她所有的情形和一切的经过都对他说了。最后,她的声音又战颤的问:

"你不会觉得这使你有什么不好么?"

洵白的脸上完全被热情烧红了,心也乱动着,眼睛发光又发呆的看着她,几次都只想一下把她抱拢来,沉重的吻着她,但他又压制着,仿佛自白似的说:

"不过我是一个C.P。我时时都有危险的可能。我已经把所有都献给了社会了的——我有的只是我的思想和我的信仰。"

素裳便立刻回答他,说:

"我知道。这有什么要紧呢?你把我看成一个贵族么?"

"我没有这样想,并且——"

素裳又接着说:

"我对于现在的生活是完全反感——我已经厌恶这种生活了。我只想从这生活中解放出来的,至少我的思想要我走进唯物主义的路。我是早就决定了的。所以,这时是我开始新生活的时候了。我并且需要你指导我。"

"不过那种工作很苦的,至少在工作的支配之下没有个人的自由。"

"你以为我怕受苦么？……那享乐和闲暇的生活已把我磨炼到消沉的，死的境地了，我实在需要一种劳动的工作。"她停了一下又接着说："对于无产阶级方面的痛苦也许我比别人知道得少，但是从资产阶级中所感到的坏处，我相信会比别人多些。我不相信对于贵族式的生活感到厌恶的人也不能从事于'康敏尼斯特'的工作。你以为一切女人都只能做太太的么？"

洵白隔了一会便诚恳的说：

"我……我很了解你。我并不怀疑你什么。你对于思想方面也许比我更彻底，不过在实际的经验上我却比你多些，所以我应该把情形告诉你。"

素裳便坚决的，却颤着声音说：

"你以为我和你的生活不能一致么？"

"不，我从没有这样想过。"

"事实上呢？"

洵白便正式的看着她，于是他把一切都承认了。他第一句说他相信她，而且认她是一个很使他有光荣的同志。接着他说他是从许多痛苦中——这痛苦是她在无形中给与他的——他发觉他是爱了她，好像彼此的生命起了共鸣了。当叶平在马车上对他极端称誉她，那时，他对于她简直不怀好意，因为他不相信这人间有这么一个女人。但这种轻视观念，在一看见她时便打破了，因为她给他第一个印象，就使他吃惊着，而且永远不能忘记。他又说，当他不看见她的时候，他就觉得生活很寂寞很烦闷的，他差不多每一秒钟都觉得需要和她见面……他把所有的情绪都归纳到这一句话中：

"我希望给你的是幸福……"

素裳的手便软软的献给他,他吻着了。

这时两个人的心里都在响着:"我爱你!"

接着这两个身体便本能地移拢来,于是,洵白抱住她,她感动地把脸颊放在他的头发上:他们俩的生命沉醉着而且溶成一块了。

在他们的周围,太阳光灿烂的平展着,积雪炫耀着细小的闪光,一大群鸟儿在蔚蓝的天空中飞翔,无数树枝和微风调和着响出隐隐的音波。一切都是和平的,美的。

十五

从北海回来,到现在,已经九个钟头了,几乎这整个的时间,素裳都在沉思着那些情景,那些经过,那些使她兴奋而又沉迷的,简直像一个梦似的。这时,她又一个人躲到她的书房中了,斜躺在椅子上,又连续地想着在白塔的铁栏上,她向他表示,想着他猛然抱着她,想着不知多少时候她的脸颊都紧紧的贴在他的头发上。这回想是可爱的,动心的,如同把嘴唇吻着芳醇一样,使人感到醺醺地,一种醉意的。并且,这时的夜已很深了,一切都安安静静的,一点声音也没有,这空间,虽然还泻着月光,却显得熟睡的样子。没有什么响动来扰乱她。她好像在这大地上是独立的,自己是为着洵白而生存的。而洵白也只是为她才发现到这世界来的。所以她这时头脑更清醒了,她的心更热烈了,她的眼睛更发光了,因为她能够如画地,毫不遗失毫不模糊地想着那有意义的,等于使她复活的,那种种——声音的发颤,血的奔跃,灵魂的摇动,一直到把两个生命成为一种意义的说着"我爱你啊!"为了这一种回想,她便去翻开她的日记,那上面,娟娟的,有些又非常潦草的写着她在最近发生的事故,所扰起的情感,所想象以及所希望的种种憧憬，这一切，都仿佛酒的刺激似的，使她慢慢的觉得迷惑了。于是那从前——那刚刚经过的各种心上的戏剧，又重演一次了，这是很甜蜜的。她几乎在这本子上整个的神往着，看了又看，随后还沉重地给了一个吻，印上了一个嘴唇模型的湿的痕迹。接着她便翻开到白页上，提起笔写道：

"今天是我的一生中的一个最大——也是唯一——的转变时期，也就是，我把旧的一切完全弃掉了。我的新的一切就从此开始了。也应该算是我的最有意义的日子！然而这日子是洵白给我的，因为如果没有他，这日子不会有的，纵然有，也许还离我很远吧。我是极其需要脱离旧的，充满着酒肉气味的环境，而同时，我是热望着一个新的世界使我的生命不至于浪费的。现在我达到了这目的，一切都如愿了。我应当感谢谁呢？没有人承得起这感谢的——除了他——那个引导我走向光明去的人！从此，我的生活是有意义的，我的工作将成为不朽的工作，我的生存是一个有代价的生存了，至少我活着我并不辜负了我自己。我是肯定了的，如同一个伟大的文学家肯定了某一部书中的某人物的命运，我把我自己献给洵白和痛苦的同胞们了。在这时代中，这是应该努力的工作，除了资产阶级的人们张着眼睛做梦——做那享乐和闲暇的梦之外，一切人——不必是身受几重压迫的人，都应该踏着血路——也就是充满着牺牲者的路——来完成吃人社会的破坏。这才是人生有意义的努力！世界上，找不出另一种事情，能比这努力更为光荣的，虽然这光荣并没有一点骄傲。我现在——我马上就要向着这路上前进了，这目标，如果我终于不曾达到而就牺牲了，那也不是什么损失，因为我至少是向着这路上走去的。现在一切都好了——我自己和他处于同等地位的人，我们将要彼此接近起来，彼此握着手，彼此把热情，思想，信仰，毅力，互相勉励着，交汇着，走进社会最深的一面，在那里，我们将发现一种光明照耀着一切生命，这也就是对于全人类最伟大的创造。呵，我是肯定了的！并且，我再说一句什么人都应该努力于这一条路上的。"

看了一遍她又接着写了：

"所以我今天是完全快活的，生活的第二个快活，自然这情感中免不了有爱情的成分。的确，我这时所有的只是我将要开始的工作和正在享受的爱情了，除了这两种以外我没有什么，我也不想有。我以后将从工作的辛苦中得到爱情的鼓励，我相信爱情可以使我更加有勇气。在工作中也许会把爱情暂时忘记的，但是疲倦和困难的时候一定会想到爱情，而且从爱情中又重新兴奋了。这是我的信念：爱情在我的工作里面！至少在我想念着淘白的时候，我是要加倍努力的。这就是一个证明：我看见淘白之后我的工作就等于开始了。我诚心地把这个经验敬献给青年朋友，如果你们在工作中还不曾有一个爱人。至于我这时所感得的种种快乐，我是没有法子向你们说出来的，譬喻我发现到托尔斯泰艺术时的心悦，譬喻我领略到沙士比亚悲剧时的感动，这也不够我的百分之一的形容呢。如果你们也像我这样的经过一次，那你们就会懂得我这时的种种了。"

接着她便用力的写着：

"祝我的新生活万岁！"

最后，在她的许多想象中，她急欲看见她自己穿着平民衣服，杂在工农民众的游行队伍中间，拿着旗子，喊着，歌唱着，和他们一起，向人生的光明前进！

十六

大洋楼的门口又接连地排满着汽车、马车、包车了。那客厅里，在软软的沙发上，又躺着许多阔人。穿白衣的仆人又忙乱着。壁炉中的火又飞着红色的火焰。玻璃杯又重新闪光了。酒的，烟的，以及花的气味又混合在空间流荡。阔人们又高谈阔论着，间或杂一些要人趣事，窑子新闻，至于部属下的女职员容貌等等的比较观……

当素裳经过这客厅门口的时候，她听见徐大齐正在大声的说：

"……完成一种革命，正像征服一个异性似的……"以及许多拍掌和哗笑的声音。

她便皱了眉头，带点轻蔑的想："这一般新贵人！"一面走下楼梯去。

汽车夫阿贵便赶快跑去预备开车。

"不用，"她向他说，便自己雇了一辆洋车，到南河沿去。当她走进大明公寓的第三号房间，她看见洵白一个人在那里，正朝着一面镜子打领结。

这两个人一见面，便互相拥抱着了：他吻着她的头发，她又吻着他的眼睛……过了一会，她才清醒似的在他耳边说：

"你，你昨夜睡得好么？"

"还好。"洵白也问她："你呢？"

"我没有做梦。"

洵白便笑着和她很用力的握了手，于是他和她各坐在一张藤椅上。

素裳又看着他说：

"你刚起来？……"

"对了。我正想到你那里……"

"在路上我还恐怕你已经去了。"

接着她和他便相议了许多事情。每一件事都经过一番精细的商量。最后把一切问题都解决了。洵白便决定他不到美国去,并且觉得到美国去对于工作上并没有什么益处,因为这时并不是考察美国工业社会的时候,至少有许多工作比这个更为重要的。他便决定去要求把他派到美国去的工作改到莫斯科去,而且能运动和她一路去——如果这希望能成为实事,那末,在那里,她既然可以受实际的训练,而他自己也更多一些阅历,并且还可以和她常常在一块。于是他们便说好后天就动身。洵白便写一封信给程勉己,要他在上海为他们预备住处。他并且介绍的说:

"在信仰上和在工作上,能够同我一样努力的只有他一个。我常常从他那里得到许多勇气和教训。并且他为人极其诚恳。他也很爱好文学。所以他是我的朋友,同志,先生。你一定也很欢喜他的。"

随后他们又兴奋着,互相庆祝了一番,这才离开了。

"我是幸福的。"素裳想着一面斜着脸看着洵白站在大门口笑着。当车子拐弯时,她看见叶平挟着一个黑皮包在柳树旁走着,忽然站住向她问:

"到哪里去?"

"从你那里回去。"车子便拉远了。

"她到我那里去么?"叶平想,"她从没有到我这里来过。"便疑惑地走了回来。

一进门,他看见洵白现着异样快乐的脸,微笑着,知道他进来也不向他说一句话。他问:

"素裳说她来过这里,是不是?"

洵白便迟疑的回答说:

"是的。"

叶平把黑皮包打开,从里面拿出讲义来,一面想着他的这朋友的特别欢喜，和素裳来这里的缘故，并且他联想起近来淘白的情形，以及那一块扯碎的纸条子……他觉得这是一种秘密了。

"哼，"他生气的想，"连我都骗着。"便把那讲义放到屉子里。

这时淘白忽然叫了他，又说：

"那末，素裳的日文已能够自修了？"

"这没有关系。"淘白停了一会又接下说："她，她大约和我一块走。"

叶平便诧异地看着他的朋友，急迫的问：

"什么，她同你一路走？为什么？你同她？……"

淘白便握着他的手，把一切情形都告诉给他了。但叶平却反对的说：

"我不赞成！"

"为什么呢？"

"恋爱的结局总是悲剧的多。"

"不，我相信不。因为我和她极其了解。我们的爱情是建筑在彼此的思想，工作，以及人格上．我认为你可以放心。"

"许多人都为爱情把工作驰怠了。"

"我相信我不会。唯一的原因就是她的思想比我更彻底，她只会使我更前进的。我正应该需要这样一个人……"

叶平沉默着了。过了许久他才拍着淘白的肩膀，声音发颤的说：

"好的。我不为我的主张而反对你们。在我的意思，我是不赞成任何人——自然徐大齐更不配——和素裳发生恋爱的，因为我认为她不是这人间的普通人。但是——现在我为你们祝福好了。不过，你和她走了之后，我不久也必须到南方去了，因为我在这里一个朋友也没有，我完全孤单了。"

洵白便站起来抱住他，一面抱着一面说：

"说不定什么时候我们又会面了……至少这世界上有两个人会时时想着你。"

十七

客厅里的阔人已经散了。仆人都躲在矮屋里喝着余剩的酒。当素裳回来时候，这一座洋楼显得怎样的静寂，每一个房间都是黑暗的。

她开了那书房里的电灯，开始检拾她自己的物件。那种种，那属于贵族的，属于徐大齐的，她完全不要了，尤其对于那一件貂皮大氅投了一个鄙视的眼光。她觉得真正属于她自己的只有一些书和稿子，此外便是她自己的相片了。

她从墙上把她的那张小时的相片取下来，放到屉子里。第一眼她便看见那一本日记，她觉得有点奇怪起来，因为她记得这日记是压在许多稿子中间，而这时忽然发现在一切稿子上面了。但她又觉得这也许是她自己记错的。于是她又去检拾一些她母亲以及她朋友寄给她的信，这信札，她约略看了一看，留下几封，其余的便撕碎了，丢开了。

做完了一切，她安安静静等待着徐大齐回来，因为她要把这许多事情都告诉他，并且要对他说明天她就和洵白一路走了。

但徐大齐到了夜深还不见回来。并且第二天她睡醒了，那床上，也不见有徐大齐的影子。这使她很觉得诧异，因为她和他同居了三年，从没有一个晚上他留宿在外面的。如果情形是发生在两个星期以前，那她一定要恨起他来，而且她自己是很痛苦的。但这时，纵然徐大齐是睡在窑子窝里，也不关她的事了。

她只想，如果他到十点钟还不回来，她只好写一封信留给他了。她一面想着一面提了一只小皮箱，走到书房去，那些书，那些稿子，那些相片，以及另外一些不值价的却是属于她自己的东西，一件一件地放到这皮箱里。

这时她是快乐的，她的脸上一直浮着微笑。她觉得再过两点钟，她就和这一个环境完全脱离关系了，尤其对于离开这一座大洋楼，更使她感到许多像报复了什么的愉快。并且，有一朵灿烂的红花，在每一秒钟都仿佛地闪在她的眼前，似乎那就是她那新生活的象征，又引她沉思到一种光明的，幸福的，如同春天气象的思想里。

她时时都觉得，她现在的一切都是满足的。

"奇怪，似乎我现在没有什么欲望了！"

她正在这样想，她忽然听见门铃沉重地响了起来，接着那楼梯上，便响起极其急骤的脚步声音，于是她的房门猛然地被推开了。她看见进来的是叶平。

她立刻完全吃惊了。这一个朋友，显然比任何时候都异样：脸是苍白的，眼睛满着泪光，现着惊惶失措和悲苦的样子。他一进门便突然跑上来抓住她的手臂，并且眼泪纷纷的落下来了。

她的心便一上一下的波动着，但她想不出这一个朋友的激动，这完全反乎原来的神气和行为，究竟是一回怎样的事，所以她连声的问：

"什么事，你？为了什么呢？说罢！"

叶平简直要发疯了，只管用力抓住她的手臂，过了一会才压制着而发了凄惨的声音：

"今……今天——早上——洵白被——被捕了！"素裳

便一直从灵魂中叫出来了：

"什么！你——你说的？"

"他还在床上，"叶平哭着说："忽然来了武装的——司令部和公安局的——便立刻把他捆走了！"

素裳的眼前便飞过一阵黑暗了。她觉得她的心痛着而且分裂了。她所有的血都激烈的暴动了。她的牙齿把嘴唇深深的咬着。她全身的皮肉都起了痉挛，而且颤抖着，于是她叹了一口气，软软的、死尸似的，倒下了。

叶平赶紧把她撑着，扶到沙发上，一面发呆地看着她。素裳把眼睛慢慢张开了，那盈盈的泪水，浸满着，仿佛这眼睛变成两个小的池子了。她失了意志的哭声说：

"他在什么地方，我要看他去！"

叶平便擦了一擦眼泪说：

"看不见。他们决不让我们知道。"接着他便压制着感情的说："现在，我们应当想法子营救他。并且，徐大齐就很有这种力量，他不难把他保释出来的。"

素裳便也制住了感情的激动，平心静气地想着挽救他的法子。她也认为徐大齐所处的地位和名望，只要他说一句话，就可以把洵白从子弹中救回来了。

两个人便在这一种惨祸的悲苦中带着一点希望的光，盼着想着徐大齐回来。

每一秒钟，都成为长久的，充满着痛苦的时辰了。叶平时时叹息着说：

"假使……都是我害了他，因为他完全为着我才来的！"

素裳也带悔恨的说：

"也许，不为我，他早就走了。"

于是，一直到下午三点三十五分，徐大齐才一步一步的上着楼梯，吸着雪茄，安闲地，毫无忧虑的样子。

素裳便悄悄的擦去了眼泪，跑上去抱住他，拉他坐到沙发上，好柔声的说：

"你知道么？今天早上洵白被捕了，"她用力压制她的心痛，继续说："恐怕很危险，因为他们把他当做一个共产党，其实——无论他是不是，只要你——你可以把他救出来。"

徐大齐皱着眉头，轻轻的吹着烟丝。

叶平便接着说：

"他是我最好的朋友。并且他这次来北平完全是我的缘故。我真难过极了。我自己又没有能力。我的朋友中也只有你——大齐——你为我们的友谊给我这个帮助吧，你很有力量把一个临刑的人从死中救活的。"

徐大齐把雪茄烟夹到指头上，问：

"他是不是共产党？"

"我不敢十分断定——"叶平想了一下，接着说："不过我相信，他并不是实际工作的——他就要到美国去的。"

素裳又恳求的说：

"你现在去看看吧。是司令部和公安局把他捕走的。无论如何，你先把他保出来再说，你保他一点也不困难。你先打一个电话到司令部和公安局去，好么？"

徐大齐便做出非常同情的样子，但是说：

"不行。因为这时候他们都玩去了，未必我跑去和副兵说话？"

最后，叶平含着眼泪走了。素裳又忍着心痛的向徐大齐说：

"你写两封信叫人送去好了，也许——"

"为什么？"徐大齐打断她的话，怒气地看着她，声音生硬的问："你这样焦急？"

素裳便惊讶地暗想着,然后回答说:

"不为什么。他不是叶平的好朋友么?我们和叶平的友谊都很好。所以我觉得你应该给他帮助,何况你并不吃力,你只要一句话就什么都行了,他们不敢违反你的意旨。"

徐大齐不说话,他一口一口吸着雪茄烟,并且每次把烟丝吹成一个圆圈,像一个宝塔似的,袅袅地飘上去了。

十八

洵白已经是一个多星期没有消息了。在这个短短的——又像是非常长久的日子中,每天叶平都跑到这洋楼上来,并且都含着眼泪水地走回去了。在每次,当素裳看见他的时候,她自己的心便重新创痛起来,但是她常常把刚刚流到眼角的眼泪又咽着,似乎又把这眼泪吞到肚子中去的。甚至于她为了要借重徐大齐去挽救洵白,她把一切事都忍耐着,尤其和洵白的爱情,她不敢对他说,因为她恐怕他一知道,对于洵白性命就更加危险了,至少他不愿去保释他的,所以,在这些悲苦的日子中,一到徐大齐面前,她都装做和他很亲爱的样子。她常常违反自己的做出非常倾心地,抱着他吻着,和他说种种不堪说的甜蜜的话。最后她才听见到他答复:"放心吧。这算个什么大事情呢?只要我一开口就行了!"

然而一天一天的过去了,而徐大齐给叶平的回答还是:"那天被捕的人很多,他们又替我查去了,不过被捕的人都不肯说出真姓名,据他们说在被捕者中并没有洵白这么一个人。"

于是到了这一天:当素裳正在希望徐大齐有好消息带回来,同时对于洵白的处境感着极端的忧虑和愁苦的时候,叶平又慌慌张张地跑来,现着痛苦,愤怒,伤心的样子,进了房门便一下抱着她大声的哭了起来,她的心便立刻紧了一阵,似乎

在紧之中又一片片的分裂了。她落着眼泪害怕的问：

"怎样，你，得了什么消息么？"

叶平蹬了一下脚，牙齿互相磨着，气愤和激动的说：

"唉，我们都受骗了。我们都把一个坏人当做好人了。"

素裳便闪着惊骇的眼光看着他。

叶平的两只手握成拳头了。他又气愤和激动的说：

"今天吟冰来告诉我，她说她曾要任刚到司令部去打听（任刚和黄司令是士官学校的同学），据说有这么一个人，但是当天的夜里就在天桥枪毙了，因为这是市政府和市党部的意思，并且提议密捕和即行枪决的人就是徐大齐……"

在素裳眼前，一大块黑暗落下来，并且在这黑暗中现出一个沉静的，有毅力的，有思想的脸，这个脸便立刻像风车似的飞转着，变成了另一个世界，于是，她看见洵白站在这世界最高的地位上向她招手，她的心一动，便跌倒了。

当她清醒时，她看见叶平一只手抱着她，一只手拿着一杯冷水，她的眼泪便落到杯中去，一面想着徐大齐为什么要陷害洵白的缘故。她忽然想起那一本日记，那一本她本来压在稿子中间而发现在稿子上面的日记了。

"一定，"她颤抖着嘴唇说："他一定偷看了我的日记……"

叶平把头低下了，把袖口擦着眼角。

她又哭声的说：

"是的，都是我，我把他牺牲在贼人手里了！"

于是她伤心着，而且沉沦在她的无可奈何的忏悔里。

叶平便一声声叹着气。

随后，当她又想到徐大齐的毒手时候，她的一种复仇的情感便波动起来，她觉得要亲手把他的血刺出来，要亲手把他的胸膛破开，要亲手把他的心来祭奠洵白的灵魂。这自然是一种应该快意的事！但她立刻便觉悟了，觉得纵然把徐大齐杀死，于她，于洵白，于人类，都没有多大益处，因为像徐大齐这般人，甚至于正在等着候补的，是怎样的多啊。她觉得她应该去做整个铲灭这一伙人的工作，否则杀死一个又来一个，这不但劳而无功，也太费手脚了。因此她便更坚固了她的思想，并且使她觉得一个人应该去掉感情，应该用一个万难不屈的意志，去努力重造这社会的伟大工作。接着她决定了，她要继续着洵白的精神，一直走向那已经充满着无数牺牲者的路，红的，血的路。于是她把眼泪擦干，和叶平相议了许多事情，最后她向他说：

"今天，夜里十二点后，我到你那里去，我搭五点钟的车。"

十九

马车从大明公寓的门口出发了。街上是静悄悄的。马蹄和轮子的声音响着，这响声，更显得四周寂寞了。天上铺着一些云，没有月亮，只稀稀地露着几颗星儿，吐着凄凉的光，在灰色的云幕中闪着，夜是一个空虚而且惨黯的夜。

随着马车的震荡，素裳和叶平的身体常常动摇着，但他们的脸是痛苦和沉默的。

一直到马车穿了南池子的门洞，素裳才伸过手，放在叶平的肩上说：

"我走了，你最好也离开北平，因为说不定徐大齐也会恨到你的。"

叶平便握着她的手回答说：

"离开是总要离开的。这北平给我的印象太坏了。并且有这样多可悲可惨的回忆也使我不能再呆下去。我不久就要走

的，但是我不怕徐大齐陷害我，至少我的同学们会证明我，而且大家都知道我。"

接着素裳又说：

"如果洵白的尸首找得出来，你把他葬了也好；如果实在没有法子找，也罢了。横竖我们并不想有葬身之地。"

叶平激动了，闪着泪光的说：

"好的。这世界终究是你们的。你好好的干去吧！至于我，我是落伍了，至少我的精神是落伍的。我的许多悲剧把我弄成消极的悲观主义者了。我好像没有力量使我的生命再发一次火焰。像我这样的人是应该早就自杀的。但我还活着，并且还要活下去，这是我对于我自己的生命另有一种爱惜，却难免也是一种卑怯的行为。因此，我的生活是没有什么乐趣的，至少在意义上所存在的只是既然活着就活下去吧这一条定则而已。其实，从我的生活上，能让我找出什么意义来呢；每天，除了吃饭，穿衣，睡觉，便是编讲义，上讲堂，拿薪水。如果在我的生活中要找出一件新鲜的事，那就是领了薪水之后，到邮政局去，寄一部分钱养活我的一个残废的哥哥和一个只会吵架的小脚嫂嫂……我有什么意义呢；但是我不会自杀，大约这一辈子要编讲义编到最末一天了。"

素裳默想着，过了一会她忽然说：

"我不是你的一个朋友么？"

"对了，"叶平沉着声音说："一个最坦白最能了解的朋友，唉，这也就是我的全生活中唯一意义了。"

素裳便充满着友谊地伸过手给他吻着，同时她也吻着他的手。马车便停下了。

他们走进车站去。这车站的景象，使叶平回想到三个星期前，当他来接洵白时的情景，他的心又伤起来了。他一面擦着眼角的泪水,一面在三等车的售票门口,买了一张到天津去的和一张月台票。

这时火车快开了。火车头喷着白气!探路的灯照在沉沉的夜色里,现出一大条阔的白光。许多乡下人模样的搭客正在毫无秩序地争先着上车。叶平紧握着素裳的手,带着哭声的说:

"到上海,先去找程勉己去,他是我的同学也是洵白的同志,他可以设法使你到莫斯科去。如果你不至没有写信的时间,你要常常来信。"

"你最好早点离开北平……"她一面说一面上车去。

汽笛叫着,火车便开走了。

在叶平的眼睛中,在那泪水中,他看见一条白的手巾在车厢外向他飘着,飘着,慢慢地远了去。

于是这火车向旷野猛进着,从愁惨的,黯澹的深夜中,吐出了一线曙光,那灿烂的,使全地球辉煌的,照耀一切的太阳施展出来了。